博雅撷英

从鲁迅到张爱玲

文学史内外

陈子善 著

北京大学出版社

图书在版编目（CIP）数据

从鲁迅到张爱玲：文学史内外/陈子善著．—北京：北京大学出版社，2017.8
（博雅撷英）
ISBN 978-7-301-28383-7

Ⅰ.①从… Ⅱ.①陈… Ⅲ.①中国文学—现代文学史—文学史研究—文集 Ⅳ.①I209.6-53

中国版本图书馆 CIP 数据核字（2017）第 123739 号

书　　　名	从鲁迅到张爱玲：文学史内外 CONG LU XUN DAO ZHANG AILING
著作责任者	陈子善　著
责 任 编 辑	张雅秋
标 准 书 号	ISBN 978-7-301-28383-7
出 版 发 行	北京大学出版社
地　　　址	北京市海淀区成府路 205 号　100871
网　　　址	http：//www.pku.cn　　新浪微博：@北京大学出版社
电 子 信 箱	pkuwsz@126.com
电　　　话	邮购部 62752015　发行部 62750672　编辑部 62767065
印 刷 者	北京中科印刷有限公司
经 销 者	新华书店
	880 毫米×1230 毫米　A5　10.125 印张　233 千字 2017 年 8 月第 1 版　2017 年 8 月第 1 次印刷
定　　　价	52.00 元

未经许可，不得以任何方式复制或抄袭本书之部分或全部内容。
版权所有，翻版必究
举报电话：010-62752024　电子信箱：fd@pup.pku.edu.cn
图书如有印装质量问题，请与出版部联系，电话：010-62756370

目 录

鲁迅及其文坛友人

鲁迅的《狂人日记》与钱玄同日记 …………………… (3)

新见鲁迅致郁达夫佚简考 …………………………… (12)

关于鲁迅致陶亢德函及其他 ………………………… (19)

鲁迅书赠清水安三字幅考略 ………………………… (25)

郁达夫《她是一个弱女子》手稿本 …………………… (35)

左联·郁达夫·《北斗》 ……………………………… (47)

《京报副刊》的诞生及其他 …………………………… (63)

重说《论语》 ………………………………………… (78)

读《萧红书简》札记 ………………………………… (89)

    1936 年 12 月 2 日 ……………………………… (89)

    萧红与郁达夫 …………………………………… (91)

巴金三题 ……………………………………………… (93)

    一篇谈话录 ……………………………………… (93)

    说"巴"和"金" …………………………………… (95)

    "现在我可以抬起头来了" ……………………… (97)

钱君匋与《钱君匋艺术随笔》 ……………………… (100)

胡适、新月与京派

《胡适留学日记手稿本》序 …………………………………（109）
重说《新月》 ………………………………………………（120）
沈从文书缘
　　——《买书记历》代序 …………………………………（131）
萧乾夫妇与丸山升的"君子之交"
　　——《君子之交：萧乾、文洁若与丸山升往来书简》序 …（140）

张爱玲及其同时代作家

"女人圈"·《不变的腿》·张爱玲 ………………………（151）
"满涛化名写文" ……………………………………………（168）
张爱玲识小录 ………………………………………………（175）
　　爱玲说丁玲 ……………………………………………（175）
　　"张爱玲看中小丁" ……………………………………（177）
　　《太太万岁》手稿 ……………………………………（179）
　　致"上秦先生"函 ……………………………………（181）
　　《小团圆》手稿复刻 …………………………………（182）
　　沈苇窗说"倾城" ……………………………………（184）
　　其佩忆张爱玲 …………………………………………（186）
　　关于《遥寄张爱玲》的一封信 ………………………（188）
　　《怨女》初版本 ………………………………………（190）
　　宋淇评《怨女》 ………………………………………（192）
　　皇冠版《流言》的装帧 ………………………………（194）
《宋家客厅：从钱锺书到张爱玲》序 ……………………（197）
李君维三章 …………………………………………………（206）

"周班侯时代的上海" ………………………………………（214）

"旧派"作家二三

曾孟朴的译著和日记 ……………………………………（223）
  《肉与死》 ………………………………………………（223）
  《病夫日记》 ……………………………………………（225）
《郑逸梅友朋书札手迹》浅说 …………………………（228）
陈定山的《春申旧闻》 …………………………………（241）

序跋及其他

从《中国现代小说史》的一个注释说起 ……………（251）
《练习曲》及其"陈序" …………………………………（259）
《掸尘录：现代文坛史料考释》序 ……………………（264）
《故纸求真》序 …………………………………………（272）
《浙江现代文坛点将录》序 ……………………………（280）
《走向革命的浪漫主义》序 ……………………………（282）
关于"中国现代文学史参考资料"的往事 ……………（286）
为"张学"添砖加瓦 ……………………………………（289）
现代文学之旅：从新市到莫干山 ………………………（293）

附 录

"重写文学史"之我见
  ——答《深圳商报·文化广场》记者问 …………（299）

鲁迅及其文坛友人

鲁迅的《狂人日记》与钱玄同日记

杨天石先生花费二十多年时间主编的三卷本《钱玄同日记》整理本2014年8月由北京大学出版社推出,研究中国近现代经学、历史学、文学、文献学、文字学、书法学、碑帖学等,都可从这部内容丰富的日记中得到有价值的线索。笔者就从新文学的角度,对日记所反映的钱玄同与周氏兄弟特别是鲁迅在《新青年》时期的关系略作梳理。

钱玄同1918年1月起接编《新青年》,同年2月15日出版的《新青年》第四卷第二号是他责编的。他1918年1月2日日记云:"午后至独秀处检得《新青年》存稿,因四卷二期归我编辑,本月五日须齐稿,十五日须寄出也。"①但他当晚在宿舍"略检青年诸稿",却发现中意的并不多,有的"胡说乱道",更有一篇"论近世文学"的,令他极为不满,在日记中狠狠嘲笑了一通:此文"文理不通,别字满纸,这种文章也要登《新青年》,那么《新青年》竟成了毛厕外面的墙头,可以随便给什么人来贴招纸的了,哈哈!这真可笑极了。"他只选录了"尹默、半农诸人的白话诗数首"。次日记又云:"携《新青年》四卷二号之稿至家中检阅,计可用者不及五十page,

---

① 钱玄同:《钱玄同日记(整理本)》上册,北京:北京大学出版社,2014年。以后所引钱玄同日记,均出自此册,不再重注。

尚须促孟和、独秀多撰,始可敷用。"正因为钱玄同认为《新青年》的许多来稿不符合他的要求,所以他身为编者,就一定要另辟途径,寻找新的作者。

钱玄同了不起的历史功绩之一,就是他想到了可能的《新青年》作者,周氏兄弟应是不可或缺的人选。他和鲁迅早在日本留学时就一起师从章太炎学文字学。当时,鲁迅已在教育部任佥事,钱玄同则和周作人在北大文科执教,他们一直有所往还。钱玄同日记1915年1月31日云:"今日尹默、幼渔、我、坚士、逖先、旭初、季茀、预(豫)才八人公宴炎师于其家,谈宴甚欢。"这是被北洋政府幽禁的章太炎住所"门警撤去"后在京章门弟子的第一次聚会,而是日鲁迅日记只记了简单的一句:"午前同季市往章先生寓,晚归。"①两相对照,显然钱玄同日记详细得多。同年2月14日钱玄同日记又云:"晚餐本师宴,同座者为尹默、逖先、季茀、豫才、仰曾、夷初、幼渔诸人。"可见当时在京章门弟子经常宴师欢谈。

但是,从钱玄同和周氏兄弟三方的日记看,他们在1915年至1917年上半年交往并不频繁,整个1916年,钱玄同和鲁迅日记均无相关记载。钱玄同首次出现在周氏兄弟寓所,是在1917年8月,可惜这个月的钱玄同日记缺失。但8月9日鲁迅日记云:"下午钱中季来谈,至夜分去",同日周作人日记更详细:"钱玄同君来访不值,仍服规那丸。下午钱君又来,留饭,□谈至晚十一时去。"8月17日鲁迅日记云:"晚钱中季来。"同日周作人日记则云:"晚钱君来谈,至十一时去。"8月27日鲁迅日记又云:"晚钱中季来。夜大风雨。"周作人日记又记得较详细:"晚玄同来,谈至十一点半去。

---

① 鲁迅:《鲁迅全集》第十五卷《日记(1912—1926)》,北京:人民文学出版社,2005年。以后所引鲁迅日记,均出自此卷,不再重注。

夜风雨。"是夜钱玄同应是冒雨而归,但三人一定谈得很尽兴。同年9月24日钱玄同日记云:晚"八时顷访豫才兄弟",这是现存钱玄同日记中造访周氏兄弟的首次记载。是日鲁迅日记云:"夜钱中季来。"周作人日记则云:"晚玄同来谈,至十一时半去。"①可见双方谈兴甚浓,谈至夜深方散。六天后是中秋节,钱玄同日记云:午后"四时偕蓬仙同访豫才、启明。蓬仙先归,我即在绍兴馆吃夜饭。谈到十一时才回寄宿舍。"此日鲁迅日记更有趣:"朱蓬仙、钱玄同来……旧中秋也,烹鹜沽酒作夕餐,玄同饭后去。月色颇佳。"可见是晚钱玄同与周氏兄弟共度中秋,而且谈得颇为融洽,鲁迅在日记中还顺便抒了一下情。这一天钱玄同与周氏兄弟一起欢度中秋佳节,他们的关系应该也由此进入一个新阶段。

鲁迅在1922年12月写的《〈呐喊〉自序》中有一段常被引用的有名的话,交代他开始写小说的缘由:

> S会馆里有三间屋,相传是往昔曾在院子里的槐树上缢死过一个女人的,现在槐树已经高不可攀了,而这屋还没有人住;许多年,我便寓在这屋里钞古碑。客中少有人来……
> 那时偶或来谈的是一个老朋友金心异,将手提的大皮夹放在破桌上,脱下长衫,对面坐下了,因为怕狗,似乎心房还在怦怦的跳动。
> "你钞了这些有什么用?"有一夜,他翻着我那古碑的钞本,发了研究的质问了。
> "没有什么用。"

---

① 周作人:《周作人日记(影印本)》上册,郑州:大象出版社,1996年。以后所引周作人日记,均出自此册,不再重注。

"那么,你钞他是什么意思呢?"

"没有什么意思。"

"我想,你可以做点文章……"

我懂得他的意思了,他们正办《新青年》,然而那时仿佛不特没有人来赞同,并且也没有人来反对,我想,他们许是感到寂寞了……

是的,我虽然自有我的确信,然而说到希望,却是不能抹杀的,因为希望是在于将来,决不能以我之必无的证明,来折服了他之所谓可有,于是我终于答应他也做文章了,这便是最初的一篇《狂人日记》。①

"S 会馆"即北京宣武门外南半截胡同的绍兴会馆,周氏兄弟当时正居住于此。"金心异"就是钱玄同(林纾小说《荆生》中有一影射钱玄同的人物"金心异",故而鲁迅移用)。两年半以后,鲁迅在为俄译本《阿Q正传》所作《著者自叙传略》中回顾自己的创作历程时,就直接提到了钱玄同的名字:

我在留学时候,只在杂志上登过几篇不好的文章。初做小说是一九一八年,因了我的朋友钱玄同的劝告,做来登在《新青年》上的。这时才用"鲁迅"的笔名(Penname);也常用别的名字做一点短论。②

---

① 鲁迅:《自序》,《鲁迅全集》第一卷《呐喊》,北京:人民文学出版社,2005 年,第 440—441 页。

② 鲁迅:《俄文译本〈阿Q正传〉序及其著者自叙传略》,《鲁迅全集》第七卷《集外集》,北京:人民文学出版社,2005 年,第 86 页。

由此可见，鲁迅踏上新文学之路与钱玄同的非同寻常的关系。那么，在这个过程中，钱玄同"偶或来谈"的"那时"大致是什么时候呢？钱玄同日记1918年3月2日云："晚访周氏兄弟。"甚为可惜的是，该年4月至年底的钱玄同日记不存（1918年1月至3月1日的日记也有许多漏记），幸好鲁迅和周作人日记均存，可作补充。

　　鲁迅日记1918年2月9日"晚钱玄同来"；15日"夜钱玄同来"；23日"钱玄同来"；28日"夜钱玄同来"。3月2日"夜钱玄同来"；18日"夜钱玄同来"；28日"夜钱玄同来"。4月5日"晚钱玄同、刘半农来"；21日"夜钱玄同来"；26日"晚钱玄同来"。周作人日记记得更具体，1918年2月9日下午"玄同来谈，十二时去"；15日"晚玄同来谈，十二时后去"；23日晚"玄同来谈，至一时去"；28日"晚玄同来谈"。3月2日"晚玄同来谈，十二时去"；18日晚"玄同来谈"；28日"晚玄同来谈，十二时去"。4月5日"玄同半农来谈，至十二时去"；17日"以译文交予玄同"；21日"晚玄同来谈，至十二时半去"；26日"晚玄同来谈，十二时半去"。

　　短短三个月之内，钱玄同造访周氏兄弟竟有十次之多，且均在晚间，均谈至深夜十二时以后，足见谈得多么投契和深入！而且，正因为均是晚间造访，夜深巷静，犬吠不止，以至鲁迅在《〈呐喊〉自序》中会说金心异"因为怕狗，似乎心房还在怦怦的跳动"。尽管如此，"怕狗"的钱玄同仍不断造访。可以想见，钱玄同的目的只有一个，那就是一定要说服鲁迅为《新青年》撰文。因此，这个时间段应该就是鲁迅《〈呐喊〉自序》中所说的金心异频频造访，打断了他埋头抄写古碑的兴致，"终于答应他（指钱玄同——笔者注）也做文章了"的"那时"。而周作人4月17日"交予玄同"的"译文"，应该就是发表于1918年5月15日《新青年》第四卷第五号的《贞操论》

(与谢野晶子作)。

同期《新青年》上发表了鲁迅"意在暴露家族制度和礼教的弊害"①的小说《狂人日记》,这既是钱玄同不断催逼的可喜结果,更是中国新文学的开山之作,影响极为深远。从此以后,鲁迅"便一发而不可收,每写些小说模样的文章,以敷衍朋友们的嘱托"。②《狂人日记》落款"一九一八年四月",但小说更为具体的写作和发表经过,鲁迅哪一天完稿,哪一天交予钱玄同,钱玄同日记失记,鲁迅日记也无明确记载。不过,《狂人日记》文前"题记"末尾署"七年四月二日识",如果小说确实于1918年4月2日杀青,那么,钱玄同1918年4月5日晚与刘半农同访周氏兄弟时,得到这篇小说稿的可能性应为最大吧?

关于《狂人日记》的诞生,周作人后来在《金心异》③中有过较为具体的回忆,与本文的推测大致吻合:

> 钱玄同从八月(指1917年8月——作者注)起,开始到会馆来访问,大抵是午后四时来,吃过晚饭,谈到十一二点钟回师大寄宿舍去。查旧日记八月中九日,十七日,二十七日来了三回,九月以后每月只来一回。鲁迅文章中所记谈话,便是问抄碑有什么用,是什么意思,以及末了说"我想你可以做一点文章",这大概是在头两回所说的。"几个人既然起来,你不能说决没有毁灭这铁屋的希望,"这个结论承鲁迅接受了,结果

---

① 鲁迅自评《狂人日记》的话,鲁迅:《〈中国新文学大系·小说二集〉序》,《鲁迅全集》第六卷《且介亭杂文二集》,北京:人民文学出版社,2005年,第247页。
② 鲁迅:《自序》,《鲁迅全集》第一卷《呐喊》,北京:人民文学出版社,2005年,第441页。
③ 周遐寿:《金心异》,《鲁迅的故家》,上海:上海出版公司,1953年,第417页。

是那篇《狂人日记》,在《新青年》次年四月号发表,它的创作时期当在那年初春了。

《新青年》第四期第五号在刊出《狂人日记》的同时,还刊出了鲁迅以"唐俟"笔名所作的新诗《梦》《爱之神》和《桃花》三首,鲁迅后来在 5 月 29 日致许寿裳信中说:"《新青年》第五期大约不久可出,内有拙作少许。该杂志销路闻大不佳,而今之青年皆比我辈更为顽固,真是无法。"① "拙作少许"即指《狂人日记》和这三首新诗,而鲁迅之所以开始白话诗文的创作,实际上也是对当时销路并不理想的《新青年》编者钱玄同他们的有力支持。

无论如何,有一点是确凿无疑的,那就是《新青年》第四期第五号是钱玄同编辑的。该期还发表了吴敬恒(吴稚晖)的《致钱玄同先生论注音字母书》,文前有钱玄同的按语,称吴敬恒此信"精义尤多,实能发前人之所未发;因此再把全信录登于此,以供研究注音字母者之参考",即为一个明证。《狂人日记》因钱玄同而诞生,由钱玄同经手而发表,钱玄同功不可没,正如钱玄同自己在鲁迅逝世后所写的纪念文中回忆的:

> 我的理智告诉我,"旧文化之不合理者应该打倒","文章应该用白话做",所以我是十分赞同仲甫所办的《新青年》杂志,愿意给它当一名摇旗呐喊的小卒。我认为周氏兄弟的思想,是国内数一数二的,所以竭力怂恿他们给《新青年》写文章。民国七年一月起,就有启明的文章,那是《新青年》第四卷

---

① 鲁迅:《180529 致许寿裳》,《鲁迅全集》第十一卷《两地书·书信(1904—1926)》,北京:人民文学出版社,2005 年,第 362 页。

第一号,接着第二、三、四诸号都有启明的文章。但豫才则尚无文章送来,我常常到绍兴会馆去催促,于是他的《狂人日记》小说居然做成而登在第四卷第五号里了。自此以后豫才便常有文章送来,有论文、随感录、诗、译稿等,直到《新青年》第九卷止(民国十年下半年)。①

1923年8月,鲁迅第一部小说集《呐喊》由北京新潮社初版,书中所收十四篇小说,单是《新青年》发表的就有《狂人日记》《孔乙己》《药》《风波》和《故乡》五篇,超过了三分之一。同月22日鲁迅日记云:"晚伏园持《呐喊》二十册来。"8月24日鲁迅日记又云:"以《呐喊》各一册赠钱玄同、许季市",显然有感谢钱玄同之意在。同日钱玄同日记当然也有记载:"鲁迅送我一本《呐喊》。"有意思的是,这是"鲁迅"这个名字第一次在钱玄同日记中出现。

两年以后,《京报副刊》发起"青年必读书"和"青年爱读书"大讨论,鲁迅在1925年2月21日《京报副刊》撰文"略说自己的经验",主张青年"要少——或者竟不——看中国书,多看外国书",②从而引起轩然大波。3月22日钱玄同在日记中借与黎劭西(黎锦熙)谈话,认同鲁迅的看法:"晤黎劭西,他说日前遇鲁迅,谓汉字革命之提倡实有必要。他主张别读中国书,是同样的意思。纵使过高,亦是讨价还价也。此说甚是。"钱玄同还别出心裁,以青年人而非专家的身份在3月31日《京报副刊》的"青年爱读书特刊(三)"

---

① 钱玄同:《我对周豫才(即鲁迅)君之追忆与略评》(上),北平:《世界日报》,1936年10月26日。转引自《鲁迅研究学术论著资料汇编(1913—1983)》第二卷(1936—1939),北京:中国文联出版公司,1986年,第520页。

② 鲁迅:《青年必读书》,《鲁迅全集》第三卷《华盖集》,北京:人民文学出版社,2005年,第12页。

发表了自己的一份"爱读书"书单,共十部作品,当代作品仅"《呐喊》(鲁迅)"一部,而且特地加了一条"附记":"《呐喊》中的《狂人日记》,《阿Q正传》,《药》和《风波》这几篇,一个月中我至少要读它一次",①其中《狂人日记》等三篇正好都发表于《新青年》。

长期以来,中国现代文学研究界一直对孙伏园催生了鲁迅的《阿Q正传》津津乐道,那么,钱玄同催生鲁迅《狂人日记》的深远意义更不容低估,更必须在中国现代文学史上大书一笔。

(原载2015年3月6日上海《文汇报·文汇学人》,收入本书时有增补)

---

① 转引自王世家编:《青年必读书:一九二五年〈京报副刊〉"二大征求"资料汇编》,开封:河南大学出版社,2006年,第165页。

新见鲁迅致郁达夫佚简考

鲁迅和郁达夫深厚的文字交，凡治中国现代文学史的当不会感到陌生。单以两人的通信为例，鲁迅日记中有明确记载的鲁迅致郁达夫函，据笔者统计，就有二十七通之多。但《鲁迅全集》所收入的鲁迅致郁达夫函，1981年版为四通，①2005年版增加了一通，②总共只有五通而已。从鲁迅1928年6月26日致郁达夫第一通函至今，八十五年过去了，沧海桑田，还有可能发现新的鲁迅致郁达夫书简吗？

2013年10月，河南文艺出版社出版了黄世中先生编著的《王映霞：关于郁达夫的心声——王映霞致黄世中书简（165封）笺注》。打开此书，首先映入眼帘的却是三通鲁迅致郁达夫函手迹照片（一通仅存最后一页），不禁又惊又喜。经核对，这三通书简2005年版《鲁迅全集》均未收入，是最新披露的鲁迅致郁达夫的佚简。

这三通鲁迅佚简的来历，编者在是书附录三《新发现的鲁迅致郁达夫书简（三封）》的最后有一句说明："美国伊利诺州吴怀家收

---

① 收入1981年版《鲁迅全集》的四通鲁迅致郁达夫书简，分别写于1930年1月8日、4月20日、1933年1月10日和1934年9月10日，其中1930年1月8日这一通收信人为郁达夫、王映霞。

② 2005年版《鲁迅全集》增收的一通鲁迅致郁达夫书简，写于1928年12月12日。此信发现经过，参见陈子善、王自立：《新发现的鲁迅致郁达夫书简》，《鲁迅研究动态》，1982年3月第十三期，收入陈子善：《文人事》，杭州：浙江文艺出版社，1998年。

藏并提供。"①再从书中附录四《新发现的郁达夫、王映霞书简》的"黄按":"这些信件是郁达夫1938年离开福州南下新加坡前,交给陈仪的秘书蒋受谦,②蒋转交给吴怀家先生的父亲收藏。吴父去世以后,这些书信就由吴怀家先生收藏保存了",③应可推断这三通鲁迅佚简也是循此同一路径,即郁达夫——蒋授谦——吴怀家父亲——吴怀家传承的,当可视作流传有绪。由于经过鲁迅研究界长期不懈的努力,鲁迅佚文佚简的发掘工作已几近于穷尽,这三通鲁迅致郁达夫佚简的公布,是2005年版《鲁迅全集》出版以来,鲁迅佚文佚简发掘工作的一个突破,也无疑是鲁迅研究和郁达夫研究在史料层面的重要收获。

但是,根据手迹可知,这三通鲁迅佚简均未署写作年份。编者在是书附录三《新发现的鲁迅致郁达夫书简(三封)》中考定,这三通鲁迅佚简分别写于1928年9月8日、10月2日和10月11日,而依据的理由仅短短几句话:"黄按:1928年6月20日,鲁迅与郁达夫合编的《奔流》月刊创刊,第二年12月即停刊。据鲁迅'五期希即集稿'云云,新发现致郁达夫三函,当为1928年所作。"④史实

---

① 黄世中:《新发现的鲁迅致郁达夫书简(三封)》,《王映霞:关于郁达夫的心声——王映霞致黄世中书简(165封)笺注》,郑州:河南文艺出版社,2013年,第414页。

② 蒋受谦,应为蒋授谦,字鉴平,曾任国民政府福建省省长陈仪的秘书。笔者1980年初在杭州拜访过蒋授谦,他应笔者之请,写了回忆郁达夫的《我与达夫共事》(收入拙编《回忆郁达夫》,长沙:湖南文艺出版社,1986年),文中详细回忆了郁达夫1936年6月担任福建省政府公报室主任起至1938年12月底远赴新加坡止两人的交往,未提及郁达夫托其保管鲁迅书简事。但蒋授谦藏有郁达夫"戊寅冬日"书赠其七律《钓台题壁》字幅,可证两人关系之密切,达夫去国前委托其代为保管鲁迅书简等友人信札也就在情理之中。

③ 黄世中:《新发现的郁达夫、王映霞书简》,《王映霞:关于郁达夫的心声——王映霞致黄世中书简(165封)笺注》,第415页。

④ 黄世中:《新发现的鲁迅致郁达夫书简(三封)》,《王映霞:关于郁达夫的心声——王映霞致黄世中书简(165封)笺注》,第413页。

果真如此么?

查鲁迅日记,1928年9月和10月整整两个月中,只有9月12日有这样一句:"寄小峰信,附寄达夫函。"除此之外,均无致函郁达夫的记载。而这唯一的一次寄函达夫,与第一通佚简落款"九月八日夜"也相差了四天,不可能是鲁迅笔误,或鲁迅写了四天之后才托北新书局老板李小峰转交。虽然鲁迅已写信而日记未记之个案并非没有,如已收入《鲁迅全集》的1936年10月2日致郑振铎函,日记就只有间接记载。但是接连三通佚简,日记中竟然全无记载,未免过于巧合,令人无法置信。也因此,是书编者断定这三通佚简均写于1928年,实在是过于轻率了。

从鲁迅日记可知,鲁迅1927年10月定居上海以后,他与郁达夫的交往日趋密切。达夫频频造访鲁迅,赠书借书,宴聚畅叙,特别是两人1928年6月合作创办《奔流》文艺月刊之后,讨论、交接稿件等更是经常,同年8月一个月里,两人见面就达七次之多。但1928年一年里,鲁迅致郁达夫函总共只有6月26日、9月12日、12月12日三通,而且,其中12月12日致达夫函已经收入《鲁迅全集》。而次年即1929年一年里,鲁迅致达夫函增至十四通,这也是两人交往史上鲁迅致函郁达夫最多的一年,占已知鲁迅致达夫函总数一半以上。因此,查考这三通佚简的写作年份和月份,显然1929年的可能性最大,下面就略作考证。

第一通佚简全文是:

达夫先生:

昨得小峰来信,其中有云:"《奔流》的稿费,拟于十六号奉上,五期希即集稿为盼。"

这也许是有些可靠的,所以现拟"集稿"。第五本是"翻译的增大号",不知道先生可能给与一篇译文,不拘种类及字数,期限至迟可以到九月底。

密斯王并此致候。

迅上　九月八夜

鲁迅1929年9月8日日记并无致函郁达夫的记载。但9月9日有"上午……寄达夫信",应理解为"九月八夜"写,9日上午付邮。信中首句"昨得小峰来信",鲁迅9月7日日记中果真有"得小峰信并书报等"句,完全吻合。此信告诉达夫,因出版《奔流》的北新书局老板李小峰答应支付稿费,《奔流》"五期"将续编"集稿",这"第五本是'翻译的增大号'",请达夫提供"一篇译文"。《奔流》共出二卷,1928年10月第一卷第五期并非翻译专号,1929年12月第二卷第五期也即终刊号才是"译文专号",郁达夫也超额交稿,发表了德国Felix Poppenberg的论文《阿河的艺术》和芬兰Juhanni Aho的小说《一个败残的废人》两篇译文。鲁迅1929年11月20日所作的该期《编辑后记》中,开头就说:"现在总算得了一笔款,所以就尽其所有,来出一本译文的增刊",①也正可与此信所述互相发明。因此,这通佚简的写作时间应为1929年9月8日。

第二通佚简全文是:

达夫先生:

十一信当天收到。Tieck似乎中国也没有介绍过。倘你可

---

① 鲁迅:《〈奔流〉编校后记》(十二),《鲁迅全集》第七卷,北京:人民文学出版社,2005年,第196页。

以允许我分两期登完,那么,有二万字也不要紧的。

　　昨天小峰又有信来,嘱集稿,但"拟于十六",改为"十五以后"了。虽然从本月十六起到地球末日,都可以算作"十五以后",然而,也许不至于怎样辽远罢。

迅上　十一下午

这通佚简与上一通在写作时间和内容上都是衔接的。写作时间应为1929年9月11日。信中说:"昨天小峰又有信来,嘱'集稿'",9月10日鲁迅日记明确记载:"晚得小峰信并《奔流》第四期",可见《奔流》第二卷第四期已经出版,李小峰再次恳请鲁迅编选第二卷第五期即后来的"译文专号"稿,鲁迅在此信中也再次通知达夫。9月11日鲁迅日记明确记载:"下午得达夫信,即复",此信第一句又谓"十一信当天收到",两相对照,更是考定此信写于1929年9月11日的确证。大概郁达夫接到鲁迅9月8日信后,拟翻译德国作家路德维希·蒂克(Ludwig Tieck,1773—1853)的作品,供《奔流》第二卷第五期"译文专号"之用,回信征询鲁迅意见,鲁迅才如此答复达夫,但此事后未能实现。

第三通佚简存文是:

　　商量。出一类似《奔流》之杂志,而稍稍驳杂一点,似于读者不无小补。因为《奔流》即使能出,亦必断断续续,毫无生气,至多不过出完第二卷也。

　　北新版税,第一期已履行;第二期是期票,须在十天之后,但当并非空票,所以归根结蒂,至延期十天而已。

迅启上　十月二夜

这是一通残简,仅存最后一页。鲁迅1929年10月2日日记云:"晚得达夫信",1929年9月29日,郁达夫自上海坐船到安庆安徽大学任教,据已公开的郁达夫这一时期日记片段,鲁迅收到的这封信,是郁达夫9月30日在安庆付邮的。① 10月3日鲁迅日记又云:"晨复达夫信",应即此信。此信虽落款"十月二夜",因鲁迅经常当天深夜工作到次日凌晨,"十月二夜"也可理解为10月3日"晨"。信中关于"北新版权"的一段话更强有力地证实了此信写于1929年10月2日。是年8月,鲁迅与北新书局因著作版税事发生严重纠纷,聘请律师提起法律诉讼,李小峰为此急电时在杭州的郁达夫赶到上海调解。8月25日,在郁达夫等人见证下,鲁迅与北新达成和解协议,鲁迅撤诉,北新则当年先分四期偿还拖欠鲁迅的版税,当日鲁迅日记有所记载。所以,鲁迅在此信中向调解人郁达夫报告北新偿还欠款的进度。鲁迅1929年9月21日日记云:"午杨律师来,交还诉讼费一百五十,并交北新书局版税二千二百元",即为信中所说的"已履行"的"第一期"支付欠款;是年10月14日日记又云:"午杨律师来,交北新书局第二期板税泉二千二百",也正是信中所述将"延期十天"才支付的"第二期"欠款。至于起首残句鲁迅说"商量。出一类似《奔流》之杂志",也许郁达夫当时又起意另起炉灶,创办新的文学杂志也未可知,但不会是《王映霞:关于郁达夫的心声》编者所认为的指达夫与夏莱蒂合编的《大众文艺》,因为《大众文艺》早在1928年9月就已经创刊,鲁迅也已为创刊号赐稿,②似不必再"商量"也。

---

① 参见郁达夫:《断篇日记》(五),《郁达夫全集》第十二卷,杭州:浙江文艺出版社,1992年,第287页。
② 鲁迅在1928年9月《大众文艺》创刊号发表了俄国淑雪兼珂小说《贵家妇女》的译文。

综上所述,这三通新见鲁迅致郁达夫佚简的写作时间应可确定为 1929 年 9 月 8 日、9 月 11 日和 10 月 2 日,而决不可能是《王映霞:关于郁达夫的心声》编者所说的 1928 年 9 月 8 日、10 月 2 日和 11 日。纠正编者这一错误的判断,考定鲁迅这三通佚简的确切写作年份,将有助于正确理解这三通佚简的内容和鲁迅与郁达夫的交谊,也有助于正确理解 1920 年代末上海文坛的文事人事。事实上鲁迅这三通佚简都不同程度地涉及另一位人物,即鲁迅的学生、出版鲁迅和郁达夫多种著作及所编刊物的北新书局老板李小峰。但考察鲁迅、郁达夫和李小峰的关系,是另一篇研究文字的题目了。

(原载 2014 年 1 月 26 日上海《东方早报·上海书评》)

关于鲁迅致陶亢德函及其他

读 2016 年 9 月 29 日《南方周末》刊出的陶洁先生《鲁迅与我父亲陶亢德》一文，使我想起了当年参加鲁迅书信注释工作的一些往事，以及与鲁迅 1934 年 6 月 8 日致陶亢德函相关的若干史实。

1976 年 10 月，我进入上海师大中文系鲁迅著作注释组工作。注释组的工作主要有两项，一项是注释鲁迅后期的《且介亭杂文》，另一项是注释鲁迅 1934—1936 年的书信和致外国人士的书信。我参加的是后一项工作。当时还在延续"文革"中流行的"三结合"做法，有两位来自工厂的"工人理论队伍"代表也参与注释工作。1978 年 4 月，注释组安排的访问巴金的任务就是工人代表黄成周先生和我一起去完成的。另一组由林月桂老师与一位康姓女工人代表组成，她们在 1977 年 10 月访问了陶亢德。这就是陶洁先生文中所述"两位上海师范学院女教师"到她家访问一事。访问记录整理稿刊载于注释组编印的《鲁迅研究资料》。这部资料集有 1977 年 10 月油印本和 1978 年铅印本两种，"供鲁迅著作注释和研究"的"内部参考"，但内容并不一致。访问陶亢德的这份记录篇幅很短，油印本中关于鲁迅书信已经只字未提，铅印本还删去了油印本最后一段关于邹韬奋的回忆，因为这与注释鲁迅著作并无直接关联。

陶亢德 1983 年去世，前一年我单独访问了他。那时注释鲁迅书信的工作已经告一段落,1981 年版《鲁迅全集》也已出版。我向陶亢德请教的是他与郁达夫、周作人等交往的往事,还谈到了他保存下来的老舍《骆驼祥子》手稿。陶亢德告诉我,他原藏有一百多封周作人给他的信,"文革"中付之一炬了。我问他当时有无可能作出别的选择?他停顿良久,只回答我一句:"我实在没有办法,当时怕啊。"那时的情景,至今历历在目。可惜,这次访问未留下文字记录。

2013 年 11 月,北京"嘉德"拍卖了鲁迅 1934 年 6 月 8 日致陶亢德函手迹原件,由于这通仅一页的信属于我当年注释工作的范围,所以我很关心。据鲁迅日记记载,鲁迅与陶亢德通信,始于 1933 年 10 月 18 日,止于 1934 年 10 月 19 日,鲁迅致陶亢德函共二十通。所谓"止于",乃指鲁迅日记明确记载的鲁迅致陶亢德最后一函写于 1934 年 10 月 19 日,这封信未能保存下来。此后,1934 年 11 月 21 日和 1936 年 7 月 7 日,陶亢德又两次致函鲁迅,但鲁迅日记均无回信的明确记载。

1981 年版《鲁迅全集》所收的鲁迅致陶亢德函起讫时间为 1933 年 10 月 18 日至 1934 年 7 月 31 日,共十九通。这十九通书信中,十八通原信保存下来了,其中十四通由北京鲁迅博物馆收藏,一通即 1934 年 5 月 16 日致陶亢德函由绍兴鲁迅纪念馆收藏,①二通由上海鲁迅纪念馆收藏,②还有 1934 年 7 月 31 日一通藏于何处待查。此外,就是写于 1934 年 6 月 8 日的这一通不明下落。

---

① 以上据 1959 年 7 月北京鲁迅博物馆编《鲁迅手迹和藏书目录(一)》所记载。又据 2003 年 8 月编印的《1949—2002 绍兴鲁迅纪念馆大事记》记载,1953 年 4 月 12 日,"原《宇宙风》编辑陶亢德向本馆捐赠鲁迅书信四封",其中一通即 1934 年 5 月 16 日致陶亢德函,还有一通为鲁迅 1933 年 6 月 20 日致林语堂函(参见《绍兴鲁迅纪念馆藏文物精品集》,杭州:西泠印社出版社,2011 年),另两函待查。

② 据 2013 年 12 月 7 日上海鲁迅纪念馆工作人员向我证实。

这通原信历经那么多年风雨沧桑之后终于在"嘉德"拍卖会上现身,实在难得。但疑问也随之产生,《鲁迅全集》当年收入这通信札的依据是什么?

其实,1979年10月文物出版社出版的《鲁迅手稿全集·书信》第五册就已经公布了这通信札的手迹,只是称谓"亢德先生"四个字加一个冒号阙如,该书目录上也注明了"缺称谓"。这是《鲁迅手稿全集》刊出的鲁迅致陶亢德十九通信札中唯一一通缺少称谓的。那么,《鲁迅手稿全集》又是依据什么收入这通缺少称谓的鲁迅致陶亢德函呢?在此之前,此函有否公开发表过?

答案是肯定的。1949年2月,上海万象图书馆出版了平衡(平襟亚)编辑的《作家书简》"真迹影印"本,其中鲁迅书简继蔡元培、陈独秀书简后排在第三位。鲁迅书简部分收入了十通鲁迅书信手迹,全部是鲁迅致陶亢德函。这十通鲁迅致陶亢德函手迹在《作家书简》发表时,统统都被略去了称谓,而鲁迅1934年6月8日致陶亢德这一通手迹,正是排列在这十通手迹的末尾。换言之,应该是陶亢德当时向《作家书简》编者提供,这十通书信手迹才得以影印出版,出版时应陶亢德本人要求或编者出于某种考虑,隐去了这所有十通信札的称谓。而前九通由于手迹原件后由北京鲁迅博物馆和上海鲁迅纪念馆入藏,称谓也随之得以恢复,唯独1934年6月8日这一通成了例外。由于这通信札手迹原件一直未能出现,导致《鲁迅手稿全集》据《作家书简》影印件收入时仍"缺称谓"。

令人费解的是,1981年版《鲁迅全集》收入鲁迅1934年6月8日致陶亢德此函时,恢复了"亢德先生"称谓,2005年版《鲁迅全集》沿用。[①] 如果说1979年至1981年的两年时间里,《鲁迅全集》

[①]《鲁迅全集》第十三卷,北京:人民文学出版社,2005年,第144页。

编者见到了鲁迅此函手迹原件,当然可以恢复称谓,但我作为1981年版鲁迅书信注释定稿小组成员之一,却了无印象。如果说仍未见到鲁迅此函手迹原件,《鲁迅全集》又凭什么恢复称谓呢?再查1976年8月人民文学出版社版《鲁迅书信集》上册,收入此函时已恢复了称谓,这应是此函在1949年后首次编集,《鲁迅全集》恢复此函称谓应据《鲁迅书信集》而来。但《鲁迅书信集》又据何而来?仍不得而知。在新的证据出现之前,当时《鲁迅手稿全集》据《作家书简》影印件保持"缺称谓",无疑是正确的。

然而,事情并不到此结束。1956年10月19日是鲁迅逝世二十周年,上海《新民报晚刊》副刊发表了署名陶庵的《鲁迅先生的四封信》一文以为纪念,陶庵正是陶亢德鲜为人知的笔名。在此文之前,陶庵还在10月4日《新民报晚刊》副刊发表了《鲁迅故乡的台门》一文。在《鲁迅先生的四封信》里,陶亢德开宗明义告诉读者:"我和鲁迅先生通过十几次信,去一信他答一信,无论去的信是讲的什么事情。"然后就介绍了鲁迅写给他的四封信,按引用次序,为1934年6月6日、1933年10月27日、11月2日和1934年5月25日四通。原文均未注明四封信的具体写信时间,我据《鲁迅全集》一一核实。前三通谈的是鲁迅指导他如何学习日语、告诉他如何看待日本后藤朝太郎作的论中国民族性的书和日本文艺批评家长谷川如是闲等的著作。最后一通则是那封有名的鲁迅不愿滥竽作家之名,拒绝"雅命三种"之函。这四通陶亢德都大段大段征引鲁迅原信,有的几乎是原信照录,如1934年6月6日这通。而且,除了1933年10月27日这一通,其余三通均为《作家书简》所未收,他不可能从《作家书简》转引。所以,若以此断定这四通信在陶亢德写作此文之时尚在他手边,他可以大段大段引用,应该能够成立。

不过,此文虽名《鲁迅先生的四封信》,除了上述四通之外,在引用了1934年6月6日这通信之后,文中还写到了鲁迅的另一封信,也即1934年6月8日这一通!值得注意的是,陶亢德不是原信照录,而是用自己的话概述了此信内容,具体如下:

> 鲁迅先生给你(我)的复信,始终是真正知无不言,言无不尽。记得他后来还给我一封信,劝我与其学日文,不如学欧洲文字。他说学好日文并不比学好任何一种欧洲文字容易;而欧洲究有大作品,学了它的文字可以读到巨著,日本的作品究竟比较小。这一次的指教影响了我;我日文仍继续读,同时学习了欧洲文字。今日的能稍读萧伯纳、果戈里大著,在很大程度上是受了鲁迅先生之赐的。

陶亢德这段话再清楚不过地告诉读者,鲁迅"后来"写给他的这封信,他只是"记得",只能凭记忆综述大概,而不是像其他四通信那样可以大段引用原信。也就是说,鲁迅1934年6月8日致陶亢德这通信,在陶亢德1956年10月写作《鲁迅先生的四封信》(其实应改题《鲁迅先生的五封信》)之时,或已不在他手边,他无法据原信直接引用。那么,这封信到哪里去了呢?也许还夹在他一时无法检出的某本藏书里,也许已夹在他某本藏书里为补贴家用而变卖了,也许一直保存到"文革"仍不幸被抄走?总之,各种推测都有可能。遗憾的是,我的追踪工作到1956年10月就再不能推进了。从1956年10月到2013年11月,整整五十七年时间里,鲁迅1934年6月8日致陶亢德函的去向成了一个谜,竟毫无线索可寻,直到它的突然再现。

鲁迅1934年6月8日致陶亢德信手迹被拍卖后,也有论者对其真伪提出疑问,主要理由为《鲁迅手稿全集》的此信手迹影印件(即据《作家书简》翻印者)上,信末"著安"两字之后还有一个小黑圈点,也可视为句号,但付拍的这通信末"著安"两字之后并无这个小黑圈点。这个质疑或可从当年《作家书简》影印时的技术原因所致来解释,但尚未被普遍接受,只能期待方家进一步查考探讨了。

(原载 2016 年 10 月 20 日广州《南方周末》副刊)

鲁迅书赠清水安三字幅考略

  放下屠刀 立地成佛
  放下佛经 立地杀人

        鲁迅

  上述连署名在内总共十八个毛笔字,书于24×20cm的日产卡纸之上,后装裱成日式挂轴,并配有长型木盒,木盒盒盖内又书有如下毛笔字:

  朝花夕拾   安三 七十七
  此书是周树人先生之真笔也,思慕故人不尽。添四个字在此,这是鲁迅先生书名也。

  "安三"即日本人清水安三,木盒盒盖内的这段话应出自他本人手笔,而"七十七"当为他七十七岁时所书。"添四个字"即"朝花夕拾",鲁迅回忆性散文集的书名。这段话再清楚不过地告诉我们,日式挂轴上署名"鲁迅"的这十六个毛笔字是他称之为"故人"的"周树人先生之真笔",这幅"真笔"是鲁迅书赠予他清水安三的,而挂轴则装裱于清水七十七岁也即1968年之前。

  如何证实这幅挂轴出自鲁迅之手?这就需要梳理清水安三与

鲁迅的关系了。清水安三(1891—1988)并非等闲之辈。他是基督教徒。1917年他以唐朝鉴真和尚东渡日本传授佛教为榜样,由日本组合基督教会派遣,以宣教师(传教士)身份来到中国沈阳。1919年移居北京,进入大日本支那语同学会学习中文。1921年与夫人一起在北京创办"崇贞平民工读女学校"(后改名"崇贞学园")。清水安三同情中国的五四新文化运动,并参与日文《北京周报》的撰稿与约稿。正是在北京期间,他与日文《北京周报》的二位作者即鲁迅和周作人周氏兄弟结识并开始交往。

清水安三结识鲁迅的时间,有1921年和1922年的不同说法。① 但无论鲁迅还是周作人,他俩1921年的日记均无关于清水安三的明确记载。而按照清水安三晚年的回忆,他首次与鲁迅见面还有点戏剧性:

> 至今我还清楚地记得第一次拜访鲁迅时的情景。严格地说,当时我不是专程去拜访鲁迅而是去拜访周作人的。可是,当时不知是因为我没人介绍单独去的缘故呢,还是周作人真的不在家,反正我被中国人惯用的"没在家"这一挡箭牌挡住了,吃了闭门羹。……尽管被告知周作人没在家,但我还是再三恳求听差的,说只要给我五分钟就行,请他一定行个方便。这时,一个鼻子下蓄着黑胡须的中年男子从西厢房掀开门帘,探出头来说:"如果我也可以的话,就进来吧,我们聊聊。"于是

---

① 1921年结识说,参见上海鲁迅纪念馆编:《鲁迅与日本友人》,上海:上海社会科学院出版社,2013年,第39页。1922年结识说,参见《清水安三年谱简编》,清水畏三编:《朝阳门外的清水安三》,北京:社会科学文献出版社,2012年,第314页;乐融:《清水安三为何推崇鲁迅》,《上海鲁迅研究》,2014年春季号。

我进了房间与他进行了交谈,没想到这个人就是鲁迅。①

可惜的是,鲁迅1922年的日记至今不知下落,无法将清水的回忆与日记的记载进行印证。我们只能先从周作人日记中去寻找清水安三的踪迹。清水安三首次出现在周作人日记中是在1922年4月10日:"清水君偕渡边藤田二君来访。"此后,"清水君"的名字多次出现在周作人日记中,或"清水君来",或友朋宴聚,或周作人"至清水君宅",其间鲁迅会不会有时也参与呢? 该年7月1日,清水安三还到八道湾周宅小住,次日由周作人送俄国盲诗人爱罗先珂和清水安三一同离京,因北京东站"无车复归",至3日方始送成。10月5日周作人日记又云:"晚丸山、永持、清水三君来会餐,旧中秋。"1922年有闰五月,10月5日才是中秋节,那么当晚鲁迅一定也在家,与周作人和清水安三等人一并"会餐"赏月吧? 由此或也可知,周氏兄弟当时与清水安三的联系还是较为频繁的。

清水安三的名字首次出现在现存鲁迅日记中是1923年1月20日,该日鲁迅日记云:"晚爱罗先珂与二弟招饮今村、井上、清水、丸山四君及我,省三也来。"而同日周作人日记则云:"晚邀今村、丸山、清水、井上诸君会食,共八人,十时半始散。"两段日记互相对照补充,才构成当晚欢宴的全景,出席的八个人也一一落实。可以肯定的是,这次周氏兄弟确实与清水安三共宴畅叙了。但就在京时期总体而言,清水安三与周作人的关系似更为密切,如周作人该年3月14日"至东总布胡同访清水君"、5月12日"午至东华饭店"与张凤举、徐耀辰、沈尹默、沈兼士、马幼渔共同宴请清水等日本友人,鲁迅均不在场。

---

① 清水安三:《回忆鲁迅》,清水畏三编:《朝阳门外的清水安三》,第172—173页。

鲁迅日记中第二次出现清水安三的名字已到了该年 8 月 1 日，这时鲁迅已与周作人失和，准备迁出八道湾。这次见面鲁迅日记中这样记载："上午往伊东寓治齿，遇清水安三君，同至加非馆小坐。"鲁迅一向不喜喝咖啡，这次与清水在咖啡馆小坐，一定有什么事要谈。果然，五十五年以后，清水安三在东京对来访的鲁迅研究专家唐弢作了如下的回忆：

> 一九二三年八月一日，鲁迅在日记里记着在伊东寓所遇见我，同至咖啡馆小坐，因为要搬家，借车子。我认识一个叫福本的海关税员，是大山郁夫的弟弟，他有汽车。第二天搬家，弟兄俩闹翻了。……后来从砖塔胡同搬到西三条，也是我给借的车子。①

可见清水安三还无意中介入了周氏兄弟失和后鲁迅迁居事宜。清水安三最后一次出现在鲁迅日记中是 1924 年 5 月 7 日，是日"下午清水安三君来，不值。"也就是说鲁迅不在家，失之交臂了。两个月后，清水携夫人离京回日，然后赴美留学。

尽管清水安三在现存鲁迅日记上总共只出现了三次，但他对鲁迅一直十分尊敬和推重。早在 1922 年 11 月 24 日、25 日和 27 日，他就以"如石生"的笔名在日本《读卖新闻》"支那的新人"专栏连载《周三人》一文，介绍鲁迅、周作人、周建人三兄弟，他对鲁迅的评价不吝赞美之词：

---

① 唐弢：《清水安三会见记》，《唐弢近作》，成都：四川文艺出版社，1982 年，第 207—208 页。

> 盲诗人爱罗先珂(Eroshenko)推崇周树人为中国作家第一人,我也持这种观点。正当上海文士青社的每个人都在就《聊斋》中那些未写好的故事随随便便写文章的时候,发表了唯一称得上是创作作品的人,实际上就是周树人。①

这是继青木正儿之后,日本学者第二次向本国读者介绍鲁迅其人其文,仅凭这一点,清水安三就功不可没。直到晚年,清水安三还接连写了《值得爱戴的大家:鲁迅》(1967年)、《回忆鲁迅》(1968年)、《怀念鲁迅》(1976年)等文,以及在1979年会见唐弢时追忆鲁迅,尽管有些细节有所出入,清水深情缅怀当年与鲁迅的交谊却是一以贯之,他强调:"我认识很多中国人,但是象鲁迅那样平易近人、善解人意、谈笑风生、见识高深的人还未曾遇见过。"②

清水安三与鲁迅之间既然有着这样的渊源关系,那么,鲁迅曾经书赠清水字幅就是完全可以想见的,是情理中事。事实上,已有不止一位中国学者提到清水珍藏着鲁迅的书法作品。李明非是这样说的:"鲁迅在日记中记载着清水安三的名字,他曾多次将自己的书法作品赠与清水先生。"③闻黎明也说过:"清水先生非常敬仰鲁迅,一直珍藏着鲁迅送给他的书法作品。"④李说是"多次",闻说则未涉及次数,但不管是一次还是多次书赠,他们对鲁迅赠送清水安三书法作品的具体内容,均语焉不详。

唯一的一次公开披露鲁迅写给清水安三书法作品具体内容的

---

① 清水安三:《周三人》,日本《读卖新闻》,1922年11月24日,转引自清水畏三编:《朝阳门外的清水安三》,第167—168页。
② 清水安三:《值得爱戴的大家:鲁迅》,《朝阳门外的清水安三》,第171页。
③ 李明非:《清水安三先生与中国:几多鲜为人知的往事》,《外国问题研究》,1992年第3期。
④ 闻黎明:《序三 从中国观点看清水安三》,《朝阳门外的清水安三》,第5页。

文章出现在1996年。该年日本《从地球的一点开始》(又可译作《来自地球的一角》)第九十二、九十三期合刊发表日本学者饭田吉郎的《由鲁迅的一张明信片想到——"放下屠刀 立地成佛"》一文。很快,北京《鲁迅研究月刊》1996年11月号又刊出李思乐《鲁迅寄给清水安三的一张明信片》一文,文中全文转录了饭田此文的日文全文和中译全文并略加评说。鲁迅曾给清水安三写过"放下屠刀,立地成佛。放下佛经,立地杀人"这四句十六个毛笔字一事由此遂为日中读者所知,虽然并未引起中国鲁迅研究界足够的关注。

饭田吉郎(1922—　)编纂有《现代中国文学研究文献目录(1908—1945)》,1959年2月由日本汲古书院初版,1991年2月出版增补版。此篇短文正是从编纂这部工具书的话题切入的,饭田说:

> 在进行这项工作时,遇到了一些意外的、甚至不可思议的事情。第一件是无意中得到了鲁迅(1881—1936)寄给清水安三(1891—1964)的一张明信片。……
>
> 这张明信片的寄出人署名是鲁迅,收信人是"上海市徐家汇　清水安三先生"。是用漂亮的毛笔字写的,无日期,邮戳也模糊不清。因此,不能判定寄出的日期。因这明信片在《鲁迅日记》《鲁迅书信集》中都未收录,以致鲁迅究竟什么时候写了这张明信片,则无从知晓。
>
> 鲁迅在这张明信片上写了以下四句话十六个字,因在明信片的正面有鲁迅写的"应需回信"字样,看来很可能是受清水的请求而写的复信:
>
> 　　放下屠刀,立地成佛。
> 　　放下佛教,立地杀人。

意思是说,"如果放下屠刀,立地便可成佛。如果放下佛教,立地便可杀人。"①

这几段文字公开报道了鲁迅曾经书赠清水安三这十六个毛笔字,应该肯定。遗憾的是,其中也存在种种疑点,很容易产生误解,有必要略加辨析。首先,饭田并未提供这四句十六个字的照片,以至我们难以判断是否真的书于"明信片"上(日文"頁書",一般译为"明信片",但也应可视为比明信片大的"卡纸")。其次,饭田并未告诉我们他具体是什么时候"无意中得到"(或"找到")鲁迅这张"明信片"的。第三,饭田在抄录这四句十六个毛笔字时,竟然两次把"放下佛经"抄错,抄成"放下佛教"。"放下佛经",是通顺的、形象的,"放下佛教",就不大通了。如果"明信片"确在他手头,按理不应该犯这种错误。这还不包括已为李思乐一文所指出的,饭田在介绍清水生平时把清水的卒年也写错了。

五四以后,留过洋的文化人通信使用明信片不少,但鲁迅致信友人,一般不大使用明信片。查《鲁迅手稿全集·书信》,仅见1919年1月31日致钱玄同函和1926年9月11日、13日致许广平函等寥寥数通使用明信片而已,而前者是钱玄同先寄鲁迅明信片,鲁迅才以明信片答复老朋友。而且,清水安三向鲁迅索字固然完全有可能,但这四句十六个字的内容似不像鲁迅"受清水的请求而写",而更像是鲁迅主动选定写给信教(虽然不是佛教)的清水安三的。"应需回信"四字似也文理不通,不够礼貌,不像出之鲁迅之手。综上所述,笔者敢大胆推测,也许饭田吉郎撰写此篇短文时已

---

① 转引自李思乐:《鲁迅寄给清水安三的一张明信片》,《鲁迅研究月刊》,1996年第11期。

届七十五岁高龄,记忆或时有失误了?

然而,饭田吉郎至少见到过鲁迅书赠清水安三的这四句字幅,这一点应无可怀疑。他所说的因为《鲁迅日记》《鲁迅书信集》都未收录,鲁迅究竟什么时候在什么地方什么情况下写了这四句字幅,"则无从知晓",也都是实情。当然,鲁迅为人书写字幅,包括为日本友人和机构如圆觉寺所书,也有不写上款和不落款时间的,他写给清水安三的这四句字幅无上款无落款时间并非孤证。

"放下屠刀,立地成佛"是传诵甚广的佛家语。宋释普济编《五灯会元》卷五十三:"广额正是个杀人不眨眼底汉,飏下屠刀立地成佛。"明彭大翼《山堂肆考·征集》卷一:"屠儿在涅槃会上,放下屠刀,立便成佛,言改过为善之速也。"清文康撰长篇小说《儿女英雄传》第廿一回中也有"从来说'孽海茫茫,回头是岸;放下屠刀,立地成佛'"句。此语明白晓畅,但含义十分丰富,既可理解成停止作恶,立成正果,也可解释为放下妄想、执念,就是佛。鲁迅对佛学深有研究,他自费印行《百喻经》,他的作品中大量使用佛家语,都是明证。所以为信教的清水安三书写"放下屠刀,立地成佛",在他是信手拈来,不足为奇。至于"放下佛经,立地杀人",自然是鲁迅的引申,不仅可与"放下屠刀,立地成佛"相对应,显示了鲁迅思想敏锐,言辞犀利的特点,或者也有所针对,有具体所指。

有必要指出的是,鲁迅这十六字挂轴到底书于何时?一时固难以确定,鲁迅1927年10月定居上海后,日记中也已无与清水安三交往的明确记载,但据清水安三自己回忆,他和鲁迅在上海确实见过面。他1979年亲口对来访的唐弢说:

> 我是一九一九年五四运动之前,从沈阳来到北京的。一九二四年前往美国,住了三年。以后也在上海和鲁迅见过面。

不过,我们的主要交往在北京。①

但若进一步追问,清水和鲁迅到底具体何时在上海何地为何事见面,我们仍不得而知。不过,鲁迅1933年11月4日写了《归厚》一文,其中有这样一段值得注意的话:

> 古时候虽有"放下屠刀,立地成佛"的人,但因为也有"放下官印,立地念佛"而终于又"放下念珠,立地做官"的人,这一种玩意儿,实在已不足以昭大信于天下:令人办事有点为难了。②

文中"放下官印,立地念佛"和"放下念珠,立地做官"云云,与"放下佛经,立地杀人"倒颇有相似相近之处。当时谁在大念佛经? 1934年,国民政府考试院院长戴季陶和已下野的北洋政府执政段祺瑞等联合发起,请第九世班禅喇嘛在杭州灵隐寺举行"时轮金刚法会",宣扬"佛法",③鲁迅这四句十六字会不会与此相关呢? 他对段祺瑞一直是痛恨的。如果属实,那就颇具讽刺意味了。但这也只是一种推测,有待进一步查考。

鲁迅无心作书家,但他的书法历来为文坛和学界所看重,历来被视为文人书法的代表作品。鲁迅的字无论是大幅还是小幅,无论是精心之作,还是随兴所书,而今早都已是凤毛麟角。从这个意义讲,鲁迅为清水安三书写的这四句十六字挂轴的公之于世,实在

---

① 唐弢:《清水安三会见记》,《唐弢近作》,第206页。
② 鲁迅:《归厚》,《鲁迅全集》第五卷,第390页。
③ 参见鲁迅:《难行和不信》,《鲁迅全集》第六卷。

令人欣喜。

(原载 2016 年 1 月成都《当代文坛》总第 225 期)

附　记

关于鲁迅书赠清水安三的这幅字,鲁迅研究界存在争议,有关讨论文章按发表时候先后有王锡荣作《再谈鲁迅偈语条幅》(刊 2015 年 12 月 30 日上海《文汇报·笔会》)、萧振鸣作《鲁迅致清水安三行书偈语是真品吗?》(刊 2016 年 1 月 13 日北京《中华读书报·瞭望》)、黄乔生作《清水安三藏鲁迅手书佛偈》(刊 2016 年 1 月南京《开卷》第十七卷第一期)和王观泉作《新发现鲁迅四言诗偈:我的考证》(刊 2016 年 6 月《上海鲁迅研究》2016 春号)等文,可以参阅。

郁达夫《她是一个弱女子》手稿本

保存、整理和研究作家的创作手稿，是中国现代文学史研究一个必不可少的组成部分。笔者十多年前就提出要"重视手稿学的研究"，①后来又有论者进一步重申和发挥，研究现代作家手稿的学术成果也已陆续出现。②但是，与鲁迅、胡适、郭沫若、茅盾、巴金、老舍等重要作家手稿不断印行③相比，郁达夫这位在20世纪中国文学

---

①参见笔者2005年6月18日在香港中文大学图书馆的演讲《签名本和手稿：尚待发掘的宝库》，《边缘识小》，上海：上海书店出版社，2009年，第3—27页。修订稿刊《中国现代文学史实发微》，新加坡：青年书局，2014年，第243—258页。

②参见王锡荣：《手稿学在中国》，上海：《文汇报·笔会》，2015年10月26日。《中国现代作家手稿及文献国际学术研究会论文集》也于2016年4月由上海文化出版社出版，书中对鲁迅、郁达夫、王文兴等现当代作家手稿有所探讨。

③据不完全统计，这六位作家手稿的出版概况如下：

鲁迅手稿，最早出版的为《鲁迅书简》，许广平编，上海：三闲书屋，1937年。第一部搜集较为完备的鲁迅手稿集为《鲁迅手稿全集》，北京：文物出版社，1978—1986年。此后，鲁迅手稿时有发现，鲁迅手稿全集也出版了多种版本，最新的为《鲁迅手稿丛编》，北京：人民文学出版社，2014年。还出版了《国家图书馆藏鲁迅未刊翻译手稿》，北京：国家图书馆出版社，2014年。

胡适手稿，内地出版有《胡适遗稿及秘藏书信》，耿云志主编，合肥：黄山书社，1994年；《胡适留学日记》手稿本，上海人民出版社，2015年。

茅盾手稿，出版有《子夜》手稿本，北京：中国青年出版社，1996年。以后又出版数种版本；《茅盾手迹》三种，杭州：华宝斋书社，2001年；《茅盾珍档手迹》，杭州：浙江大学出版社，2011年。连茅盾高小时代的作文，也出版了《茅盾文课墨迹》，浙江桐乡茅盾纪念馆，2001年。

郭沫若手稿，出版有《谈〈随园诗话〉札记》，北京古籍出版社，2003年；（接下页）

史上留下不灭印记的创造社代表作家的手稿的出版和研究,实在是乏善可陈,连他的中学同学、新月派诗人徐志摩的存世手稿也早已问世,①但他除了一些诗歌、题词和书信手稿已经印行外②还可以说些什么呢?

不妨先回顾郁达夫手稿的发表情况。

在郁达夫生前,他的新文学创作手稿的刊登仅见二次。1933年3月,上海天马书店出版《达夫自选集》时,书前刊出了《序》手稿之一页;1935年3月,郁达夫编选的《中国新文学大系·散文二集》出版时,《良友图画杂志》《新小说》等刊出了他的《编选感想》手稿一页。在郁达夫身后,他的一些旧体诗词手稿在海内外陆续有所披露,但小说、散文、杂文、评论等新文学作品手稿的发表,哪怕只有一页,在相当长的一个历史时段也几乎完全空白。

1982至1985年,广州花城出版社与香港三联书店合作出版《郁达夫文集》(十二卷本),作为插图之用的郁达夫新文学作品手稿共刊出如下数种:

中篇小说《迷羊》第二章第一页
中篇小说《她是一个弱女子》第一章第一页

《李白与杜甫》,北京:线装书局,2012年。

巴金手稿,出版有《家》手稿本,人民文学出版社、江苏广陵古籍刻印社,1998年;《随想录》手稿本,上海文化出版社,1998年;《寒夜》手稿珍藏本,上海文艺出版社,2005年;《憩园》手稿珍藏本,上海文艺出版社,2007年。

老舍手稿,出版有《骆驼祥子》手稿本,北京:人民文学出版社,2009年;《四世同堂》第一、二部手稿本,南昌:江西教育出版社,2010年。《〈正红旗下〉手稿》,北京出版社,2015年。

① 吴德健、虞坤林编:《徐志摩墨迹》,杭州:西泠印社,2004年。至出书时已发现的徐志摩诗稿、译稿、书信和日记等手迹均编集在内。

② 分别参见张金鸿编:《郁达夫情书手迹》,杭州:华宝斋书社,1999年;蒋增福、郁峻峰编:《郁达夫手迹》,杭州:西泠印社出版社,2004年。

《〈达夫自选集〉序》之一页
随感《〈中国新文学大系·散文二集〉编选感想》
评论《歌德以后的德国文学举目》第一页
《厌炎日记》第一页
译文《关于托尔斯基的一封信》(高尔基作)之一页

1992年,浙江文艺出版社出版了《郁达夫全集》(十二卷本),新刊出的作为插图之用的郁达夫创作手稿仅有如下二种:

短篇小说《圆明园的秋夜》第一页
1929年9月27日(旧历八月廿五)日记之一页

2007年,浙江大学出版社出版了新的《郁达夫全集》,刊出的插图中,除了一些诗词和题词等手迹,郁达夫新文学作品手稿的蒐集并无进展。

有必要指出的是,上述已披露的郁达夫新文学作品手稿中,仅有《〈中国新文学大系·散文二集〉编选感想》一页是一篇完整的手稿,其他都只是文中一个小小的片段而已。换言之,除了这篇短小的《编选感想》,迄今为止,郁达夫完整的新文学作品手稿从未与世人见面。由此足见,郁达夫手稿整理和研究工作的严重滞后。由此也有力地证明,郁达夫中篇小说《她是一个弱女子》手稿本的影印问世,不仅使读者能够欣赏难得一见的郁达夫钢笔书法,对郁达夫手稿的研究更是零的突破,对整个郁达夫研究也具有非同寻常的意义。

在郁达夫小说创作史上,《她是一个弱女子》占着一个特殊的位置。这是郁达夫继《沉沦》《迷羊》之后出版的第三部中篇小说。小说以 1927 年"四·一二事变"前后至"一·二八事变"为背景,以女学生郑秀岳的成长经历和情感纠葛为主线,描绘了她和冯世芬、李文卿三个青年女性的不同人生道路和她的悲惨结局。小说的构思和写作过程,正如郁达夫自己在《〈她是一个弱女子〉后叙》中所说:

> 《她是一个弱女子》的题材,我在一九二七年(见《日记九种》第五十一页一月十日的日记)就想好了,可是以后辗转流离,终于没有功夫把它写出。这一回日本帝国主义的军队来侵,我于逃难之余,倒得了十日的空闲,所以就在这十日内,猫猫虎虎地试写了一个大概。①

查《日记九种·村居日记》,在 1927 年 1 月 10 日日记中,郁达夫先记下了他完成周作人大为赏识的短篇《过去》,并打算一鼓作气续完中篇小说《迷羊》的感受,强调自己的"创作力还并不衰",然后写道:

> 未成的小说,在这几月内要做成的,有三篇:一,《蜃楼》,二,《她是一个弱女子》,三,《春潮》。此外还有广东的一年生活,也尽够十万字写,题名可作《清明前后》,明清之际的一篇历史小说,也必须于今年写成才好。②

---

① 郁达夫:《〈她是一个弱女子〉后叙》,《郁达夫全集》第二卷,杭州:浙江大学出版社,2007 年,第 354、355 页。
② 郁达夫:《日记九种·村居日记》,《郁达夫全集》第五卷,杭州:浙江大学出版社,2007 年,第 71 页。

显而易见,这是一个雄心勃勃的创作计划,如能全部实现,那该多好。可惜后来中篇《蜃楼》只发表了前十二章,①《春潮》无以为继,②《清明前后》毫无踪影,"明清之际的一篇历史小说"也只是一个设想,唯独《她是一个弱女子》虽然拖延了不少时日,终于按计划大功告成。

从《她是一个弱女子》作者题记和末尾"后叙"的落款时间可知,这部作品1932年3月杀青,正值震惊中外的上海"一·二八事变"之后,郁达夫后来在《沪战中的生活》中对写作《她是一个弱女子》的经过又有进一步的回忆:

> 在战期里为经济所逼,用了最大的速力写出来的一篇小说《她是一个弱女子》。这小说的题材,我是在好几年前就想好了的,不过有许多细节和近事,是在这一次的沪战中,因为阅旧时的日记,才编好穿插进去,用作点缀的东西。我的意思,是在造出三个意识志趣不同的女性来,如实地描写出她们所走的路径和所有的结果,好叫读者自己去选择应该走哪一条路。三个女性中间,不消说一个是代表土豪资产阶级的堕落的女性,一个是代表小资产阶级的犹豫不决的女性,一个是代表向上的小资产阶级的奋斗的女性。这小说的情节人物,当然是凭空的捏造,实际上既没有这样的人物存在,也并没有这

---

① 郁达夫:《蜃楼》,中篇小说,第一至四章(除第四章最后一节)初刊《创造月刊》1926年6月第四期,第一至十二章后刊《青年界》1931年3—5月第一至三期,未完。《郁达夫全集》第二卷,杭州:浙江大学出版社,2007年。

② 郁达夫:《春潮》,中篇小说,第一至三章初刊《创造》季刊1922年11月第一卷第三期,未完。《郁达夫全集》第一卷,杭州:浙江大学出版社,2007年。

样的事情发生过的。①

必须指出,郁达夫这段话已把他在《她是一个弱女子》中塑造三个不同的年轻女性的创作宗旨和盘托出,小说中这三位女子的同性恋纠葛也应在这样的背景下加以考察才有意义。但是,后来竟有人自动对号入座,认为这部小说是在影射作者自己的家庭纠纷,②未免把小说创作和现实生活混为一谈。

《她是一个弱女子》完稿后,并没有像《蜃楼》那样先在刊物上连载,而是像《沉沦》《迷羊》那样直接交付出版。1932年3月31日,此书由上海湖风书局付梓,4月20日出版,列为"文艺创作丛书"之一,印数1500册。据唐弢查考,《她是一个弱女子》出版后不久即被当局指为"普罗文艺"而禁止发行。湖风书局被查封后,上海现代书局接收湖风书局纸型于当年12月重印,但为了躲过检查,倒填年月作"1928年12月"初版,又被当局加上"妨碍善良风俗"的罪名,下令删改后方可发行。次年12月,删改本易名《饶了她》重排出版,不到半年又被当局认定"诋毁政府"而查禁。③《她是一个弱女子》命途如此多舛,在中国现代文学史上,像它这样一

---

① 郁达夫:《沪战中的生活》,《郁达夫全集》第三卷,杭州:浙江大学出版社,2007年,第163页。

② 参见王映霞:《王映霞自传》,台北:传记文学出版社,1990年,第108—109页。王映霞"回忆",郁达夫当时"怀疑"她与女同学刘怀瑜"同性恋爱","好一个爱幻想的大作家",在"这种奇异的情绪下写了"《她是一个弱女子》。但是,早在认识王映霞之前,郁达夫就已在构思《她是一个弱女子》。据《日记九种·村居日记》,郁达夫1927年1月14日在友人孙百刚处结识王映霞,而在此之前四天,他已在日记中记下了《她是一个弱女子》的写作计划,他酝酿这部作品的时间当更早。

③ 参见唐弢:《饶了她》,《晦庵书话》,北京:三联书店,1980年,第133、134页。又,《饶了她》出版时,扉页上印有"本书原名《她是一个弱女子》奉内政部警字第四百三十三号批令修正改名业经遵令修改呈部注册准予发行在案"的声明,结果仍于1934年4月被当局查禁。转引自郁云:《郁达夫传》,福州:福州人民出版社,1984年,第110页。

再被查禁的作品,并不多见。

对郁达夫这部中篇的评价长期以来也是毁誉参半。湖风初版本问世不到四个月,就有论者撰文评论,认为"这依然是一部写色情的作品","在结构和文章上都并不十分出色,可是它的描划人物都是非常成功的。作者本是这方面的能手。他写郑秀岳的弱,写李文卿的不堪,都能给予读者一个永远不能忘记的形象。这是不依靠文字的堆琢的白描的手段,在国内作品中很难找到类似的例子"。① 也有论者认为《她是一个弱女子》"不失为郁先生作品中的杰作之一"。② 1950年代初,论者在批评《她是一个弱女子》"对革命人物的塑造""显得有些浮沉平面",反让"他过去作品中的主调——肉欲和色情的描写占了上风"的同时,还承认"这篇小说在达夫先生作品中仍不失为具有进步意义的作品"。③ 但随着认为郁达夫作品有很大消极面的看法占据统治地位,《达夫全集》胎死腹中,④《她是一个弱女子》这样的作品当然也无法重印,更难以展开探讨了。直到1980年代改革开放以后,《她是一个弱女子》才在问世半个世纪后首次编入《郁达夫文集》重印,这部中篇手稿的第一页也作为插图首次与读者见面。但是,在一个不短的时间里,对

---

① 杜衡:《她是一个弱女子》,《现代》1932年8月第一卷第四期。转引自王自立、陈子善编:《郁达夫研究资料》,北京:知识产权出版社,2010年,第324、326页。
② 黄得时:《郁达夫先生评传》,《台湾文化》1947年9—10月第二卷第六至八期。转引自王自立、陈子善编:《郁达夫研究资料》,北京:知识产权出版社,2010年,第374页。
③ 丁易:《〈郁达夫选集〉序》,《郁达夫选集》,北京:开明书店,1951年。转引自王自立、陈子善编:《郁达夫研究资料》,北京:知识产权出版社,2010年,第389页。
④ 1949年1月,《达夫全集》编纂委员会在上海成立并开展工作。共和国成立以后,郭沫若认为郁达夫作品中的"黄色描写有副作用,不宜出全集,只能出选集",《达夫全集》的出版就此中止,直到改革开放以后才重新提上议事日程。参见赵景深:《郁达夫回忆录》,《回忆郁达夫》,长沙:湖南文艺出版社,1986年,第268—273页。

《她是一个弱女子》仍然不是视而不见,就是评价不高。① 近年这种状况才有所改观,已有研究者重新注意《她是一个弱女子》,重新研究这部小说的主人公,试图运用女性主义理论、女同性恋理论、心理分析理论等重新解读这部中篇小说。②

《她是一个弱女子》手稿书于名为"东京创作用纸"的200格(10×20)稿纸之上,黑墨水书写,共一百五十四页(绝大部分一页二面,也有个别一页一面),又有题词页一页,对折装订成册,封面有郁达夫亲书书名:"她是一个弱女子"。除了封面略为受损和沾上一些油渍以及第二十一页左面撕去一部分外,整部手稿有头有尾,保存完好,只是书末缺少了达夫作于1932年3月的此书《后叙》,想必《后叙》是他在此书交稿后或校阅清样时所作,未包括在这册手稿本中。

翻阅这部《她是一个弱女子》手稿本,打开第一页就有个不小的发现。《她是一个弱女子》初版本题词上印有:

谨以此书,献给我最亲爱,最尊敬的映霞。一九三二年三月 达夫上

---

① 改革开放以后的各种中国现代文学史著作,在讨论郁达夫时,很少提到《她是一个弱女子》。唐弢主编的《中国现代文学史》虽然论及,承认该中篇"侧面反映了大革命风暴在知识青年中激起的回响,接触到军阀压迫、工人罢工、日帝暴行等当时社会现实的若干重要方面",但同时认为"中篇的主要篇幅仍然用来描写性变态生活,却表明了作者远未能摆脱旧有的思想局限"。参见唐弢主编:《中国现代文学史》第一分册,北京:人民文学出版社,1979年,第197、198页。

② 参见龚达联:《叙写柔弱不是错》,《井冈山师范学院学报(哲学社会科学)》2004年第廿五卷增刊;郑蕙苡:《〈她是一个弱女子〉的当代意义》,《文艺争鸣》2008年第四期;陈静梅:《解读郁达夫小说〈她是一个弱女子〉中的女女关系》,《凯里学院学报》2010年第廿八卷第四期等。

但是手稿题词页明明写着：

> 谨以此书，献给我最亲爱，最尊敬的映霞。五年间的热爱，使我永远也不能忘记你那颗纯洁的心。一九三二年三月达夫上

不过，后一句又被作者全部划掉了。由此可知，这段题词原来有两句，但最后付梓时，郁达夫删去了后一句，仅保留了第一句。为什么要删去？耐人寻味。

经与《她是一个弱女子》初版本核对，又可知这部手稿既是初稿，又是在初稿基础上大加修改的改定稿，颇具研究价值。手稿本从头至尾，几乎每一页都有修改，大部分用黑笔偶尔用红笔的修改，或涂改，或删弃，或增补，包括大段的增补。有时一页修改有九、十处之多，还有一些页有不止一次修改的笔迹。郁达夫创作这部中篇小说的认真细致、反复斟酌，由此可见一斑。

品读手稿，我们可以揣摩郁达夫怎样谋篇布局，怎样遣词造句，怎样交代时代背景，怎样描写风土人情，怎样设计人物对话，怎样塑造主人公形象，一言以蔽之，可以窥见郁达夫是怎么修改小说的。这样的例子在手稿本中俯拾皆是，不妨举几例。

在交代时代背景方面，小说第一章写主人公郑秀岳求学经历，手稿初稿有这么一小段：

> 政潮起伏，时间一年年的过去，郑秀岳居然长成得秀媚可人，已经在杭州的女学校里，考列在一级之首了。

手稿上修改后的定稿，也即初版本所印出的这一段是这样的：

政潮起伏，军阀横行，中国在内乱外患不断之中，时间一年年的过去，郑秀岳居然长成得秀媚可人，已经在杭州的这有名的女学校里，考列在一级之首了。

两相比较，手稿上增添的这些字句显然并非可有可无。

再如小说第十六章中，写到国共合作北伐时，手稿初稿有这么一段：

孙传芳占据东南不上数月，广州革命政府的北伐军队，受了第三国际的领导和工农大众的扶持，着着进逼。革命军到处，百姓箪食壶浆，欢迎唯恐不及。于是军阀的残部，就不得不露出他们的最后毒牙，来向无辜的百姓，试一次致命的噬咬。可怜杭州的许多女校，同时都受到了匪军的包围，几千女生同时都成了被征服的人身供物。

而手稿上修改后的定稿，也即初版本所印出的这一段是这样的：

孙传芳占据东南五省不上几月，广州革命政府的北伐军队，受了第三国际的领导和工农大众的扶持，着着进逼，已攻下了武汉，攻下了福建，迫近江浙的境界来了。革命军到处，百姓箪食壶浆，欢迎唯恐不及，于是旧军阀的残部，在放弃地盘之先，就不得不露出他们的最后毒牙，来向无辜的农工百姓，试一次致命的噬咬，来一次绝命的杀人放火，掳掠奸淫。可怜杭州的许多女校，这时候同时都受了这些孙传芳部下匪军的包围，几千女生也同时都成了被征服地的人身供物。

两相比较,手稿定稿修改增添的字句,当然更具体,更准确,作者的态度也更爱憎分明,更能激起读者的愤怒和同情。

在描写景物和人物心情方面,小说第廿一章写到郑秀岳和吴一粟坠入爱河,手稿初稿有这么一段:

> 这时候黄黄的海水,在太阳光底下吐气发光,一只进口的轮船,远远地从烟突里放出了一大卷烟。从小就住在杭州,并未接触过海天空阔的大景过的郑秀岳,坐在海风飘拂的回廊阴处,吃吃看看,和吴一粟笑笑谈谈,觉得她周围的什么都没有了,只有她和吴一粟两个人,只有她和他,像是亚当夏娃,在绿树深沉的伊甸园里过着无邪的日子。

手稿修改后的定稿,也即初版本所印出的则作:

> 这时候黄黄的海水,在太阳光底下吐气发光,一只进口的轮船,远远地从烟突里放出了一大卷烟雾。对面远处,是崇明的一缕长堤,看起来仿佛是梦里的烟景。从小就住在杭州,并未接触过海天空阔的大景过的郑秀岳,坐在海风飘拂的这旅馆的回廊阴处,吃吃看看,更和吴一粟笑笑谈谈,就觉得她周围的什么都没有了,只有她和吴一粟两人,只有她和他,像亚当和夏娃一样,现在绿树深沉的伊甸园里过着无邪的原始的日子。

显而易见,经过修改补充的手稿定稿更细腻,更生动,更好地烘托出主人公两情相悦的欢快心情。

《她是一个弱女子》手稿本所展示的作者的各种修改,当然举不胜举,读者如果仔细比对,一定还会有许许多多有趣的发见。

西方当代文学理论中,有"文本发生学"一脉,也即"考察一个文本从手稿到成书的演化过程,从而探寻种种事实证据,了解作者创作意图、审核形式、创作中的合作与修订等问题"。① 就发生学研究而言,手稿(包括草稿、初稿、修改稿、定稿乃至出版后的再修订稿等)的存在和出现,是至关重要的,它将大大有助于读者和研究者捕捉作者的"创作心理机制",更全面、深入地理解和阐释文本。以此观之,《她是一个弱女子》手稿的影印出版,就意义决非一般了,因为它为我们进一步打开探讨这部备受争议的郁达夫小说的空间提供了新的可能。

总之,历经八十多年的风雨沧桑,《她是一个弱女子》完整的同时也是十分珍贵的手稿得以幸存于世,毫不夸张地说,确实是郁达夫研究的大幸,同时也是中国现代作家手稿研究的大幸。这部手稿得以完好地保存,郁氏后人功不可没。当年手稿正文第一页首先在《郁达夫文集》刊出,就是原收藏者、郁达夫长子郁天民先生热情提供的。关于这部手稿本的收藏经过,郁峻峰兄已有文详细介绍,不必笔者再饶舌了。

今年12月7日是郁达夫诞辰120周年,《她是一个弱女子》手稿本的影印出版,也是对这位20世纪中国文学史上极具个性的天才作家的别有意味的纪念,书比人长寿。

2016年10月30日于海上梅川书舍

(原载2017年1月中华书局初版《郁达夫手稿:〈她是一个弱女子〉》)

---

① 拉曼·塞尔登等:《当代文学理论导读》,刘象愚译,北京:北京大学出版社,2006年,第332页。

左联·郁达夫·《北斗》

1930年3月2日,中国左翼作家联盟在上海成立,距今已经整整八十五年了。

据现有史料,左联发起人有五十余人之多,①包括了鲁迅、郁达夫和后期创造社、太阳社、南国社等文学社团的成员,而对创造社元老郁达夫是否列名发起,当时曾有过不同意见。参与左联筹备小组工作的夏衍在1980年1月所作的《"左联"成立前后》一文中回忆,当他与冯乃超二人受筹备小组委托,将左联纲领和发起人名单初稿送请鲁迅审阅时,鲁迅对发起人名单中没有郁达夫提出了异议:

> 这次会见是在鲁迅家里,我们说明了筹备会讨论的经过,把两个文件交给了他。鲁迅很仔细地同时也是很吃力地阅读了那份文字简直象从外文翻译过来的纲领,后来慢慢地说:"我没意见,同意这个纲领。"又说:"反正这种性质的文章我是不会做的。"接着他又看了发起人的名单。有些他不认识的人,我们一一作了介绍,他也没有表示不同意见。最后他提出

---

① 参见记者:《中国左翼作家联盟的成立》,《拓荒者》,1930年3月10日第一卷第三期。又参见丁景唐:《关于参加中国左翼作家联盟成立大会盟员名单(校订稿)》,《犹恋风流纸墨香:六十年文集》,上海:上海文艺出版社,2004年,第691—702页。

为什么没有郁达夫参加发起?我们说,郁达夫最近情绪不好,也不经常和一些老朋友来往。鲁迅听了之后,很不以为然地说:"那是一时的情况,我认为郁达夫应当参加,他是一个很好的作家。"我们表示同意。不过我们说这还得征求他本人的意见,鲁迅也赞成。①

查鲁迅日记,1930年2月24日云:"午后乃超来。"《鲁迅全集》对此句的注释为"冯乃超来请鲁迅审阅'左联'纲领草稿"。由此,或可断定,冯乃超、夏衍与鲁迅的这次重要会见,时间为1930年2月24日。只是有一点,鲁迅日记未记沈端先(夏衍当时用名)的名字。

四年之后,夏衍撰长篇自传体回忆录《懒寻旧梦录》,在第四章"左翼十年(上)"之第三节"筹备组织'左联'"中,写到这次拜访鲁迅时,几乎原封不动地照搬了《"左联"成立前后》中的上引这段话,但有一个关键的改动,即把"我们说,郁达夫最近情绪不好……"改为"乃超说,郁达夫最近情绪不好……",②"我们说"变成"乃超说",这可以理解为对郁达夫列名左联发起人,至少冯乃超开始是持有不同意见的。③

---

① 夏衍:《"左联"成立前后》,《左联回忆录》上册,北京:中国社会科学出版社,1982年,第42页。
② 夏衍:《懒寻旧梦录·左翼十年(上)》,《夏衍全集》第15卷,杭州:浙江文艺出版社,2005年,第80页。
③ 冯乃超1977年12月20日改定的《左联成立前后的一些情况》中所说与夏衍有出入:"第三次去鲁迅家里是请他对左联的《宣言》等文件提意见,是我一个人去的。"他1978年9月4日所作《鲁迅与创造社》中,也否认对郁达夫列名左联发起人持有不同意见:"有人提到郁达夫参加'左联'是鲁迅介绍的,姑无论这是否事实,便派生出了创造社的人排斥郁达夫参加'左联'的说法;更有人说我主张开除郁达夫出'左联',鲁迅不同意,我因此受到了批评云云,真是无中生有。"参见《冯乃超文集》(上),广州:中山大学出版社,1986年,第383、395页。有必要指出,据鲁迅日记,冯拜访鲁迅仅1930年2月24日这一次而不是"三次"。

到了1985年,为纪念郁达夫遇害四十周年,夏衍写了充满感情的《忆达夫》,文中在忆及郁达夫与左联关系时,又是这样回忆的:

> 关于达夫和"左联"的关系,我看到过的有关文史资料和回忆文章中,也有一些不符合实际情况的记载。1930年2月下旬,"左联"筹备组草拟发起人名单时,对郁达夫应否列名的问题,确曾有过不同意见,有人(郑伯奇、钱杏邨)赞成,也有人反对,当时我不了解文艺界内情,也没有坚持。后来冯乃超和我拿了这个名单向鲁迅征求意见,鲁迅就问:你们问过郁达夫没有?为什么不列他的名字?于是我们就在发起人名单上加上了达夫的名字,并决定由我去征求他的同意。大概在2月下旬的一个雨天,我和陶晶孙一起去看他,他病卧在床上,我简单地把筹备成立"左联"的事告诉了他,并让他看了发起人名单。他就说:你们要我参加,就参加吧,不过我正在"冬眠",什么事情也做不了。①

这个回忆又恢复了"我们说",对整个事情来龙去脉的回忆则更为完整。如果1930年2月24日冯乃超、夏衍拜访鲁迅这个日期确实无误,那么,夏衍与陶晶孙拜访郁达夫征求同意列名左联发起人的日期就应该在1930年2月25日至3月1日之间,因为3月2日左联就召开成立会了。但已经刊行的郁达夫1930年2月—3月日记是摘录,不是全部,②所以夏、陶到底哪一天拜访郁达夫,还是

---

① 夏衍:《忆达夫》,《夏衍全集》第九卷,杭州:浙江文艺出版社,2005年,第581页。
② 郁达夫1929年2月至3月的日记,由其后人摘编成《断篇日记》,但其中并无2月24日至3月1日陶晶孙等来访的记载,当然不排除郁达夫失记或摘编者未摘录。参见《郁达夫全集》第十二卷,杭州:浙江文艺出版社,第311—314页。

个悬案,有待将来郁达夫日记的全部公开。

不管怎样,郁达夫列名左联发起人曾有过不同意见,在鲁迅建议下方得以列名,却已是不容置疑的了。令人惊讶的是,郁达夫列名左联发起人之后不到九个月,又被左联"请他退出"。有关情形,左联首任常务委员郑伯奇在十五年之后所写的《怀念郁达夫》中首次作了披露:

> 不久,文坛起了波动,新的运动发生了。达夫对于新运动早有共鸣,大家都希望他能够参加。也许是达夫在文坛的地位和他的社会关系妨碍了他,大家总觉得他不甚积极。但是当团体成立的时候,他当然参加了。不知由那里传出来的话,据说他曾对徐志摩先生说:"I am a writer, not a fighter"。这句话引起青年朋友们的不满。在我主持的一次大会席上,通过了请他退出的决议案。这是我终身引为遗憾的一件事。其实,"我是作家,不是战士"这一句话,严格地解释起来,固然有点不妥,而解决的办法,至今思之,究嫌过火。我在当时不能制止,自然应该负责。这句话若在以后几年间说出来,决不会引起这样的波澜。①

这段文字尽管有点隐晦,意思还是明确的。"新的运动"指左翼文艺运动,"大家"希望郁达夫"参加",他当然也参加了的"团体"是指左联。时光荏苒,又过去了一十七年,进入晚年的郑伯奇撰写了《"左联"回忆散记》,再次旧事重提,表述也更为清晰完整:

---

① 郑伯奇:《怀念郁达夫》,《书报精华》,1945 年第十二期。转引自《郑伯奇文集》,西安:陕西人民出版社,1988 年,第 1197 页。

因为政治环境恶劣,"左联"很少开会员大会,但在初期,却召开过几次人数较多的会,地址好像都在北四川路附近。记得在北四川路横浜桥附近一所小学里开过一次会,是临时召集的。会上有人提出这样的意见:郁达夫对新月社的徐志摩说:"我是作家,不是战士。"向"左联"的敌人公然这样表示,等于自己取消资格,应该请他退出。一时群情激动,纷纷表示赞成。我主持会议,未经深思,遂付表决。达夫因此和"左联"一时疏远,并对我深致不满。以后,我担任良友图书公司编辑,彼此才逐渐恢复交情。①

归纳郑伯奇先后两次回忆,可以得出这样的结论:左联初期,在一次"临时召集"的"大会"上,表决通过了请郁达夫"退出"左联的决议,这次"大会"正是由郑伯奇主持的,而之所以非请达夫"退出"不可的依据,是他对左联的"敌人"徐志摩说了"我是作家,不是战士"这句话。郁达夫与徐志摩是中学同学,两人关系一直很好,当时的徐志摩是否就是左联的"敌人",是大可怀疑的。徐志摩的文学主张和创作实践当然与左翼作家不同,但他却没有把左翼作家视为"敌人",而很愿意与之交朋友。②

郁达夫生前对此事也有过两次直接的公开表态。一次是1933年5月在杭州答记者问,他是这样说的:

---

① 郑伯奇:《"左联"回忆散记》,《新文学史料》,1982年2月总第十四期。
② 郑振铎在徐志摩去世后回忆,"他在上海发起'笔会'。……他很希望上海的'左翼'文人们,也加入这个团体。同时,连久已被人唾弃的'礼拜六'派的通俗文士们他也想招致。虽然结果未必能够尽如他意,然他的心力却已费得不少了。在当代的文坛上,象他那样的不具有'派别'的旗帜与偏见的,能够融合一切,宽容一切的,我还没见过第二人"。《悼志摩》,北平:《晨报·学园》,1931年12月8日。

> 左翼作家大同盟，不错，我是发起人中的一个。可是，共产党方面对我很不满意，说我的作品是个人主义的。这话我是承认的，因为我是一个小资产阶级出身的人，当然免不了。……
>
> 后来，共产党方面要派我去做实际工作，我对他们说，分传单这一类的事我是不能做的，于是他们就对我更不满意起来了。所以在左翼作家联盟中，最近我已经自动的把"郁达夫"这名字除掉了。①

另一次是他 1939 年在有名的《回忆鲁迅》中提到此事：

> 当时在上海负责在做秘密工作的几位同志，大抵都是在我静安寺路的寓居里进出的人；左翼作家联盟，和鲁迅的结合，实际上是我做的媒介。不过，左翼成立之后，我却并不愿意参加，原因是因为我的个性是不适合于这些工作的，我对我自己，认识得很清，决不愿担负一个空名，而不去做实际的事务；所以，左联成立之后，我就在一月之内，对他们公然的宣布了辞职。②

郁达夫这两次回忆显然对左联成立后的一些过左的"实际工作"，如"分传单"、飞行集会等表示不满，但回忆也存在若干偏差，如他说的"一月之内"就向左联"宣布了辞职"，按常理视之，时间

---

① 许雪雪：《郁达夫先生访问记》，杭州：《文学新闻》，1933 年 5 月第三期。
② 郁达夫：《回忆鲁迅》，新加坡：《星洲日报半月刊》，1939 年 6 月第廿三期。转引自《郁达夫全集》第四卷，杭州：浙江文艺出版社，1992 年，第 227 页。

上不可能那么快。而且,"宣布了辞职"是什么意思呢?1930年12月间确实有关于郁达夫"脱离"左联的公开报道,值得注意:

> 中国左翼作家联盟成立以后,郁达夫亦有名字在里面,不过听说达夫在左联并没有做过什么事情,左联的会议,他从未参加过。近来达夫在林语堂、徐志摩等宴会上,曾当众表示:"自己是一个文人,不是一个战士。"同时,他又写信给左联,说他自己因为不能过斗争生活,要求脱离关系云。①

这则报道或可证实那句"我是作家,不是战士"并非空穴来风,而是郁达夫在某次与徐志摩、林语堂等的宴席上所说的。想必由某位在场者传了开去,才引发左联大会上"请他退出"的表决。但是,这次宴会到底是什么时候举行的,有哪些人参加?郁达夫"又写信给左联"的"同时"到底是何时?仍都是个谜。

不仅如此,夏衍在《怀达夫》里对左联的这次表决也表示了怀疑:

> 谈到达夫和"左联"的关系,还有一个直到现在还弄不清楚的问题,那就是郑伯奇1962年9月间写的《左联回忆散记》中所记的"左联"通过了把郁达夫除名的决议。……这篇回忆中对于"左联"在会员大会上通过"请他(郁达夫)退出"的情况叙述得很详细,但这件事发生于哪年哪月,却没有具体说明,而只说是在"左联"成立之后的"初期"。"左联"成立于

---

① 《郁达夫脱离左联》,上海:《读书月刊》,1930年12月1日第一卷第二期"国内文坛消息"栏。

1930年3月,"初期",那应该是在1930年或1931年之间,当时我是"左联"的执行委员,说我对这样一件大事毫无印象,是不大可能的。更使我不解的是"左联"成立初期的党团书记是冯乃超,不久后接替乃超的是冯雪峰,以及当时和达夫经常有来往的阿英,乃至郑伯奇本人,在"文革"以前的二十多年中,都没有和我谈起过这件事。"左联"初期(到1933年达夫迁居杭州之前),我和他不时见面,他迁居杭州后,每次到上海,也常常来找我,而他也从来没有提到这个问题。现在,乃超、雪峰、伯奇都不在了,已经没有核对的可能。近几个月来,我问过几位研究"左联"史实的朋友,据说冯雪峰在60年代也曾讲过,说"左联"会员大会通过这个决议时只有他和柔石等四人反对。柔石是在1931年2月殉难的,那么这件事应该是在1930年的5月之后,因为5月以前"左联"召开的三次会员大会,我都参加了的,我还自信我的记忆力不会坏到连这样一件大事也会忘记到一干二净的程度。当然,考虑到当时的历史的环境,发生这样的事也是有可能的。①

夏衍的疑问,确实事出有因。夏衍提出左联"初期"三次会员大会,即1930年3月2日成立大会、4月29日第二次盟员大会和5月29日第三次全体大会,②他都出席,却对除名郁达夫的表决"毫无印象",这该怎么解释呢?因此,郑伯奇的两次回忆是否属实,必须寻找新的证据。

---

① 夏衍:《忆达夫》,《夏衍全集》第九卷,杭州:浙江文艺出版社,2005年,第581页。
② 关于左联三次会员大会,参见《中国左翼作家联盟的成立》(《拓荒者》,1930年3月10日第一卷第三期)和《左翼作家联盟的两次大会记略》(《新地月刊》,1930年6月,即《萌芽月刊》第一卷第六期)两篇报道。

值得庆幸的是,左联关于郁达夫的表决留下了文字记载,白纸黑字,证据确凿,可惜夏衍生前未及看到。这个表决恰恰是在夏衍没有参加的左联第四次全体大会上作出的。1930年11月22日出版的中共中央机关报《红旗日报》刊出了一篇《左翼作家联盟第四次全体大会补志》,摘录如下:

> 本月十六日下午六时左翼(联)在会所开第四次全体大会,到会人数除联盟会员三十余人外,还有日本战旗社及中准会文化总同盟等代表多人参加。
> 首由主席作政治报告……
> 嗣战旗代表报告……
> 旋由常委报告;大都是极严重的自我批评,例如过去脱开群众坐在亭子间创作和不参加组织生活,忽视经常的训练……等(此处的省略号为原文所有——笔者注),因此文化斗争不能起实际作用,所以过去的工作,那是没有什么好成绩。报告毕,开始讨论各提案,主要议决如下:(一)派代表参加广暴代表大会并加紧广暴工作——如印发传单,公开宣传集会等。(二)全体动员参加群众实际工作。(三)扩大工农兵通讯运动。(四)争取公开出版运动。(五)建立农村通信机关。(六)肃清一切投机和反动分子——并当场表决开除郁达夫。此外还有实际行动,决议多条不载录。……至十时始散会。①

这篇报道清楚地传达了一个信息,即左联第四次全体大会

---

① 未署名:《左翼作家联盟第四次全体大会补志》,上海:《红旗日报》,1930年11月22日。转引自《红旗日报》影印本。

1930年11月16日下午6时在上海某"会所"举行,历时四个小时之久。在众多议程中,"常委"关于左联工作"自我批评"的报告颇为详细,而最后"议决"了六条决议,第六条是"肃清一切投机和反动分子——并当场表决开除郁达夫"。而与郑伯奇的两次回忆比对,不仅在大的方面,在具体细节上,也大致吻合。由此足以证明,郑伯奇的回忆是可靠的。左联就郁达夫会员资格进行正式表决确有其事,而且还不是表决"请他退出",而是"开除"!

有必要指出的是,鲁迅并未参加是次大会,1930年11月16日鲁迅日记云:"星期。晴。午后往内山书店买书一本,二元五角。下午蒋径三来。"左联"初期"四次会员大会,鲁迅总共只参加了二次,即1930年3月2日的成立大会和5月29日的第三次全体大会。① 如果鲁迅出席了第四次全体大会,也许"开除"郁达夫不会付诸表决,或者是另一种表决结果?一切皆有可能,但历史不容假设。夏衍的质疑终于得以澄清。但夏衍披露的冯雪峰1960年的回忆仍然十分值得重视,左联第四次全体大会表决"开除"郁达夫时,并非意见一致,冯雪峰、柔石等四位左翼作家投了反对票。

通过以上辨析,1930年11月16日左联第四次全体大会表决"开除"郁达夫已无可怀疑。左联成立之初,左联成员中,郁达夫的文坛声名仅次于鲁迅,因此,"开除"郁达夫决非一件小事。而冯雪峰等反对这种轻率的关门主义做法,也为此后左联机关刊物《北斗》发表郁达夫作品,以实际行动纠正这个错误决议埋下了伏笔。

《北斗》月刊创刊于1931年9月,距左联"开除"郁达夫十个

---

① 鲁迅日记1930年3月2日云:"午后……往艺术大学参加左翼作家联盟成立会。"1930年5月29日云:"午后往左联会。"

月。主编丁玲,郑伯奇、张天翼参与编务。①《北斗》共出版了二卷八期,不像在它之前出版的《艺术月刊》《文艺讲座》《沙仑月刊》《世界文化》等左联刊物,仅出了一期就无以为继。它比出版了六期的《萌芽月刊》时间还要长,实际期数与《前哨·文学导报》相等,②正如郑伯奇所说的:"《北斗》是'左联'刊物中出版时期较长的一个。"③

《北斗》"出版时间较长"的原因,当然会有很多,但有一点是无论如何不能忽视的,很可能还是决定性的,那就是《北斗》与以往的左联刊物不同,《北斗》彰显了文学性,突出了作者的多样性。以往大部分左联刊物以发表宣言、声明、报告、决议等左翼文件为主,而《北斗》改为发表文学作品为主,而且在主要发表左翼作家作品的同时,也有意识地刊登不少非左翼的有影响的作家的作品。这是以前的左联刊物从未有过的文学新气象。

且举创刊号为例。创刊号发表的丁玲的小说《水》、蓬子的小说《一幅剪影》、白薇的剧本《假洋人》、隋洛文(鲁迅)的译文《肥料》(里琪亚·绥甫林娜作)、朱璟(茅盾)的评论《关于"创作"》、李易水(冯乃超)的书评《新人张天翼的作品》、寒生(阳翰笙)的书评《南北极》、董龙(瞿秋白)的杂文《哑吧文学》和《画狗吧》等,作者都是左联作家,乃至左翼文艺运动的领导人,这是题中应有之义。但同时也发表了冰心的诗《我劝你》、林徽音的诗《激昂》、徐志摩的诗《雁儿们》、陈衡哲的"小品"《老柏与野蔷薇》、叶圣陶的

---

① 郑伯奇在《"左联"回忆散记》中回忆,《北斗》"由'湖风书店'出版,丁玲主编,我和张天翼等同志参加过编委"。《新文学史料》,1982年2月总第十四期。
② 《北斗》出了2卷8期,第二卷第三、四期为合刊,总共出版七册。《前哨·文学导报》出了1卷8期,第六、七期为合刊,总共也出版七册。
③ 郑伯奇:《"左联"回忆散记》,《新文学史料》,1982年2月总第十四期。

"速写"《牵牛花》和西谛(郑振铎)的评论《论元刻全相平话五种》。冰心、林徽音、徐志摩、陈衡哲、叶圣陶、郑振铎当时均在文坛上享有盛名,却又都不是左翼作家,徐志摩还曾被左联视为"敌人",然而都在左联刊物的《北斗》上亮相了,这是前所未有的,令人意想不到。

不仅如此,1931年10月《北斗》第一卷第二期发表凌叔华的小说《晶子》,同年11月《北斗》第一卷第三期以头条位置发表沈从文的小说《黔小景》,都延续了创刊号的办刊思路,即注意刊登非左翼的文学名家的新作。到了同年12月,郁达夫的名字终于出现在《北斗》第一卷第四期上,他发表了"杂感"《忏余独白》,这是又一个令人注目的新讯号。

左联成立之后,郁达夫作为"发起人"之一,并非一事不做,至少他在左联刊物上发表过两篇作品,即刊于《大众文艺》1930年5月第二卷第四期"新兴文学专号"(下)的《我希望于大众文艺的》和刊于同刊1930年6月第二卷第五、六期合刊的《我的文艺生活》。《大众文艺》本是郁达夫创办的,自1929年11月第二卷起,郁达夫将该刊交由他创造社时期的同人陶晶孙接办。陶晶孙也是左联"发起人"之一,左联成立,《大众文艺》也就顺理成章地成为左联的刊物。从已经公开的郁达夫日记可知,郁达夫当时与陶晶孙关系颇好,来往甚多,他还引领陶晶孙拜访鲁迅。① 左联成立前夕,筹备小组特意委派陶晶孙和夏衍去征求郁达夫列名"发起人"的意见,显然是经过认真考虑的。而郁达夫能为已成为左联刊物的《大众文艺》撰稿,恐也与此不无关系。

---

① 鲁迅日记1929年4月1日云:"晚郁达夫、陶晶孙来。"是为陶晶孙首次拜访鲁迅。鲁迅日记记载陶晶孙四次拜访,有二次郁达夫在场。

然而，为左联机关刊物撰稿，且以已被"开除"出左联的敏感身份为之撰稿，毕竟大不相同。郁达夫在《忏余独白》中说得很清楚："沈默了这许多年，本来早就想不再干这种于世无补，于己无益的空勾当了。然而《北斗》说定要我写一点关于创作的经验，我也落得在饿死之前，再作一次忏悔。"也就是说，他为《北斗》写这篇《忏余独白》，并非是主动投稿，而是《北斗》的热情约稿。左联的机关刊物主动向已被"开除"出左联的作家约稿，这在左联历史上也是前所未有的。

除此之外，1932年1月出版的《北斗》第二卷第一期特大号发表一组"创作不振之原因及其出路"的征文，郁达夫又在被征之列，而且最快交稿，刊于征文首篇。鲁迅也写了有名的《答北斗杂志社问》。应征撰稿者除了茅盾、郑伯奇、陶晶孙、张天翼、沈起予、杨骚、寒生（阳翰笙）、建南（楼适夷）、华蒂（叶以群）、穆木天、蓬子等左联作家，还有叶圣陶、方光焘、徐调孚、邵洵美、周予同等非左翼作家和学者，丁玲则以主编的身份作了总结。其中戴望舒和陈衡哲发表的意见有点特别，戴望舒在《一点意见》的末尾说："我觉得中国的文艺创作如果要'踏入正常轨道'，必须要经过这两条路：生活，技术的修养。再者，我希望批评者先生们不要向任何人都要求在某一方面是正确的意识，这是不可能的事，也是徒然的事。"陈衡哲则在复丁玲的信中，一方面表示"我很惭愧不能有什么有价值的意见贡献给《北斗》"，另一方面又提问"你为什么不请陈通伯（陈西滢）写一点批评的文章呢？他是很好的。"显然都有所指，都有弦外之音。

作为左联机关刊物，《北斗》采取了与以往左联刊物完全不同的颇为开放的姿态，这是什么原因呢？关于《北斗》，主编丁玲生前未曾留下专门的回忆文字，但她晚年在另两篇文章中对这个问题作出了富于启示的解答。

第一篇是她 1981 年 8 月 3 日在长春纪念鲁迅诞辰一百周年学术研讨会开幕式上的发言《我便是吃鲁迅的奶长大的》,其中有这么一段:

> 《北斗》是左联的机关刊物,是鲁迅领导下的刊物。我是遵照他的意见办事的。杂志开始比较灰色,但团结了各方面的知名作家,发表他们的作品,这都是按照鲁迅的意见办的。[1]

第二篇是她 1983 年 5 月 30 日完稿的《我与雪峰的交往》,文中以更多的篇幅较为详细地回顾了她主编《北斗》的过程:

> (党组织)要我留在上海,编辑《北斗》。为什么要我来编呢?因为我在左联没有公开活动过,而且看起来我带一点资产阶级的味道,虽说我对旧的社会很不满,要求革命,但我的生活、思想、感情还有较浓厚的小资产阶级的味道。叫我来编辑《北斗》,不是因为我能干,而是左联里的有些人太红了,就叫我这样还不算太红的人来编辑《北斗》。这一时期我是属冯雪峰领导的。《北斗》的编辑方针,也是他跟我谈的,尽量地要把《北斗》办得像是个中立的刊物。因为你一红,马上就会被国民党查封。如左联的《萌芽》等好几个刊物,都封了。于是我就去找沈从文,当时沈从文是"新月派"的,我也找谢冰心、凌叔华、陈衡哲这样一些著名的女作家。这在当时谁也不会

---

[1] 丁玲:《我便是吃鲁迅奶长大的》,《丁玲全集》第八卷,石家庄:河北人民出版社,2001 年,第 205 页。

相信她们是左派。所以《北斗》开始几期,人家是摸不清的。撰稿人当中有的化名,外人一时也猜不着是谁。瞿秋白在这里发表不少文章就是用的化名。我编《北斗》有没有受到过左的干扰呢?有,我记得有些时候,有的文章,一发出去同我们原来想的好像有抵触。这不是又暴露了吗?我们原来不想暴露《北斗》是左联办的,但这种文章一发出去,就暴露了。结果,原来给我们写文章的一些人就不再给我写文章了。像郑振铎、洪深这一些老作家,本来是参加左联的;郁达夫,第一次左联开会有他,在这个时候,都不晓得到哪里去了。这时候,雪峰提出:还要想办法把这些人的文章找来。于是,我们想出个题目:请你们谈一谈对现在创作的意见——征文,这样有些人的名字又在《北斗》上出现了,显得我们这个刊物还是和很多著名作家有联系。那个时候冯雪峰在左联当书记,后来他调到文委工作,但是他还经常关心过问《北斗》的事。①

丁玲这两段回忆在史实上略有出入。洪深确是左联成员,但郑振铎并未加入左联,郁达夫也未参加左联"第一次开会"(即左联成立大会)。尽管如此,这两段文字仍具有很重要的史料价值。从中可知《北斗》的编辑方针自始至终得到了鲁迅和冯雪峰的指导,特别是冯雪峰,当时正担任左联党团书记,②丁玲在他直接领导下编辑《北斗》。主动约请有影响的非左翼作家为《北斗》撰稿,把《北斗》"办得象是个中立的刊物",其实都是冯雪峰的主意。这固

---

① 丁玲:《我与雪峰的交往》,《丁玲全集》第六卷,石家庄:河北人民出版社,2001年,第270页。
② 参见王锡荣:《左联领导机构及任职考》,《新文学史料》,2015年2月第一百四十六期。

然是应对国民政府高压政策的策略,但显然也有纠正左联内部左的关门主义,团结一切可以团结的作家的长远考虑在,显示了《北斗》主办者较为阔大而非狭隘的政治视野和文学眼光。而当初左联"开除"郁达夫,冯雪峰就表示了反对,《北斗》一再发表曾被斥为"投机和反动分子"的郁达夫的作品,其良苦用心也就完全可以理解了。

总而言之,在左联出版的所有刊物中,《北斗》办得最有特色,文学性强,包容性也大,可以视为左翼作家建立文学统一战线的最初尝试,应在左联史上占有特殊的地位,在1930年代上海文学史上也应占有较为显著的一席之地。因此,在纪念左联成立八十五周年之际,重新梳理左联"开除"郁达夫的来龙去脉,重新评估冯雪峰、丁玲等编辑《北斗》的历史功绩,对更全面、客观地审视左联的功过得失,不是没有益处的。

(原载 2015 年 8 月《上海鲁迅研究》2015·夏号)

《京报副刊》的诞生及其他

一

《京报副刊》是五四时期四大文学副刊之一,另外三家副刊是《晨报副刊》《时事新报·学灯》和《民国日报·觉悟》,正好北京、上海各占一半。① 但是,这个"四大副刊"的说法起于何时? 却一直未有定论。

新文学界最初提到五四时期有影响力的文学副刊,其实只有三家,《京报副刊》并不包括在内。朱自清在 1929 年写的清华大学国文系讲义《中国新文学研究纲要》中,介绍"五四运动时期"的文学副刊时,就是这样表述的:"日报的附张——北京《晨报副刊》,上海《民国日报·觉悟》,《时事新报·学灯》。"②

迄今所见到的最早把《京报副刊》归入"四大副刊"的提法源自沈从文。1946 年 10 月 17 日,沈从文在北京写下了他接编天津《益世报·文学周刊》的《编者言》,文中有如下一段话:

---

① 《晨报》和《京报》在北京出版,《时事新报》和《民国日报》在上海出版。
② 朱自清:《中国新文学研究纲要·总论》,《朱自清全集》第八卷,南京:江苏教育出版社,1993 年,第 77 页。

> 在中国报业史上,副刊原有它的光荣时代,即从五四到北伐。北京的《晨副》和《京副》,上海的《觉悟》和《学灯》,当时用一个综合性方式和读者见面,实支配了全国知识分子兴味和信仰。①

这是首次把《京副》即《京报副刊》和《晨报副刊》《时事新报·学灯》《民国日报·觉悟》相提并论,并且对它们的历史作用作了很高的评价,虽然并未直接提出"四大副刊"这个说法。

九年之后,曹聚仁在香港写他"一个人的文学史"《文坛五十年》。书中专设两章,即第廿五章"觉悟与学灯"和第廿六章"北晨与京报",讨论五四运动以后有代表性的副刊。曹聚仁认为孙伏园主编的"北京《晨报副刊》,那是新文学运动在北方的堡垒","到了一九二五年十月间,由徐志摩主编,也还是继承着文学革命的任务。孙伏园走出了《晨副》,接编北京《京报副刊》,也就是《晨报》那一副精神"。② 可见曹聚仁实际上也认同"四大副刊"的说法。

到了1979年,北京三联书店出版《五四时期期刊介绍》。该书介绍《晨报副刊》时,如下一段话值得特别注意:

> 自《晨报》(一九二一年十月十二日)改革第七版之后,不少报纸也随之改进了副刊。上海的《民国日报》从一九一九年六月取消了常刊载黄色材料的《国民闲话》和《民国小说》两副刊,改出《觉悟》,开始宣传新文化和介绍有关社会主义思想的

---

① 从文:《编者言》,天津:《益世报·文学周刊》,1946年10月20日第十一期。转引自《沈从文全集》第十六卷,太原:北岳文艺出版社,2002年,第447页。
② 曹聚仁:《北晨与京报》,《文坛五十年(正集)》,香港:新文化出版社,1955年,第159页。

材料,在一九二五年以前,长期起过进步作用。上海《时事新报》(也是研究系的报纸),自一九一八年三月便创办《学灯》副刊。《晨报》副刊改革后,也实行革新,传播科学知识和资产阶级哲学文艺思想。这些副刊和一九二四年十二月出版的《京报副刊》一起,被称为五四时期中的"四大副刊"。①

这是目前所看到的首次明确把《京报副刊》与《民国日报·觉悟》《时事新报·学灯》《晨报副刊》归并在一起,正式提出了"四大副刊"之说。因此,在新的史料尚未出现之前,五四时期"四大副刊"的提法只能定为起始于 1970 年代末。当然,《京报副刊》列为"四大副刊"之一,无论就其当时的成就和后来的文学史地位,都是当之无愧的。

二

《京报副刊》作为邵飘萍主办的《京报》的副刊,1924 年 12 月 5 日创刊于北京,孙伏园主编。孙伏园原为《晨报副刊》编辑,如果他不离开《晨报副刊》,《京报副刊》就不会诞生。因此,要厘清《京报副刊》的创刊过程,就必须追溯孙伏园何以离开《晨报副刊》,对此,已有不少研究者作过颇有价值的梳理。② 不过,仍可以再作进一步查考,尽可能发掘尚未被研究者注意而几近湮没的历史细节。

---

① 中共中央马克思、恩格斯、列宁、斯大林著作编译局研究室:《晨报副刊》,《五四时期期刊介绍》第一集上册,北京:三联书店,1979 年,第 100 页。
② 参见吕晓英:《副刊掌门·主编〈京报副刊〉》,《孙伏园评传》,北京:中国社会科学出版社,2011 年,第 49—61 页;陈捷:《〈京报副刊〉综述》,《史料与阐释》二〇一二卷合刊本,上海:复旦大学出版社,2014 年,第 347—357 页。

1921年10月21日,北京《晨报》第七版"文艺栏"改版为单张四版的《晨报副刊》,由原协助李大钊编辑"文艺栏"的孙伏园担任编辑。在孙伏园的精心主持下,在周氏兄弟等的倾力支持下,《晨报副刊》办得风生水起,成为中国现代知识分子传播新思想、新知识、新文艺的重要的公共空间。谁知到了1924年10月,因鲁迅打油诗《我的失恋》无法在《晨报副刊》刊出,已经陆续刊登的周作人等人的《徐文长的故事》也被晨报社方叫停,孙伏园愤而辞职了。关于此事的来龙去脉,被广泛引用的是孙伏园1950年代的回忆:

> 一九二四年十月,鲁迅先生写了一首诗《我的失恋》,寄给了《晨报副刊》。稿已经发排,在见报的头天晚上,我到报馆看大样时,鲁迅先生的诗被代理总编辑刘勉己抽掉了,抽去这稿,我已经按捺不住火气,再加上刘勉己又跑来说那首诗实在要不得,但吞吞吐吐地又说不出何以"要不得"的理由来,于是我气极了,就顺手打了他一个嘴巴,还追着大骂他一顿。第二天我气忿忿地跑到鲁迅先生的寓所,告诉他"我辞职了"。鲁迅先生认为这事和他有关,心里有些不安,给了我很大的安慰。事情虽是从鲁迅先生的文章开始,但实际上却是民主思想和封建思想的斗争。①

但是,孙伏园在事发仅一年之后所作《京副一周年》中的回忆却是这样的:

---

① 孙伏园:《鲁迅和当年北京的几个副刊》,子禾记,《北京日报》,1956年10月17日。转引自孙伏园:《鲁迅先生二三事》,长沙:湖南人民出版社,1980年,第65页。

鲁迅先生做好这诗以后，就寄给我以备登入《晨报副刊》。那时我的编辑时间也与现在一样，自上午九点至下午两点。两点以后，我发完稿便走了，直到晚上八点才回馆看大样。去年十月的某天，就是发出鲁迅先生《我的失恋》一诗的那天，我照例于八点到馆看大样去了。大样上没有别的特别处理，只少了一篇鲁迅先生的诗，和多了一篇什么人的评论。少登一篇稿子是常事，本已给校对者以范围内的自由，遇稿过多时，有几篇本来不妨不登的。但去年十月某日的事，却不能与平日相提并论，不是因为稿多而被校对抽去的，因为校对报告我：这篇诗稿是被代理总编辑刘勉己先生抽去了。"抽去！"这是何等重大的事！但我究竟已经不是青年了，听完话只是按捺着气，依然伏在案头上看大样。我正想看他补进的是一篇什么东西，这时候刘勉己先生来了，慌慌忙忙的，连说鲁迅的那首诗实在要不得，所以由他代为抽去。但他只是吞吞吐吐的，也说不出何以"要不得"的缘故来。这时我的少年火气，实在有些按捺不住了，一举手就要打他的嘴巴。（这是我生平未有的耻辱。如果还有一点人气，对于这种耻辱当然非昭雪不可的。）但是那时他不知怎样一躲闪，便抽身走了。我在后面紧追着，一直追到编辑部。别的同事硬把我拦住，使我不得动手，我遂只得大骂他一顿。同事把我拉出编辑部，劝进我的住室，第二天我便辞去《晨报副刊》的编辑了。……我今天提到这件事，并不因为这也是我的生活史上重要的一页，而是因为有了这件事才有今日的《京报副刊》周年纪念日。《京报》自然在无论什么时候都可以出它的副刊，但倘没有这件事，《京副》与"伏园"或者不发生什么关系，"十二月五日"与"《京报副刊》周年纪念"或者也不发生什么关系。不但此也，因为我的"晨副事件"而人人(姑且学说大话)感到自由发表文字的机关之不可少,于是第一个就是《语丝》周刊出版。《语丝》第五十四期里,周岂明先生已经提起这件旧事。所谓"这件旧事"者,关于上面所讲鲁迅先生《我的失恋》一诗还只能算作大半件,那小半件是关于岂明先生的《徐文长的故事》,岂明先生所说一点儿也不错的。不过讨厌《我的失恋》的是刘勉己先生,讨厌《徐文长的故事》的是刘崧先生罢了。①

两相对照,可以清楚地看到孙伏园与《晨报》代总编辑刘勉己发生冲突并且决裂的原因,他最初提供的也是最可信的说法有两个,主要原因也即导火线是鲁迅《我的失恋》"抽去"不能发表,次要原因是周作人等人的《徐文长的故事》被叫停。② 有必要补充的是这个次要原因披露时间还早于主要原因,周作人《答伏园论"语丝的文体"》中已经说得很清楚:"当初你在编辑《晨报副刊》,登载我的《徐文长故事》,不知怎地触犯了《晨报》主人的忌讳,命令禁止续载,其后不久你的瓷饭碗也敲破了事。"③此文比孙伏园《京副一周年》早发表十四天,正可互相映证。但是,到了1950年代以后,次要原因却消失得无影无踪,鲁迅《我的失恋》不能发表成了孙伏园离开《晨报副刊》唯一的原因。这是不符合史实的,应该澄清。

按照孙伏园在《京报一周年》中所说,与刘勉己冲突的第二天,他就辞去了《晨报副刊》编辑职务。周作人日记1924年10月24

---

① 伏园:《京副一周年》,《京报副刊》,1925年12月5日第三百四十九号。
② 《晨报副刊》1924年7月9日、10日连载周作人以"朴念仁"笔名写的《徐文长的故事》,7月12日又发表林兰女士受周作人文启发写的《徐文长的故事》,7月14日发表青人的《再谈徐文长的故事》,7月15日发表李小阿的《徐文长的故事》等,然后戛然而止。
③ 岂明:《寄伏园论"语丝的文体"》,《语丝》,1925年11月23日第五十四期。

日云:"伏园来,云已出晨报社,在川岛处住一宿。"鲁迅日记1924年10月25日也云:"午后伏园来。"这两条日记提供了重要的时间节点,由此应可推测,在辞去《晨报副刊》编辑后,孙伏园立即先后走访周作人和鲁迅报告此事。那么,孙伏园为鲁迅《我的失恋》与刘勉己当面冲突的日期往前推算,就当为1924年10月23日,也即10月23日晚,孙刘发生冲突,24日孙向刘提出辞呈后离开晨报社,即赴周作人寓通报,25日又赴鲁迅寓通报。至于此事向文坛公开,则要等到一周以后了,《晨报副刊》1924年10月31日第四版刊出了《孙伏园启事》:"我已辞去《晨报》编辑职务,此后本刊稿件请直寄《晨报》编辑部。"

孙伏园离开《晨报副刊》之后,频繁拜访周氏兄弟等,酝酿创办新的能够"自由发表文字的机关"。很快,1924年11月2日周作人日记云:"下午……又至开成北楼,同玄同、伏园、小峰、矛尘、绍原、颉刚诸人议刊小周刊事,定名曰《语丝》,大约十七日出板。"第2天鲁迅日记云:"上午……孙伏园来。"这应是孙伏园向鲁迅汇报昨天的《语丝》筹备会。该年11月17日,《语丝》周刊果然按计划在北京应运而生,孙伏园全力投入《语丝》的编辑。然而,历史又向他提供了一个新的主编副刊的机会。

三

讨论《京报副刊》的创办,除了孙伏园和周氏兄弟,还不能遗漏一个人,那就是当时与《京报》有关系的文学青年荆有麟。荆有麟1940年代出版了一部《鲁迅回忆》,书中有专章回忆《京报副刊》的创刊。在"《京报》的崛起"这一章中,荆有麟回忆在世界语专门学校听鲁迅讲课时得悉孙伏园离开《晨报副刊》,就与一起编《劳动文

艺周刊》(《京报》代为发行)的胡崇轩、项亦愚商议,拟请孙伏园为《京报》新编副刊:

> 我们当时对于《京报》很关心,时时向《京报》主人邵飘萍先生,提供改革意见。这一次,听见孙伏园离开《晨报》了,很想要《京报》创刊一个副刊,请孙伏园作编辑,三个人谈论的结果,觉得这办法很好,但有问题的,是《京报》请不请孙伏园呢?假使《京报》愿请孙伏园,而孙伏园又肯不肯干呢?两方面都没有把握。因为我们晓得:《京报》本来有副刊,不过它的副刊专登些赏花或捧女戏子的文章,而编此副刊者,又系与邵飘萍很有交情,且在《京报》服务多年的徐凌霄。那么,邵飘萍肯不肯停了徐凌霄所编的副刊,而另请孙伏园呢?而且伏园本人,我们都不认识他,万一邵飘萍答应请他,谁又有方法也使他答应呢?但即就是有这些困难吧,我终于大胆地找邵飘萍去。

我对邵飘萍述说了孙伏园向晨报馆辞职的经过,并告诉他《京报》应该借此机会,请伏园代办一种副刊,意外地,邵飘萍马上首肯了。而且他还说:

"我想:除请孙伏园先生编副刊外,《京报》还可仿照上海《民国日报》办法,再出七种附刊,每天一种,周而复始。这样,可以供给一般学术团体,发表他们平素所研究的专门学问。"

"能这样,当然更好。"

"那么,我们就这样决定:本报副刊,就请贵友孙伏园先生担任编辑。另外,七种附刊,请你设法相帮找一两个,我这里也有几个团体接过头。本报也预备出一种图书周刊,大约七种附刊,不会成问题。"

这真使我一则以喜,一则以惧,喜的是:《京报》愿担负起倡提新文化的使命。但伏园,在当时,不特不是"我的朋友",是连一面之缘都没有,这却不能不使我恐慌起来了。

我抱着这种矛盾的心情,走出京报馆的门,看时间,已是夜里九点钟了。想着:鲁迅先生还未到睡觉期间,还是找他商议罢。

这件事,也是出乎鲁迅先生意外的,所以在我讲完了见邵飘萍的经过,并说明我根本不认识孙伏园时,鲁迅先生这样说:

"不要紧,我代你们介绍。我想:伏园大概没有问题罢?他现在除筹办《语丝》外,也还没有其他工作。我明天去找他来。你明天晚上到这里吃晚饭"。

我这一次,却是抱着愉快的心情走回去。第二天,也将这经过,告诉了胡也频与项亦愚,自然在吃晚饭前,赶到了鲁迅先生家里,会我久已仰慕的孙伏园先生。

要解决的事情,鲁迅先生早已同伏园说过,所以我也不必再重复,吃饭时,伏园就首先告诉我,他已同意。我说:

"那么,我明天告诉邵飘萍,再同他约好时间,你们先见见面"。

"那又何必呢"?鲁迅先生放下酒杯,突然插言,"邵飘萍是新闻记者,一天到晚,跑来跑去的,你我他,还得找伏园。有多麻烦?我看吃完饭,你们俩去看他,一下就决定了"。

伏园看着鲁迅先生这样力成其事,他当然也不好表示异意,所以他接着说:

"这样也好,那又要烦劳你跑一趟了"。

其实,不必说跑一趟,就是跑十趟,我也是愿意的。因为事情能成功,我们就可以看到一般学者及文人的高论与出色的创作。而我们一般青年,也可以有发言的地方了。于是一吃完饭,我就同伏园赶到了京报馆。邵飘萍刚好正在馆。

飘萍热烈地欢迎伏园进京报馆,在谈过办法,薪俸,稿费等条件后,飘萍还说:

"那么,我们现在就开始筹备罢。下一星期出版"。①

之所以如此具体地引录荆有麟的回忆,因为这是迄今为止关于《京报副刊》创刊的唯一详细而完整的追述。据荆有麟在《鲁迅回忆·题记》中所忆,他写这部回忆录,正是听孙伏园所说"关于先生(指鲁迅——笔者注)什么,应该写一点出来"②而得到启发。《鲁迅回忆》印行过两版,孙伏园应有机会读到,如荆有麟关于《京报副刊》创刊过程的回忆与事实有所出入,孙伏园不会不表示异议。由此可见,荆有麟的回忆基本是可靠的,可信的。而且,他的回忆从鲁迅日记也得到了进一步的证实。

1924年11月间的鲁迅日记有多条荆有麟、孙伏园到访的记载,但有两条引人注目,即11月24日,"午后荆有麟来……夜孙伏园来";11月25日,"晚伏园来。荆有麟来。"荆有麟的回忆不是说他当时与邵飘萍谈妥后即访鲁迅,鲁迅对请孙伏园出山主编《京报副刊》表示支持,即约孙、荆两人次日晚饭商议吗?鲁迅日记这两个时间节点正与荆的回忆大致吻合,唯一不同的是荆有麟回忆前一天晚访鲁迅,而鲁迅日记所记是前一天"午后"荆有麟来访。不过,这可能是荆有麟记误。前一天晚上孙伏园正好访鲁迅,鲁迅正

---

① 荆有麟:《〈京报〉的崛起》,《鲁迅回忆》,上海:上海杂志公司,1947年复兴一版,第94—97页。《鲁迅回忆》1943年初版时书名《鲁迅回忆断片》,复兴一版时改为现名。

② 荆有麟:《题记》,《鲁迅回忆》,第3页。

可与其先谈荆有麟下午来访的提议,然后次日晚孙、荆在鲁迅处首次见面商定,当晚孙、荆立即再访邵飘萍,这样不是更为合乎情理吗?何况整个11月间,鲁迅日记中孙、荆晚上同访鲁迅仅此一次,11月25日晚到12月5日《京报副刊》诞生又时间相距最近。因此,可以推断1924年11月25日晚对《京报副刊》的诞生是个关键时刻。

总之,创办《京报副刊》的动议出之于荆有麟等文学青年,得到了《京报》主人邵飘萍的首肯,又得到了鲁迅的支持,孙伏园本人也乐于重操旧业。于是,在荆有麟的奔走下,在相关各方的共同努力下,孙伏园主编的第二个"自由发表文字的机关"《京报副刊》终于水到渠成,横空出世。

四

新创刊的《京报副刊》为16开本,日出一号,每号八版,单独装订,随《京报》赠阅。每月一册合订本则独立出售。1924年12月5日创刊号上,孙伏园以"记者"笔名发表了《理想中的日报附张》,在简要回顾民国初期报纸副刊的得失之后,就以五四时期产生了重要影响的《民国日报·觉悟》《时事新报·学灯》《晨报副刊》为例,强调"理想中的日报附张"也即副刊应该做到:

一、"宗教,哲学,科学,文学,美术等""兼收并蓄",力求"避去教科书或讲义式的艰深沉闷的弊病",对"与日常生活有关的,引人研究之趣味的,或至少艰深的学术而能用平易有趣之笔表述的",也表示欢迎。

二、副刊的"正当作用就是供给人以娱乐",所以"文学艺术这一类的作品",理应是副刊的"主要部分,比学术思想的作品尤为重要"。当然,"文学艺术的文字与学术思想的文字能够打通是最好的",而就"文艺论文艺,那么,文艺与人生是无论如何不能脱离的"。

三、副刊的另一"主要部分,就是短篇的批评"。因为"无论对于社会,对于学术,对于思想,对于文学艺术,对于出版书籍",副刊"本就负有批评的责任",这是必须提倡和坚持的。

四、就文艺作品而言,副刊对于"不成形的小说,伸长了的短诗,不能演的短剧,描写风景人情的游记,和饶有文艺趣味的散文"等,也应给予关注,"多多征求并登载"。而副刊也"不能全是短篇",只要"内容不与日常生活相离太远",那么,"一月登完的作品并不算长"。①

孙伏园提出的编辑《京报副刊》的这四条"理想",不妨称之为他编辑副刊的四项基本原则。显而易见,他要通过贯彻这四项原则,搭建一个至少与他以前所编的《晨报副刊》一样,甚至更为宽广更具特色的平台,也就是把《京报副刊》办成更大更好的"自由发表文字的机关"。这是孙伏园的雄心壮志。综观一年又四个月,总共四百七十七号《京报副刊》,他预设的目标在相当程度上达到了。

《京报副刊》的作者阵容强大,自梁启超、蔡元培以降,《新青年》同人中的鲁迅、周作人、胡适、钱玄同、刘半农,《语丝》同人中的林语堂、川岛、江绍原、顾颉刚、孙福熙、李小峰等,还有吴稚晖、许寿裳、马幼渔、沈兼士、钱稻孙等,五四培养的一代新文学作家王统照、鲁彦、汪静之、许钦文、蹇先艾、韦素园、台静农、李霁野、高长虹、石评梅、陈学昭、黎锦明、焦菊隐、朱大枬、向培良、章衣萍、吴曙天、冯文炳(废名)、尚钺、毕树棠、金满成、杨丙辰、荆有麟、胡崇轩

---

① 以上引自记者:《理想的报纸附刊》,《京报副刊》,1924 年 12 月 5 日第一号。

(胡也频)等,后来在学术研究上卓有建树的丁文江、王森然、马寅初、俞平伯、张竞生、张东荪、张申府、容肇祖、吴承仕、邓以蛰、董作宾、魏建功、钟敬文、刘大杰、冯沅君、简又文、罗庸等,以及新月社和与新月社关系密切的徐志摩、闻一多、朱湘、饶孟侃、余上沅、子潜(孙大雨)、丁西林、彭基相等,《京报》主人邵飘萍自不必说,都在《京副》上亮过相。当时北京学界文坛的精英和后起之秀很大部分成为《京副》的作者,这无疑说明《京副》不囿于门户,不党同伐异,而是一视同仁,完全开放的。

当然,周氏兄弟对《京副》的鼎力支持至关重要。1924年12月5日《京副》创刊号上就有周作人以"开明"笔名发表的《什么字》。12月7日《京副》第三号也发表了鲁迅翻译的荷兰Multatuli作《高尚生活》。从此,周氏兄弟不约而同,成为《京副》的主要作者。据粗略统计,鲁迅在《京副》发表的著译多达五十余篇(包括连载译文在内);周作人则更多,不断变换笔名发表的各类文字高达八十余篇。而且两人都有同一天在《京副》发表二文的记录。鲁迅有名的《未有天才之前》《青年必读书》《忽然想到》(一至九)和译文《出了象牙之塔》,周作人有名的《论国民文学》《国语文学谈》《与友人论章杨书》等,均刊于《京副》。周作人发表于《京副》的最后一文是1926年4月12日第四百六十五号的《恕陈源》,鲁迅发表于《京副》的最后一文则是同年4月16日第四百六十九号的《大衍发微》,八天之后,《京副》就被迫停刊了。应该可以这样说,周氏兄弟与《京副》的命运共始终。

正如孙伏园所设计的,作为大型的以文艺为主的综合性副刊,《京副》对新文学范畴内的小说、诗歌、散文、剧本、杂文、文艺理论、书评及外国文学翻译给予了足够的重视,对传统文化范畴内的国学、史学、古典文学、音韵文字学、考古学、佛学、医学等等,也给予了必要的关注,而对包括马克思主义、无政府主义、国家主义在内的西方哲学、历史学、政治学、教育学、心理学、逻辑学、新闻学、经济学、伦理学、宗教学、人类学、民族学、民俗学、艺术学、美学乃至性学,还有不少门类的自然科学,或评述或翻译,同样十分注重。而且,孙伏园力求"各方面的言论都能容纳",①鼓励文艺学术上的争鸣诘难。特别是孙伏园1925年1月策划了声势浩大的"青年必读书"和"青年爱读书""二大征求",七十余位知名专家学者,三百余位青年的应征文字陆续在《京副》刊出。鲁迅提出"我以为要少——或者竟不——看中国书,多看外国书"的主张,②引起激烈争论,论争文章多达六十余篇,成为当时中国学界的一桩公案,影响深远。而1925年5月至8月由顾颉刚主持的六期"妙香山进香专号"民间风俗信仰调查,1926年1月至3月的《京副》"周年纪念论文"系列等,也都颇具规模,可圈可点。

与此同时,《京副》也敢于直面现实,介入现实,孙伏园就曾严正宣告,"对于国家大事,我们也绝不肯丢在脑后"。③ 对当时震动全国的"女师大事件""三·一八"惨案、"五卅"惨案等重大事件,《京副》都及时作出强烈反应。针对"五卅"惨案,《京副》先后推出"上海惨剧特刊""沪汉后援特刊""救国特刊"和"反抗英日强权特刊"等多期,旗帜鲜明地站在被压迫者这一边,支持爱国救亡,这在"四大副刊"史上颇为难得。

总之,《京副》后来居上,在推动新文学多样化进程,建构当时中国社会文化、政治公共空间方面作出了可贵的努力。《京报》也

---

① 钱玄同评《京报副刊》语,转引自伏园:《京副一周年》,《京报副刊》,1925年12月5日第三百四十九号。
② 鲁迅先生选:《青年必读书》,《京报副刊》,1925年2月21日第六十七号。
③ 伏园:《引言》,《京报副刊》,1925年6月8日第一百七十三号"上海惨剧特刊(一)"。

因《京副》而销路大增，不胫而走，青年人"纷纷退《晨报》而订《京报》"，"于是《京报》风靡北方了，终至发生'纸贵洛阳'现象，因为它在文化上实在起了重大作用"。①

然而，《京报》包括《京报副刊》的激进批判姿态，引起正在混战的北洋军阀的忌恨。1926年4月24日，《京报》突遭查封，26日《京报》主人邵飘萍被奉系军阀杀害。一夜之间，《京报副刊》在出版了477号之后划上休止符，结束了它的历史使命。

1920年代新文学"四大副刊"中，《京报副刊》虽然创刊时间最晚，存在时间也最短，但在当时中国知识界所发挥的作用，所产生的影响，却并不亚于另外三种。近年来海内外中国现代文学和文化研究界开始注意到《京报副刊》，意识到可把《京副》视为1920年代中期中国文化场域整体结构的又一个重要部分来加以考察，以《京副》为对象的硕、博士论文和专题研究已经越来越多，有阐释《京副》的媒介性质及文化角色的，有探讨《京副》在新文学进程中的作用的，也有爬梳《京副》与《语丝》的互动关系的，甚至《京副》的合订本、"刊中刊"现象等等也进入了研究者的视野。但是，九十余个春秋过去了，寻找一套完整的《京报副刊》已经不易，影印全套《京报副刊》正逢其时。在笔者看来，《京报副刊》影印本的出版将促进对中国现代思想史、文学史、学术史、副刊史和知识分子心态史的研究，这是完全可以预期的。

（原载2016年4月北京国家图书馆出版社初版《民国文献资料丛编·京报副刊》）

---

① 荆有麟：《〈京报副刊〉的崛起》，《鲁迅回忆》，第100页。

重说《论语》

距今八十二年前的1932年9月16日，上海文坛出现了一份崭新的刊物——《论语》半月刊，主编林语堂。① 《论语》的创刊，大大改写了1930年代上海的文学地图。

1932年1月上海"一·二八"事变之后，由于商务印书馆毁于日本侵略军炮火，中国现代文学重镇的文学研究会机关刊物——改革后的《小说月报》被迫停刊。为了填补这个空白，短短四个月后，施蛰存主编的大型文学月刊《现代》在上海问世。然而，这毕竟只是一枝独秀。又过了四个月，《论语》半月刊创刊。再过了十个月，"上海文学社"实为傅东华主编的大型文学月刊《文学》也创刊了。上海文坛终于形成了《现代》《论语》《文学》三大刊物鼎立的新格局。

对《论语》的创办，当事人留下来不少回忆，大致相同又不尽相同。据《论语》同人章克标晚年回忆，1932年夏天，他与林语堂、李青崖、沈有乾、全增嘏等位在邵洵美寓，"一面纳凉一面闲话，大家

---

① 一般认为，《论语》自创刊号起至第廿六期止，由林语堂主编。但邵洵美另有说法："《论语》创刊于二十一年九月。最先的几期是章克标先生编辑的。后来他为了要专心撰著《文坛登龙术》，于是由孙斯鸣先生负责。到了十几期以后，方由林语堂先生来接替。"《一年〈论语〉·〈论语〉简史》，《论语》，1947年12月1日第一百四十二期（复刊周年特大号）。林达祖在《沪上名刊〈论语〉谈往》（上海：上海书店出版社，2008年）第二章"《论语》的九位编辑"中也采用此说。

提出要做一本杂志消消闲,发发牢骚,解解闷气,是'同人'刊物的样子"。① 不过,郁达夫1936年2月在接编《论语》时公开说过:"《论语》出世的时候,第一次在洵美的那间客室里开会,我也是叨陪末座的一个。"②而在更早的时候,林语堂这样表述:"《论语》地盘向来完全公开。所谓'社'者,全、潘、李、邵、章诸先生共同发起赞助之谓也。"③章克标在《论语》创办一年半之后的回忆又是这样说的:《论语》"最后一次的预备会仍在洵美家中举行,除语堂,增嘏,光旦,青崖,达夫,斯鸣外,尚有画人光宇振宇文农等多人,大家决定办一个刊物"。④ 由此看来,如果说林语堂、全增嘏、潘光旦、李青崖、邵洵美、章克标、郁达夫、孙斯鸣等人都是创办《论语》的骨干,张光宇、张正宇、黄文农等人也不同程度地参与了《论语》的创办,也许是比较符合史实的。

不管怎样,《论语》和"论语社"应运而生了。"论语"刊名是章克标想出来的,他当时"忽然从林语堂的姓名'林语'两字想到了声音相近似的'论语',心里想大家不是又论又议,有论有语?干脆借用中国人全不生疏的孔夫子的'论语'来做刊名,岂不很好?"⑤封面上的"论语"两字由林语堂选用郑孝胥的法书,刊物则由邵洵美主持的上海时代书店出版。

《论语》的问世,圆了林语堂的一个梦。其时林语堂在海上文

---

① 章克标:《〈论语〉半月刊》,《章克标文集》(下册),上海:上海社会科学院出版社,2003年,第159、161页。此文中又提到画家张光宇、正宇兄弟,"一定会参加夜晚纳凉谈话会,但他们不写文章"。在另一篇《林语堂两则》中,他还提到林微音也在《论语》"开始"时即参加了。《章克标文集》(下册),第394页。
② 郁达夫:《继编〈论语〉的话》,《论语》,1936年3月1日第八十三期。
③ 语堂:《与陶亢德书》,《论语》,1933年11月1日第廿八期。
④ 章克标:《林语堂先生台核》,《十日谈》,1934年5月。转引自谢其章:《〈论语〉之初发生了什么》,《东方早报·上海书评》,2014年11月30日第三百零八期。
⑤ 章克标:《〈论语〉半月刊》,《章克标文集》(下册),第160页。

坛锋头甚健，但他与鲁迅、郁达夫等友人不同，从未编过文学杂志，《论语》的创办，是他主编文学杂志的首次尝试，而且一炮走红。林语堂之后续编《人间世》，再编《宇宙风》，不能说与《论语》无关，《论语》是他成功的第一步。

《论语》的问世，也为林语堂提倡"幽默"提供了一个新的平台。林语堂一直是"幽默"的身体力行者，把英文 Humour 译成"幽默"就出自林语堂之手。早在 1924 年 5 月 23 日和 6 月 9 日，他就在北京《晨报副镌》接连发表《征译散文并提倡"幽默"》和《幽默杂话》，认为"中国文学史上及今日文学界的一个最大缺憾"就是不讨论、不欣赏"幽默"（Humour）。① 因此，他主编《论语》，一开始就旗帜鲜明地提出："《论语》半月刊以提倡幽默文字为主要目标。"② 在《论语》最初几期，林语堂在《缘起》《我们的态度》和《编辑滋味》等一系列文章中反复申明这个观点。当他把《论语》编务移交给陶亢德时，又对《论语》的性质和编辑方针等作了进一步的阐释：

> 《论语》个性最强，却不易描写，不易描写，即系个性强，喜怒哀乐，不尽与人同也。其正经处比人正经，闲适处比人闲适。或余心苦，而人将疑为存意骂老朽，或余心乐，而人将疑为偷闲学少年。然苦乐我自尝之，不求人理会，人亦未必理会。或有人所视为并不幽默者，我必登之，或有视之为荒唐者，我必录之。此中景况，惟有神会，难以形容。大概有性灵，有骨气，有见解，有闲适气味者必录之；萎靡，疲弱，寒酸，血亏者必弃之。其景况适如风雨之夕，好友几人，密室闲谈，全无

---

① 林玉堂：《征译散文并提倡"幽默"》，《晨报副镌》，1924 年 5 月 23 日。
② 本社同人（林语堂）：《我们的态度》《论语》，1932 年 10 月 16 日第三期。

道学气味,而所谈未尝不涉及天地间至理,全无油腔滑调,然亦未尝不嘻笑怒骂,而斤斤以陶情笑谑为戒也。"两脚踏东西文化,一心评宇宙文章",最吾辈纵谈之范围与态度也。①

当然,到底什么样的文章才算"幽默文字",自可见仁见智。纵观《论语》发表的文字,确实有油滑无聊之作,也决非篇篇"幽默",如创刊号发表的郁达夫的名作《钓台的春昼》,就是一篇慷慨激昂、直指时弊之作。但是,如果把自《论语》创刊号起,林语堂所发表的《中国何以没有民治》《脸与法制》《又来宪法》等一系列"论语"专栏杂文,《阿芳》《萨天师语录》《上海之歌》等一大批散文等,结合当时的政治和社会背景加以系统考察,或许就会对林语堂如何实践他自己所主张的"幽默文字"以及可能隐藏在"幽默文字"背后的用意和所指有一个全新的认识。

根据 1932 年 10 月 1 日《论语》第二期刊出的"长期撰稿员"名单,《论语》最初的作者群除了发起人,主要由三部分人组成。首先为林语堂《语丝》时期的同人,包括刘半农、孙伏园、孙福熙、章川岛、俞平伯、章衣萍等,其次为《新月》同人,如刘英士等,还有与林语堂关系密切的赵元任、谢冰莹等,他们中的大部分确实成为《论语》"长期"的支持者。特别是后来朱佩弦(朱自清)、丰子恺、老舍等陆续加盟,又推出了写"京话"专栏的姚颖、写"西北风"和"东南风"专栏的大华烈士(简又文)、老向(王向辰)、海戈(张海平)、何容(何兆熊),以及徐訏、黄嘉德、黄嘉音、周劭等后起之秀,作者极

---

① 语堂:《与陶亢德书》,《论语》,1933 年 11 月 1 日第廿八期。

一时之盛,以至当时海上文坛流传"论语八仙"之说,①而林语堂晚年忆及《论语》的作者,仍颇为自得。②

这里有必要简要梳理一下鲁迅与《论语》的关系。林语堂在鲁迅逝世后回忆:"鲁迅与我相得者二次,疏离者二次,其即其离,皆出自然。"③《论语》半月刊的创办,正值鲁迅与林语堂第二次"相得"之时。在林语堂主编《论语》一年期间,鲁迅为之撰杂文五篇,即《学生和玉佛》《谁的矛盾》《由中国人的脚,推定中国人之非中庸,又由此推定孔夫子有胃病——"学匪"派考古学之一》《王化》《"论语一年"》,④以及复读者函一通,⑤这无疑应视为鲁迅对"老朋友"办杂志的支持,又何尝不可视为林语堂对鲁迅的支持?特别是《王化》一篇,鲁迅最初投给《申报·自由谈》,被国民政府新闻检查处查禁,改投《论语》,才得以刊出,⑥且编排在该期《论语》第二篇,可见编者之重视。这种情形与鲁迅另一篇名文《为了忘却的记

---

① 五知:《瑶斋漫笔·新旧八仙考》,《逸经》,1937年4月20日第廿八期。文中称:"林语堂氏提倡幽默,他办《论语》,风靡一时。世人以在《论语》上发表文字之台柱人物,拟为八仙,林氏亦供认不讳。……至去今夏,林氏将赴美,其漫画杂志始有《八仙过海图》,即摩登新八仙也。所拟为吕洞宾——林语堂,张果老——周作人,蓝采和——俞平伯,铁拐李——老舍,曹国舅——大华烈士,汉钟离——丰子恺,韩湘子——郁达夫,何仙姑——姚颖。此新八仙题名录,亦近年来文坛佳话也。"但《论语》的林语堂、陶亢德时期(第一至八十二期),周作人并未撰稿。

② 林语堂:《姚颖女士说大暑养生》,《无所不谈合集》(上),台北:上海开明书店,1974年,第309页。文中称:"当时《论语》半月刊最出色的专栏就是'京话',编辑室中人及一般读者看到她(指姚颖——笔者注)的文章,总是眉飞色舞。我认为她是《论语》的一个重要台柱,与老舍、老向(王向辰)、何容诸老手差不多,而特别轻松自然。在我个人看来,她是能写出幽默文章谈言微中的一人。"

③ 林语堂:《悼鲁迅》,《宇宙风》半月刊,1937年1月1日第三十二期。

④ 依次发表于《论语》,1933年2月16日第十一期、3月1日第十二期、3月16日第十三期、6月1日第十八期和9月16日第廿五期。

⑤ 即《通信(复魏猛克)》,《论语》,1933年6月16日第十九期。

⑥ 参见鲁迅:《伪自由书·王化》注释(1),《鲁迅全集》第五卷,北京:人民文学出版社,2005年,第144页。

念》辗转"两个杂志""不敢用",改投施蛰存主编的《现代》始得刊出,庶几相似。① 如果施蛰存发表《为了忘却的记念》被视为与鲁迅关系中的一个亮点,传为美谈,那么,林语堂同样冒着一定风险发表《王化》,不也应给予相同的评价吗?

然而,鲁迅对林语堂在《论语》上提倡"幽默"其实是不以为然的,他在《"论语一年"》中直言不讳:"老实说罢,他所提倡的东西,我是常常反对的。先前,是对于'费厄泼赖',现在呢,就是'幽默'。"鲁迅不但明确表示"我不爱'幽默'",而且认为《论语》"要每月说出两本'幽默'来,倒未免有些'幽默'的气息",但究其实,"和'幽默'是并无什么瓜葛的"。② 尽管如此,林语堂并不以为忤,照样发表鲁迅这篇"祝贺"《论语》创办一周年的文字。因此,必须承认,在《论语》前期,鲁迅和林语堂仍然求同存异,保持合作,两人的第二次"疏离",则要到林语堂创办《人间世》之后。③

《论语》创刊号一纸风行,多次重印,以至1933年也被称之为"幽默年"。1934年10月,林语堂因新创办《人间世》半月刊,把《论语》编务交给《论语》的作者陶亢德负责。陶亢德主编《论语》从1933年10月16日第廿七期起至1936年2月16日第八十二期止,他萧规曹随,尽心尽力,使《论语》稳步前行。因此,从创刊至第八十二期,应视为《论语》的林语堂、陶亢德时期。

---

① 参见施蛰存:《关于鲁迅的一些回忆》,《沙上的脚迹》,沈阳:辽宁教育出版社,1995年,第112—115页。
② 鲁迅:《"论语一年"——借此又谈萧伯纳》,《鲁迅全集》第四卷,第582页。
③ 鲁迅1934年8月13日致曹聚仁函云:"语堂是我的老朋友,我应以朋友待之,当《人间世》还未出世,《论语》已很无聊时,曾经竭了我的诚意,写一封信,劝他放弃这玩意儿,我并不主张他去革命,拼死,只劝他译些英国文学名作,以他的英文程度,不但译本于今有用,在将来恐怕也有用的。他回我的信是说,这些事等他老了再说。"《鲁迅全集》第十三卷,第198页。

自1936年3月1日第八十三期起,《论语》主编再次易人,由远在福州的郁达夫遥领。郁达夫发表《继编〈论语〉的话》,自认是"一个根本就缺少幽默性的笨者",同时透露"鲁迅先生有一次曾和我谈及,说办定期刊物,最难以为继的有两种,一种是诗刊,一种是象《论语》那么专门幽默的杂志;因为诗与幽默,都不是可以大量生产的货物"。① 郁达夫并未真正"继编"《论语》,但"难以为继"还得继续,《论语》具体编务自第八十三期起就由邵洵美"偏劳"。是年8月,林语堂离沪赴美,虽然他后来仍时有佳作揭载于《论语》,《论语》的林语堂、陶亢德时期由此告一段落。到了1937年4月16日第一百一十期,邵洵美邀请《论语》的作者林达祖参与编务,《论语》的邵洵美、林达祖时期就这样开始了。②

在创办之初和林语堂、陶亢德时期,《论语》设有"论语""雨花""古香斋""月旦精华""幽默文选""群言堂"等栏目,丰富多采。而且,先后编选了"萧伯纳游华""西洋幽默""中国幽默"和"现代教育"(上下)等专号,"萧伯纳游华专号"影响尤其大。到了邵洵美、林达祖时期,在保持《论语》原有特色的同时,又不断有所调整和开拓。一方面,周作人、梁实秋、施蛰存等新加盟《论语》,另一方面不断推出新的专号,计有"鬼故事专号"(上下)"家的专号""灯的专号"等等,不但作者名家荟萃,而且知识性、趣味性和现实针对性兼而有之,均颇具创意。而邵洵美几乎每期都用心撰写"编辑随笔",《论语》成为邵洵美倾注心血最多的名山事业。

---

① 郁达夫:《继编〈论语〉的话》,《论语》,1936年3月1日第八十三期。
② 参见林达祖:《〈论语〉的九位编辑》和《我与邵洵美》,《沪上名刊〈论语〉谈往》,上海:上海书店出版社,2008年,第20—91页。

全面抗战爆发,《论语》于1937年8月1日出版第一百十七期后被迫休刊。这一休就是九年余。抗战胜利后的1946年12月1日,《论语》在上海复刊(第一百十八期)。复刊后的《论语》仍为半月刊,除最初五期由《论语》元老李青崖执编外,自1947年2月16日第一百廿三期起,邵洵美再次与林达祖搭档编辑,《论语》的邵洵美、林达祖时期得以顺利延续,直至1949年5月1日第一百七十六期。是年5月16日出版了第一百七十七期后,《论语》终于完成了其历史使命而寿终正寝。

《论语》的第二个邵洵美、林达祖时期,同样办得风生水起。不但许多《论语》"旧朋"一如既往继续支持,沈从文、顾仲彝、徐仲年、赵景深、许钦文等"新友"也加了盟,为人称道的《论语》编选"专号"的传统也得以发扬光大,"新年特大号""癖好专号""吃的专号""病的专号""复刊周年特大号""睡的专号""逃难专号"等等,一个接连一个,都编得有声有色。这些"专号"既关注社会现实,又贴近日常生活,有揭露,有调侃,有嘲讽,有针砭,大受当时读者欢迎。正如邵洵美自己所揭橥的,《论语》展示"一种写作的态度",①力求达到站在"老百姓立场"的"现在我国态度最纯粹的一种定期刊物"的目标。② 后来的研究者也指出:"邵洵美最惊人之笔,是敢于在国民政府濒临溃败之际,决然地出一本《逃难专号》(1949年3月16日第173期《论语》),向这个末日王朝敲响最后的丧钟。"③凡此种种,使复刊后的《论语》又成为1940年代后期上海文坛颇具影响力的杂志,与郑振铎、李健吾主编的《文艺复兴》和

---

① 邵洵美:《编辑随笔》,《论语》,1947年2月16日第一百廿三期。
② 邵洵美:《编辑随笔》,《论语》,1947年12月16日第一百四十三期。
③ 谢其章:《序》,《自由谭:邵洵美作品系列·编辑随笔卷》,上海:上海书店出版社,2012年,第2页。

范泉主编的《文艺春秋》形成新的三足鼎立。

无论是前期即林语堂、陶亢德主编时期,还是后期即邵洵美、林达祖主编时期,《论语》还有一个一以贯之的鲜明特色,那就是坚持每期都发表数量可观的漫画作品,或也可称之为"幽默绘画"作品,从而颇收图文并茂之效,这在中国现代文学期刊史上也绝对称得上是独树一帜。

1932年9月16日《论语》创刊号就刊出了《逸园所见》《普通之留学生回国不知救国》《陶行知先生口中之中外读书不同》三幅小漫画,《逸园所见》署名"语堂",这是目前所见林语堂继"鲁迅先生打叭儿狗图"之后的第二幅漫画作品。[①] 不过,这三幅漫画还都只是"补白"。自10月1日第二期起,《论语》就设立了"卡吞"专栏,这期"卡吞"栏一口气发表了《中国财政之一丝光明》《一言而可以兴邦,有诸?》等五幅漫画,其中三幅还占据了整版篇幅,《中国财政之一丝光明》又署名"语堂"。卡吞者,英文cartoon之中文音译,即漫画,尤其是政治性漫画之谓也。《论语》也确实如此,从开始至最后停刊,所发表的大大小小"卡吞"不但题材广泛,而且有许多是直接或间接揭露时弊、讽谕时政,尖锐得很。

《论语》"卡吞"栏的漫画作品,起初有一些转载自英美《笨拙》《纽约客》等欧美老牌幽默和文学杂志,不久原创作品不断增加。从1933年6月第十八期起,《论语》"卡吞"栏的漫画就几乎全是国内漫画家的作品了,而且大都署了名。且不算林语堂的"客串",粗略统计一下在《论语》上先后亮相的1930年代漫画家是件有趣的事。陈静生、胡同光、张振宇、黄嘉音、丰子恺、华君武、黄文农、鲁

---

① 林语堂:《林语堂绘鲁迅先生打叭儿狗图》,《京报副刊》,1926年1月23日第393号。

少飞、曹涵美、宣文杰、胡考、张乐平、刘元、廖冰(兄?)、艾中信、黄尧、丁聪、(陶)谋基等都是《论语》"卡吞"专栏的作者,还有不少显然是使用了笔名而一时无从查考的。这份名单如此骄人,后来在中国现当代漫画史上留下或深或浅印记的这么多漫画家,原来都与《论语》结缘。

《论语》当然是以文字为主,以"幽默文字"为主,但漫画也是其十分重要的组成部分。也许可以这样说,《论语》的漫画与《论语》的文字是相得益彰,互相发明,互为补充的,幽默与讽刺并举,讥嘲与笑谑共存。与出版时间稍早的《上海漫画》和稍后的《漫画生活》《时代漫画》等专门性的漫画杂志相比,《论语》的漫画也是自成格局,并不逊色。

除了中途休刊九年余,《论语》前后存世七年半,总共出版一百七十七期,而且自始至终都是定期按时出版的半月刊,这在20世纪上半叶的中国文学杂志中是较为少见的。它同时也是20世纪上半叶上海出版期数最多的现代文学刊物。《论语》大致分为林语堂、陶亢德时期和邵洵美、林达祖时期两大阶段,两个阶段既先后承继,又各有特色。《论语》的创刊在当时是异军突起,又因倡导"幽默"而备受争议,但作为自由主义知识分子主办的文学刊物,它还是坚持走自己的路,在中国现代文学期刊史上写下了浓重的一笔,也为现代文学多面相、多样化的发展提供了一种新的可能。

据1960年代的统计,当时国内收藏整套一百七十七期《论语》的仅有三家图书馆。① 时光荏苒,而今若要查阅完整的《论语》恐更非易事。因此,上海书店出版社是次影印全套《论语》,可谓功德无

---

① 即上海图书馆、中国人民大学图书馆和吉林大学图书馆,参见《1833—1949全国中文期刊联合目录》增订本,北京:书目文献出版社,1981年,第1239页。

量。希望此举能够推动民国文学期刊资源的发掘和利用,进而推动中国现代文学史的深入研究。

(原载 2014 年 5 月上海书店出版社初版《论语》影印本第一册,收入本书时有增补)

读《萧红书简》札记

1936年12月2日

1981年1月,黑龙江人民出版社出版了萧军整理编注的《萧红书简辑存注释录》,收入萧红1936年7月18日至1937年5月15日自东京和北京致萧军书简四十三通。现存萧红书简总共只有五十多通,这批书简之珍贵显而易见。

从那时至今,《萧红书简》又出版了2011年金城出版社版《为了爱的缘故:萧红书简辑存注释手稿本》和2014年香港牛津大学出版社版《萧红书简》手稿本,后者增补了新发现的一通萧红书简。今年5月,上海人民出版社又出版了经过修订的《萧红书简》最新版。这四十四通萧红书简中有二十六通是寄往上海的,让这些书简"重归海上",理所当然。

然而,无论是初版还是以后的这三个版本,编号第二十六封的萧红书简,写信时间均存在疑问。细核萧红原信手迹影印件,共二页,第二页落款"荣子 十一月二日",因此,萧军认定此信写于1936年11月2日,将其编在1936年10月29日的第二十五封信和11月6日的第二十七封信之间。殊不知萧红的落款时间是笔误,此信不可能写于1936年11月2日。

此信第二段对考定其确切写信时间至关重要：

> 于(郁)达夫的讲演今天听过了,会场不大,差一点没把门挤下来,我虽然是买了票的,但也和没有买票的一样,没有得到位置,是被压在了门口,还好,看人还不讨厌。

如果此信确实写于1936年11月2日,那么萧红当天应该在东京听了一场郁达夫演讲。但是,这是不可能的。据现有史料,郁达夫以采购印刷机和学术演讲为名赴日,于1936年11月12日船抵长崎,13日才到东京,怎么可能提前十一天,即11月2日在东京演讲？

萧红1936年11月29日致萧军第三十封信中也明明写着:"这里,明天我去听一个日本人的讲演,是一个政治上的命题。我已经买了票,五角钱,听两次,下一次还有于(郁)达夫,听一听试试。"也就是说,11月29日的"明天",即11月30日,萧红去听一场日本人的讲演,下一场准备去听郁达夫讲演。所以,听郁达夫讲演的时间,一定在1936年11月30日之后,而不可能是11月2日。

2011年黑龙江大学出版社版《萧红全集》和2014年北京燕山出版社版《萧红全集》,都已对此信写于1936年11月2日提出质疑,"疑该信确切的写作日期为'十二月二日'",但还只是"疑"。郁达夫在日期间,作过数次演讲,萧红听过的到底是哪一次,此信写信时间又到底是哪一天？

1990年2月,日本东京大学东洋文化研究所印行《郁达夫资料总目录附年谱》下册(《东洋学文献丛刊》第五十九辑),《年谱》中有如下记载:

1936.12.2 东京神田日华学会东方文化讲演会,(郁达夫)以《现代中国文坛概况》为题发表讲演。听众中有萧红。

据此,萧红1936年12月2日参加郁达夫《现代中国文坛概况》演讲会已可确定,萧红此信确切的写信时间也可最后确定为1936年12月2日。

萧红与郁达夫

上篇考证萧红1936年12月2日而不是11月2日在日本东京日华学会听取了郁达夫演讲《现代中国文坛概况》,萧红当天致萧军信中说郁达夫"看人还不讨厌"。短短六个字,道出了萧红对郁达夫的印象,颇有趣。而郁达夫当时是否知道听众中有一位萧红?则已不可考。

萧红萧军1934年11月到上海,在鲁迅的帮助下,分别以小说《生死场》和《八月的乡村》登上文坛。但萧红与海上文坛的交往并不多,除了鲁迅夫妇,以及与鲁迅熟悉的黄源、黎烈文、胡风、孟十还等位,她与其他前辈和同辈作家几无往来。郁达夫当时定居杭州,已不可能像以前那样经常拜访鲁迅,1936年春又南下福州出任福建省政府参议,他与萧红在沪期间没有交集,完全在情理之中。

然而,历史还是安排了郁达夫与萧红的一次成功的合作。1938年底,郁达夫远涉重洋,到新加坡主编《星洲日报》副刊《晨星》,大力宣传抗日。此年10月19日是鲁迅逝世三周年,作为鲁迅的好友,郁达夫计划在《星洲日报》上推出一系列回忆和研究鲁迅的文字以为纪念。他想到了时在重庆的萧红,特地向萧红约稿。萧红怀着对鲁迅的深深敬意,写下了后来广为传诵的《鲁迅先生生活散记》寄给郁达夫。这篇回忆录很长,连载于1939年10月14日至20日《星洲日报·晨星》。郁达夫专门在文前撰写了《编者附志》:

> 本篇系编者向重庆特约萧先生为纪念鲁迅逝世三周年纪念所作之稿件,本拟于十九日专号上发表,但因全文过长,一二次登载不了,故先期披露。萧先生所记者,系鲁迅晚年的生活,颇足以补我《回忆鲁迅》之不足,请读者细细玩味,或能引起其他更多关于鲁迅的记述,那就是我的本望了。

显而易见,郁达夫推重萧红,也推重萧红这篇情真意切的回忆长文。鲁迅逝世以后,郁达夫也写过一篇很长的《回忆鲁迅》,先后在上海的《宇宙风乙刊》和新加坡的《星洲日报半月刊》连载,所以他在《编者附志》中说《鲁迅先生生活散记》"所记者,系鲁迅晚年的生活,颇足以补我《回忆鲁迅》之不足"。郁达夫这个评价是恰切的。《回忆鲁迅》写的是郁达夫自己与鲁迅的交往,也即1923—1933年前后的鲁迅,而萧红写的是1934—1936年的鲁迅,把这两篇回忆录合在一起,几乎就是一个较为完整的1920—1930年代的鲁迅。虽然两位作者的视角不同,着墨点也有所不同,但两位作者都平视而不是仰视鲁迅,笔下的鲁迅都真实、生动和可亲,这是这两篇鲁迅回忆录的共同特点。回忆鲁迅的文字已经汗牛充栋,而萧红的《鲁迅先生生活散记》和郁达夫的《回忆鲁迅》,或许还应加上林语堂的《悼鲁迅》和荆有麟的《鲁迅回忆断片》,是其中很难得很有价值因而也是很可宝贵的,我以为。

(原载2015年6月28日、7月5日香港《明报·世纪》)

巴金三题

一篇谈话录

2014年11月25日是巴金先生诞辰110周年,上海将举行国际学术研讨会以为纪念。我不禁想起首次拜访巴金先生的往事。

时光飞逝,其实当时的具体情景已经模糊,幸而巴金日记有明确记载。1978年4月29日巴金日记云:

(晴)七点后起。上午师大黄成周、陈子善来谈鲁迅书信注释事,坐了大半个小时。

同年5月3日巴金日记又云:

(多云)师大鲁著注释组来信。寄还师大鲁著注释组的记录稿。

当时我已在上海师大(现华东师大)中文系执教,参加《鲁迅全集》书信卷(1934年以后)的注释工作。虽然现存鲁迅致巴金信札只有1936年2月4日谈《死魂灵百图》印刷事的一通,但鲁迅晚年通信甚多的黎烈文、孟十还、黄源等,都是巴金友人,而黎、孟两位去了台湾,两岸隔绝,情况不明,所以要向巴金请教。巴金在武康路113号寓所底楼接待我们,三人围坐小桌谈话,老人家有问必答,但他浓重的四川口音不能完全听懂,我记录的速度较慢,以至"坐了大半个小时"。

我很快就把谈话记录整理成文寄给巴金审阅,这就是他四天后日记中所记的收到并即"寄还师大鲁著注释组的记录稿"。谈话录以《巴金谈〈中国文艺工作者宣言〉起草经过及其他》为题,首刊于"上海师大中文系鲁迅著作注释组"1978年6月编印,"供鲁迅著作注释和研究参考"的《鲁迅研究资料》,后又发表于同年秋北京《新文学史料》创刊号,列为《访问五位同志的谈话记录》首篇,末尾还有一个说明:"此记录经巴金同志本人审定,两条注释为巴金同志所加。"

谈话录首次披露,1936年7月在《文学丛报》《文季月刊》等刊发表的由鲁迅、巴金、曹禺、吴组缃、张天翼、萧乾、姚克、黎烈文、胡风、萧军、萧红、孟十还、黄源等多位作家联合署名呼吁"救亡图存"的《中国文艺工作者宣言》是黎烈文和巴金共同发起,分别起草,由黎烈文合成,送请鲁迅定稿,"很可能经过鲁迅的修改"。《宣言》中"一只残酷的魔手扼住我们的咽喉,一个窒闷的暗夜压在我们的头上,一种伟大悲壮的抗战摆在我们的面前"等句正是巴金"草稿中的原话"。巴金在谈话录中强调黎烈文在《宣言》起草过程中所起的重要作用,及其赴台的真正原因,以此驳斥长期以来把黎烈文视为"反动文人"的不实之词。两年之后,巴金又写了感人至深的《怀念烈文》(收入《随想录·探索集》),进一步为好友"揩掉溅在他身上的污泥"。

有趣的是,我这次才发现,《新文学史料》发表的谈话录比《鲁迅研究资料》所载多出了谈论孟十还的一段话和对这段话的一条注释。这段话如下：

> 孟十还抗战期间在重庆国民党的一个机关里做事。抗战胜利以后去台湾，曾来信说在一家轮船公司里工作，后来就没有消息了。

为什么会出现这样的不同？《鲁迅研究资料》"编后说明"说：收入书中的访谈录，"我们在选印时曾作了一些删节"，可见编者当时还有所顾虑，删去了巴金先生这段话。从这段话也可看出，巴金先生对孟十还的介绍同样实事求是。

说"巴"和"金"

与其他中国现代作家一样，巴金在他长达近八十年的写作生涯中，使用过许多笔名。他原名李尧棠，字芾甘，巴金是他1929年发表长篇小说《灭亡》时所署的笔名，也是他最重要的笔名，后来就成为他通行的名字。

但是，巴金这个笔名从何而来？由于巴金"常常称自己为'无政府主义者'"，而且他"更喜欢说我有我的'无政府主义'"（《谈〈灭亡〉》），人们长期以来一直认定巴金的"巴"是巴枯宁之巴，"金"是克鲁泡特金之金，事实果真如此么？

巴金1984年10月访问香港中文大学时，接受中大校刊记者采访，当记者问到巴金笔名是否即组合了无政府主义者巴枯宁和克鲁泡特金中译名首尾两字时，巴金答道：

> 这个我已经解释过很多次,但是不相信的人还是不相信。1928年我在法国沙多—吉里城拉封丹中学写完了《灭亡》,想取个笔名,刚好当时的中国同学"巴恩波"投水自杀了,为了纪念他,我便取了"巴"字。而我当时正在翻译克鲁泡特金的《伦理学的起源和发展》,我就取了一个"金"字,合成"巴金"的笔名。我1979年再访沙城的时候,拉封丹中学的外国学生登记名册也不全了,我自己的名字也找不到了,倒找到"巴恩波"的名字。(《中文大学校刊》1984年第5期)

巴金所说的"解释过很多次",至少有一次是在1958年。该年3月20日他写下了《谈〈灭亡〉》,文中对巴金笔名的由来作了详细说明:

> (1927年夏)我因为身体不好,听从医生的劝告,又得到一位学哲学的安徽朋友的介绍,到玛伦河畔的小城沙多—吉里去休养,顺便到沙城中学念法文。在这个地方我认识了几个中国朋友。有一个姓巴的北方同学跟我相处不到一个月,就到巴黎去了。第二年听说他在项热投水自杀。我和他不熟,但是他自杀的消息使我痛苦。我的笔名中的"巴"字就是因为他而联想起来的。从他那里我才知道《百家姓》中有一个"巴"字。"金"字是学哲学的安徽朋友替我起的,那个时候我翻译完克鲁泡特金的《伦理学》前半部不久。这本书的英译本还放在我的书桌上,他听见我说要找个容易记住的名字,就半开玩笑地说出了"金"字。(《文艺月报》1958年4月号)

《谈〈灭亡〉》收入《巴金文集》第十四卷时,已在1962年,巴金对这段话作了修改,删去了关于克鲁泡特金的后半段,但关于"姓巴的北方同学"的内容全部保留了。1994年《巴金全集》第二十卷收入《谈〈灭亡〉》时则沿用了《巴金文集》版。尽管如此,时隔廿六年,巴金对巴金笔名的解释在关键的一点,也即"巴"到底指谁是前后一致的。"姓巴的北方同学"即"巴恩波",也即巴金之"巴"的真正由来;而"金"确实是克鲁泡特金,但这只是"学哲学的安徽朋友"随意提示造成的巧合。澄清这个史实,对正确把握巴金早期创作的心路历程不无裨益。

"现在我可以抬起头来了"

日前巴金1957年关于画家刘旦宅为《家》英文版插图事的两通共两页信札,在北京"嘉德"秋拍上以632500元人民币的高价拍出,不禁让我想起了最近所见另两通巴金1970年代致友人顾均正夫妇的信札。

顾均正(1902—1980)是科普作家、文学翻译家和出版家,曾主持开明书店编辑部,1950年代后又长期担任中国青年出版社副社长,与巴金颇多交往。巴金致他的第一封信中说:

> 收到你们来信,知道你们的近况,非常高兴,也谢谢你们的关心。我们一家都好,也常常想念你们。蕴珍是前年八月去世的,她在文化大革命中也常常谈起你们。我们还担心均正兄的支气管炎,现在知道没有什么其他病痛,我也放心了。
> 我的生活还不错,很安定,也很安静,现在每周到单位去学习三个半天,其余时间就在家里看书、休息,顺便也搞点翻译。我在翻译赫尔岑的回忆录,这是一部百万字的大书,将来

只能作为资料看,因此也不急,每天译几百字也不怎样吃力。

此信落款为"芾甘　五月廿五日",从信中所说"蕴珍是前年八月去世的"可以推断此信写于1974年5月25日,因为巴金夫人萧珊是1972年8月13日去世的,正是1974年的"前年"。1973年7月,当时上海的当权者对巴金作出"处理决定":按"人民内部矛盾处理,不戴反革命帽子,可以让他搞点翻译,每月发给生活费"。这就是此信中巴金所说的"现在每周到单位去学习三个半天……顺便也搞点翻译"之由来。此信应是巴金与顾均正在"文革"中的首次通信,可以真切地感受到巴金与老友相濡以沫的情意。

巴金致顾均正的第二封信保存有实寄封,写作时间是1977年2月7日,已是"四人帮"倒台后不久。巴金在信中说:

> 我现在在人民出版社编译室,但也不做什么工作,每周去参加政治学习两个半天,其余时间都在家里,有空自己搞点翻译,仍然在译赫尔岑的回忆录,一天也不过四五百字,眼睛不大好,不便多用。
>
> 以上就是我的近况。"四人帮"给粉碎了,这是大快人心的事,我们全家都高兴。我过去得罪过张姚两人,尤其是姚文元,他们象一块石头压着我的脑袋,但是现在我可以抬起头来了。请放心。

信中所说的过去"得罪"过姚文元,耐人寻味。早在1958—1959年间,姚文元就接连撰写《论巴金小说〈灭亡〉中的无政府主义思想》《论巴金小说〈家〉在历史上的积极作用和消极作用》《分歧的实质在哪里》等文,充当批判巴金的急先锋。"文革"中,身居高位的姚文元更在报告中直接点巴金的名,指责巴金"搞无政府主义"。而今巴金终于可以搬去这块"压着脑袋"的大石头,"可以抬起头来了",其欢欣之情溢于言表。二十二个月后,巴金的《随想录》开始在香港《大公报》连载,揭开了他晚年深刻反思和忏悔的序幕。

(原载 2014 年 11 月 23 日、30 日、12 月 7 日香港《明报·世纪》)

钱君匋与《钱君匋艺术随笔》

一

编选《钱君匋艺术随笔》,钱君匋先生的音容笑貌又清晰地浮现在我眼前。

记不清与钱先生首次见面的时间了,大约是1970年代末1980年代初吧。他与鲁迅通过信,他为鲁迅和郁达夫的书设计过封面,而鲁迅和郁达夫正是我当时研究中国现代文学史的两个重点。因此,我有充分的理由去拜访钱先生。

那时他刚搬回落实政策发还、现已不复存在的上海重庆南路166弄4号寓所,那所小楼我去过许多次。时光流转,当年和钱先生每次见面都谈了些什么,已经记不清了,但有几次至今记忆犹新。

一是钱先生有次在聊天时说到,他以前写过不少文章,经过"文革"浩劫,几乎荡然无存。我记起在翻阅旧刊物时确实见过一些,于是就自告奋勇为他去查阅,记得《陶元庆论》《书本的装饰》等篇就是这样找到的。他1986年出版《书衣集》,"前记"中还特别提到我:"承陈子善同志为我找寻发表文章的各种杂志,并且复印……他们都出了很大的力,在此一并道谢!"①

二是为编选《回忆郁达夫》一书,我当面请他赐稿以光篇幅,他一口答应。为了写《回忆郁达夫》一文,他多次与我鱼雁往还,反复讨论,并嘱我核实史料。他不仅借我他为开明书店版《达夫全集》设计的装帧图稿,当我得寸进尺,请求他再为《回忆郁达夫》一书设计装帧时,他又欣然同意。装帧设计完成之后,他通知我去取,当场向我解释他的设计构思。钱先生告诉我他把刘海粟先生的书名题字置于封面正中长方形紫红色底框之上,而紫红色底框下方是接连不断的淡灰色波浪纹,象征着达夫的墓碑永远矗立在南太平洋的滔滔海浪之上,寓意深长。

三是我有次到他家,正值江南梅雨时节,他客厅里悬挂着几幅古画正在"晾画",他说你来得正好,一起看看。我知道他是大收藏家,所藏明清和近现代大家的字画及印章印谱价值连城,名扬海内外。但我对古人国画是外行,看了半天也没看出什么名堂。不久我当面向他索画,他问:要字还是要画?我只能给你一幅。我答曰:字、画都要。他笑了,说:你胃口不小。一周后,我去取时,果然只有一幅,上面字、画都有。画是可爱的牵牛花,字则曰:

红颜含笑胜吴娃,攀依窗前语晓霞。
记得梅家花碗大,扶疏叶蔓压篱笆。
　　甲子五月梢录旧作应
子善老弟属
　　豫堂君匋时年七十有九
倚误作依,老悖之态可笑也　　君匋又记

---

① 钱君匋:《前记》,《书衣集》,太原:山西人民出版社,1986年,第3页。

后来我查到这首七绝是钱先生《题朱屺瞻花卉册》十二首之十,比对他1987年出版的线装诗词集《冰壶韵墨》所收,"晓霞"又作"碧霞","记得"又作"犹记"。

二

钱君匋先生(1907—1998)是浙江桐乡人,原名玉棠,学名锦堂,字君匋,号豫堂、禹堂等,室名无倦苦斋、新罗山馆、抱华精舍等,笔名宇文节等。

钱君匋自幼喜读书写字刻印,1923年就读上海艺术师范学校,师从丰子恺。1926年在浙江台州省立六中执教时结识陶元庆,开始对书籍装帧设计入迷。1927年入上海开明书店任音乐、美术编辑和书籍装帧设计,所设计的《新女性》杂志封面和周作人《两条血痕》、谢六逸《文艺与性爱》等书籍装帧广获好评。接着商务印书馆"五大杂志"《小说月报》《东方杂志》《妇女杂志》《教育杂志》和《学生杂志》的封面也请他设计,"钱封面"的美称由此不胫而走。

从1928年到抗战爆发,钱君匋一直在上海从事书籍装帧工作。丰子恺、叶圣陶、夏丏尊、陶元庆等在1928年特地为他制订《钱君匋装帧画例》,称其"长于绘事,尤善装帧书册。其所绘封面画,风行现代,遍布于各书店的样子窗中,及读者的案头,无不意匠巧妙,布置精妥,能使见者停足注目,读者手不释卷"。[①] 这是中国现代文学史上第一则也是唯一的一则书刊装帧润例。他还先后兼任神州国光社、文化生活出版社的美术编辑。他装帧设计的新文学作品的作者可以排列一个长长的骄人的名单:鲁迅、周作人、刘

---

① 钱君匋:《前记》,《书衣集》,太原:山西人民出版社,1986年,第3页。

半农、郭沫若、茅盾、叶圣陶、郑振铎、夏丏尊、刘大白、欧阳予倩、朱自清、鲁彦、汪静之、顾一樵、丰子恺、柔石、叶灵凤、戴望舒、丁玲、夏衍、巴金……几乎涵盖了大半部中国现代文学史。

与此同时,钱君匋的文学创作也颇有建树。他1929年3月由上海亚东图书馆出版了新诗集《水晶座》,1931年10月又由上海春雨书店出版了散文集《素描》,前者由赵景深、汪静之、叶绍钧(圣陶)、章克标、汪馥泉五位作家作序,足见钱君匋文坛交游之广。

抗战初期,钱君匋辗转长沙、武汉、广州、香港等地,积极从事抗日文化宣传工作。值得一提的是,他为茅盾主编的大型文艺刊物《文艺阵地》设计装帧,并于1939年12月在重庆烽火社出版了散文集《战地行脚》。

1938年7月,钱君匋回到上海与友人合作创办万叶书店,以出版文学、美术、音乐和少儿读物为己任。这是钱君匋一个新的可圈可点的文化事业。在此后数年时间里,他与锡金等合作主编孤岛时期颇有影响的《文艺新潮》,出版连环画巴金的《家》,出版"文艺新潮小丛书",还不断推出丰子恺的各种著作。沦陷时期,钱君匋潜心钻研篆刻,由万叶书店出版了《钱君匋印存》线装本。抗战胜利后,万叶书店又不断推出各类音乐教育书籍而享誉文化教育界。钱君匋主持的万叶书店在1940年代上海出版史上写下了坚实的一页。

1949年以后,钱君匋一方面参与主持新音乐出版社、音乐出版社和上海音乐出版社,另一方面继续埋头于他心爱的书籍装帧和篆刻。他先后为《收获》《新港》等文学刊物设计装帧,1963年出版《君匋书籍装帧艺术选》,为中国书籍装帧艺术家最先出版之选集,不能不特别提到。同年又在香港出版与叶潞渊合著的《中国玺印源流》。

改革开放后,钱君匋的文艺创作焕发第二春,佳作源源不断。《晦庵书话》《西谛书话》等书的出版,充分显示他作为书籍装帧大师,宝刀不老;《鲁迅印谱》《钱刻鲁迅笔名印谱》《钱君匋刻长跋巨印选》等的先后问世,进一步奠定了他作为篆刻大家的地位;而在文学领域里,《书衣集》《春梦痕》《钱君匋艺术论》和旧体诗词集《冰壶韵墨》等陆续推出,也蔚为大观。当他以九十二岁高龄谢世时,人们称其"以艰辛的努力,遍涉书籍装帧、音乐、新诗、散文、书法、绘画、篆刻、艺术理论以及教育、编辑、出版、收藏等诸多领域,并取得了高度的艺术成就,成为 20 世纪中继李叔同、丰子恺之后艺兼众美、才情卓越的艺术家之一"。① 这是名至实归的恰切评价。

三

在我看来,钱君匋先生的艺术生涯,涵盖书籍装帧、篆刻、书法和绘画四大领域,或可用"艺兼四绝,承前启后"八个字来形容。因此,这本《钱君匋艺术随笔》也就从这四个方面来展示他的文字论述。

目前所能见到的钱君匋第一篇关于书籍装帧的文字是写于 1932 年的《书本的装饰》,他在此文中提出"书本的书面也须装饰",以求"能够合乎我们的美的观念",而"书面的装饰既美,就是在读者的案头陈列时也觉得有一种新鲜的趣味"。他强调他和陶元庆的书籍装帧都"富于图案趣味","竭力主张以图案作为一切事物的装饰,而排斥以自然画作为一切事物装饰",并把这种艺术主

---

① 《钱君匋先生生平》,上海鲁迅纪念馆编:《钱君匋纪念集》,上海:中国福利会出版社,2007 年,第 423 页。

张努力贯彻到自己的书籍装帧中,从而形成了个人的独特风格,不与当时"其余的人同调"。① 到了 1960 年代初,他又为《人民日报》副刊写了一组"装帧琐谈"专栏文字,从线装书的装帧一直写到鲁迅早期的书籍装帧实践,还探讨了《新青年》杂志"立意新颖"的装帧设计,都不无启迪。

到了 1990 年代初,钱君匋以八十六岁高龄为香港商务印书馆出版《钱君匋装帧艺术》撰写了长文《论书籍装帧艺术》,系统地阐述了他的书籍装帧艺术观。在简要回顾中国书籍装帧的历史之后,钱君匋指出:"现代书籍装帧艺术的兴起,是五四新文化运动的产物,也是与新文化的诞生和发展分不开。"②这是符合历史真实的判断。钱君匋接着结合自己丰富多采的创作实践,着重分析了何为书籍装帧设计,如何在书籍装帧中体现中国民族气派和时代气息,尤其推崇对中国古代精美的石刻艺术的借鉴,还探讨了绘画、书法、篆刻、诗词乃至音乐等"元素"在书籍装帧中的运用。此文以及《书籍装帧生活五十年》《我的书籍装帧》等文是钱君匋作为 20 世纪中国首屈一指的书籍装帧艺术家留给后人的宝贵的经验之谈。

除了书籍装帧,钱君匋在篆刻艺术领域取得的成就同样令人瞩目。他不仅一生篆刻印章二万余方之巨,博采众长,自成一格,还收藏晚清印坛三大巨擘赵之谦、黄牧甫和吴昌硕的印章均在百方以上,称雄当世。他如此钟情于中国印章艺术,对中国印章艺术的研究也是游刃有余,别开生面。本书第二辑中讨论印学诸文,对

---

① 钱君匋:《书本的装饰》,《春梦痕》,上海:上海书店,1992 年,第 116—117 页。
② 钱君匋:《中国书籍装帧艺术发展回顾》,《钱君匋装帧艺术》,香港:商务印书馆(香港)有限公司,1992 年,第 17 页。

玺印源流的爬梳，对赵、黄、吴三大家不同风格的阐释，以及他自己治印的心得体会，无不视野开阔，见解精到。

钱君匋的书法也甚是了得，他诸体俱工，行楷清新俊逸，饶有碑意；又擅汉隶，刚健秀美兼而有之。他讨论书艺的文字虽然不多，却篇篇精彩，对赵之谦、李叔同、于右任等书法大家的解读独有会心，对自己与书法不解之缘的回顾也在在真切。

本书最后一辑是钱君匋的画学研究。他自己的画以写意花卉见长，用笔疏朗，墨彩清雅。他的画艺论述自明清陈洪绶、华嵒以降，直至当代的黄宾虹、张大壮，都有所论列，有所阐发。无论对他由衷喜欢的齐白石，还是对他敬重的老师丰子恺，他的品评都是深入细致，强调画品人品的格高韵远。

钱君匋先生多才多艺，他的艺术论述范围颇广，还有专著《中国古代跳舞史》《中国玺印源流》等行世，可惜限于篇幅，这本小书只能割爱。

人逝书长在。钱君匋先生虽然已经远去，但他留下的众多作品，包括他这些具有真知灼见的艺术评论文字，却一直给我们以多方面的启示。明年是钱先生诞生108周年，就以这本《钱君匋艺术随笔》的出版作为一个小小的纪念吧。

甲午冬至于海上梅川书舍

（原载2015年3月上海文艺出版社初版《钱君匋艺术随笔》）

胡适、新月与京派

《胡适留学日记手稿本》序

一

1939年4月,上海亚东图书馆出版了胡适的《藏晖室札记》,也即胡适1911—1917年留美期间的日记和读书札记,共十七卷四大册。胡适在《札记》的"自序"里告诉读者:

> 我开始写《札记》的时候,曾说"自传则岂吾敢"(卷三首页)。但我现在回看这些札记,才明白这几十万字是绝好的自传。这十七卷写的是一个中国青年学生六七年的私人生活,内心生活,思想演变的赤裸裸的历史。①

并且着重指出:

> 这十七卷的材料,除了极少数(约有十条)的删削之外,完全保存了原来的真面目。……

---

① 胡适:《自序》,《胡适日记全编一》(1910—1914),曹伯言整理,合肥:安徽教育出版社,2001年,第57页。

因为这一点真实性,我觉得这十几卷札记也许还值得别人的一读。所以此书印行的请求,我拒绝了二十年,现在终于应允了。①

《札记》出版后不久,就有署名"愚"的论者在1939年6月《图书季刊》新一卷第二期撰文评介,认为《札记》具有如下四大特色:

一,表现著者之政治主张,文学主张。
二,表现著者对国事及世界大事之关心。
三,表现著者对外国风俗习惯之留心。
四,记与本国及外国友人之交游,情意真挚,溢于楮墨。

显然,以胡适在中国现代思想、文学和文化史上的重要地位视之,《札记》的出版为研究早年胡适提供了宝贵的第一手资料。但是,由于《札记》出版于抗战初期,炮火连天,流传不广。有鉴于此,1947年11月,上海商务印书馆重出此书校订本。胡适在《重印自序》中,对日记初版"因为纪念一个死友的情感关系"而使用"藏晖室札记"这个"太牵就旧习惯"的书名表示"颇懊悔",亲自把书名改定为《胡适留学日记》。②

1959年3月,台北商务印书馆又三版《胡适留学日记》。胡适在《台北版自记》中透露,借第二次重印的机会,他又"改正这里面几个错误"。③

---

① 胡适:《自序》,《胡适日记全编一》(1910—1914),第58—59页。
② 胡适:《重印自序》,《胡适日记全编一》(1910—1914),第54页。
③ 胡适:《胡适留学日记台北版自记》,《胡适日记全编一》(1910—1914),第51页。

此后,台湾和大陆多次重印胡适早年留学日记,所依据的版本,不外上述三种之一,或三种互相校勘而成。可是,在长达半个多世纪的时间里,海内外胡适研究界并不知晓绝大部分胡适早年留学日记以及至今尚未公开的胡适归国初期的《北京杂记(一)》和《归娶记》手稿仍存在于天壤之间。

因此,当去年春天与陆灏兄、陈麦青兄等在海上收藏家梁勤峰兄的书房里见到十八册胡适早年日记手稿时,我几乎不敢相信自己的眼睛。胡适研究早已成为显学,这从每年海内外出版的大量的胡适传记、研究专著和学术论文中就可清楚地看出。对胡适生平和创作史料的整理也早已蔚为大观,作品全集、年谱长编、藏书目录、相关回忆录和研究资料汇编等等不断问世。胡适各种各样单篇作品的手稿也时有出土,翻翻中国南北各大拍卖公司的拍卖图录就可明了。但是,出于对稀见文学史料的敏感,我马上意识到这是新世纪以来胡适史料发掘方面最重大和最了不起的发现。

二

这十八册胡适早年日记,全部竖行书于开本统一的长方形 Webster Student's Note Book 上,绝大部分是钢笔书写(《北京杂记(一)》和《归娶记》的开头部分为毛笔书写),而且使用了黑、蓝、紫、红等不同颜色的墨水。每册封面上胡适都题了名,编了号,部分还注明了确切的或大致的起讫日期。我将之与铅印本《胡适留学日记》(以下简称《留学日记》)稍加对照,结果如下:

第一册:"藏晖日记　留学康南耳之第三年"。为《留学日记》卷二。

第二册:"藏晖劄记　民国二年　起民国二年十月八日　终三

年二月廿八日"。为《留学日记》卷三。

第三册:"藏晖劄记二　民国三年　起三月十二日　终七月七日"。为《留学日记》卷四。

第四册:"藏晖劄记三　民国三年　七月"。为《留学日记》卷五。

第五册:"藏晖劄记四　民国三年　八月"。为《留学日记》卷六。

第六册:"藏晖劄记五　民国三年　九月廿三日起　十二月十一日止"。为《留学日记》卷七。

第七册:"藏晖劄记六　民国三年十二月十二日起"。为《留学日记》卷八。

第八册:"藏晖劄记七"。为《留学日记》卷九。

第九册:"藏晖劄记　第八册　民国四年六月"。为《留学日记》卷十。

第十册:"胡适劄记　第九册　四年八月"。为《留学日记》卷十一。

第十一册:"胡适劄记　第十册　民国四年十一月　到五年四月"。为《留学日记》卷十二。

第十二册:"胡适劄记　第十一册　民国五年四月"。为《留学日记》卷十三。

第十三册:"胡适劄记　第十二册　民国五年七月"。为《留学日记》卷十四。

第十四册:"胡适劄记　第十三册"。为《留学日记》卷十五。

第十五册:"胡适劄记　第十四册"。为《留学日记》卷十六。

第十六册:"胡适劄记　第十五册　归国记"。为《留学日记》卷十七。

第十七册:"胡适杂记　第十七册　改为第十六册"。为《留学日记》和海峡两岸的《胡适日记全编》所均无。

第十八册:"胡适劄记　第十六册　改为第十七册"。为《留学日记》和海峡两岸的《胡适日记全编》所均无。

有必要指出的是,上述比对只是初步的和简要的。事实上当年《留学日记》编者在整理日记手稿时,作过许多技术性乃至实质性的处理,归纳起来,大致有以下数点应该引起注意:

一、日记手稿各册的具体起讫日期,与《留学日记》各卷相对照并不一致,《留学日记》有多处挪前移后的调整。

二、日记手稿是胡适率性所记,有话则长,无话则短,均无题。《留学日记》则按日按内容归类,一一酌加小标题,虽然得到胡适本人同意,毕竟不是手稿的原始面貌。

三、日记手稿中部分文字,《留学日记》有所修饰或改动。如日记手稿第一册第一天,即民国"元年九月二十五日"记"夜观萧氏名剧 Hanmlet"的感想,《留学日记》云:"凡读萧氏书,几无不读此剧者",手稿作"凡读萧氏书,几无有不读此剧者";《留学日记》引用剧中名句后云:"此种名句,今人人皆能道之,已成谚语矣。"而手稿则作"此种名句,今人人皆能道之,已成俚谚矣。"① 又如 1914 年 7 月 8 日日记中有一段,《留学日记》云:"作一书寄冬秀,勉以多读书识字。前吾母书来,言冬秀已不缠足,故此书劝以在家乡提倡放足,为一乡除此恶俗。"而手稿则作:

作一书寄冬秀,勉以多读书识字。前吾母书来,言冬秀已

---

① 胡适:《胡适留学日记手稿本》,上海:上海人民出版社,2015 年。以下引文均出自这一手稿本,不再另行出注。

不缠足,故此书勉以继续放足,略谓冬秀为胡适之之妇,不可不为一乡首创,除此恶俗,望毅然行之,勿恤人言也。

四、日记手稿中引用或剪贴了大量的英中文剪报,《留学日记》中有多处删节。如1914年8月11日一天所记的两则日记,一为"悉尔先生讲演欧洲战祸之原因",手稿剪贴了二大段英文"大旨",《留学日记》中均删去;另一为蒋生先生"言欧洲战祸之影响",手稿又剪贴了一大段英文剪报,《留学日记》中也删去。凡此种种,不一而足。

五、青年胡适极喜摄影,日记手稿中黏贴了大量珍贵的大小不同的各类照片,人物照和风景照等等,而在《留学日记》中只选用了一小部分,大部分未能刊用。

六、即便《留学日记》中已经保留的英中文剪报和照片,胡适在日记手稿中对这些剪报和照片的一些文字说明和即兴感想,《留学日记》也有不少阙如。

七、日记手稿中所记录的胡适诗作(包括旧体诗和白话诗),颇有现行胡适各种文集和全集所未收者。且举一例。日记手稿第十四册第一页题有一首打油诗:

怀君武先生

八年不见马君武,见时蓄须犹未黑。
自言归去作工人,今在京城当政客。
看报作此。　　　　　　六年三月廿一日

此诗为《留学日记》所删削,而这正是一首至今不为人知的胡适集外诗。应该说明的是,胡适早年进中国公学就读时,国民党元老马君武(1881—1940)是总教习,两人有师生名分。胡适赴美留学后,常与马君武鱼雁往还。马君武1916年6月自欧洲返国途经纽约,胡适仍对其执弟子礼,"聚谈之时甚多"。《藏晖室札记》整理出版时,马君武尚健在,因此删去这首有嘲讽之意的打油诗,也就可以理解了。

八、日记手稿中有少量在日记里写了又删去的字句,如1916年7月22日日记所录《答梅觐庄驳吾论"活文学"书(白话诗)》(《留学日记》已把诗题改为《答梅觐庄——白话诗》),第一节"文字岂有死活,白话俗不可当(原书中语)"这句之后,日记手稿中原有以下整整十三行,但后来用红笔删去:

古人说:
"于皇来牟将采厥明
明昭上帝迄用康年
命我众人
庤乃钱镈奄观铚艾"。
何必要说:
"死后是非谁管得
满村听说蔡中郎。"
古人说:
"即出于余窍子亦将承之"。
岂不胜似
"放个屁也香"?
吁咈哉,嚣讼可乎?

《留学日记》当然也无这十三行,而这十三行对了解胡适当时的真实思想恰恰不无裨益。

九、胡适自己已经公开承认的《留学日记》有"极少数(约有十条)的删削",在日记手稿中应有完整的呈现。

这还只是我粗粗翻阅日记手稿后的归纳,读者如果仔细研读,一定会有更多更有价值的发现。由此可知,这十八册日记因是胡适亲笔手稿,故能以最为原始、完整、全面的形态呈现胡适 1912 年 9 月至 1918 年 2 月日记的原貌,具有唯一性、真实性和可靠性。也因此,真正"完全保存了原来的真面目"的,还不是铅印的《胡适留学日记》,而正是这十八册原汁原味的胡适早年日记手稿。

三

特别值得珍视的是,胡适归国以后所写的《北京杂记(一)》和《归娶记》两篇日记。收入日记手稿第十六册的《北京杂记(一)》为 1917 年 9 月 11 日至 11 月 30 日的日记,收入日记手稿第十七册的 1917 年 7 月 16 日、8 月 1 日和 26 日三则日记和 1917 年 12 月 16 日至 1918 年 2 月 21 日的《归娶记》,均为新发掘的胡适早年日记,实在难能可贵。现存胡适日记,在《归国记》1917 年 7 月 10 日结束之后,一下子就跳到了 1919 年 7 月 10 日,其间有整整两年的空白。而这两年于胡适而言,正是他酝酿和倡导新文学及新文化运动的极为重要的两年。因此,于胡适研究而言,这两年的日记空白也是极为遗憾的。而《北京杂记(一)》和《归娶记》的重见天日,正好部分地填补了这一空白,其不可替代的学术价值也就不言而喻。

胡适 1913 年 4 月在《藏晖劄记(一)》的"题记"中说:"吾作日记数年,今不幸中辍,已无可复补;今以札记代之:有事则记,有所感则记,有所著述亦记之,读书有所得亦记之,有所游观亦略述之。"《北京杂记(一)》和《归娶记》正充分体现了这些特点。《北京杂记(一)》1917年9月11日第一条云：

> 与钱玄同先生谈。先生专治声音训诂之学。其论章太炎先生之《国故论衡》，甚当。其言音韵之学，多足补太炎先生所不及。

从该条日记中对钱玄同的介绍看，当为胡适与钱玄同的首次见面，也可补钱玄同日记的失记。接下来所记大部分是读书札记，有围绕方东树《汉学商兑》的阅读和辨析，有围绕康有为《新学伪经考》的阅读和辨析等等，可见胡适当时读书之多，涉猎之广，思考之勤。其间也有多处胡适自作诗词的记载，均可补入胡适诗集。且举一例：

> 中秋日(九月卅日)回忆一月前(阴历七月十五)与曹胜之君同在南陵江中。舟小，吾与胜之共卧火舱中。天大热，虽露天而睡，亦不成寐。是日大雨，雨后月色昏黄。江中极静。吾高歌东坡稼轩词以自遣。时与胜之夜话，甚欢。今已一月矣。遂写是夜事，作一诗寄之：空江雨后月微明，卧听船头荡桨声。欲把江水问舟子，答言从小不知名。

《归娶记》记的是胡适1917年12月16日离京回绩溪迎娶江冬秀的始末，记载颇为详尽。历来各种胡适传记对此过程均语焉不详，包括迄今篇幅最大的江勇振先生所著《舍我其谁：胡适》在内，连胡适到底是哪一天正式结婚的，也无从知晓，成为胡适生平研究上长期未能得到解决的一桩悬案。而《归娶记》中已经明确记载：1917年12月30日"下午三时行结婚礼"。婚礼从头至尾的每一步骤，如参加者、行礼次序、演说等，均一一记录在案，甚至还附有结婚礼堂的平面图。有趣的是，胡适还对此"新式"其实还是有点不新不旧的婚礼作了分析：

> 吾此次所定婚礼，乃斟酌现行各种礼式而成，期于适用而已。
> 此次所废旧礼之大者，如下：一、不择日子。是日为吾阴历生日，适为破日。二、不用花桥、凤冠、霞帔之类。三、不拜堂。以相见礼代之。四、不拜天地。五、不拜人。以相见礼代之。六不用送房、传袋、撒帐诸项。七、不行拜跪礼。
> 吾初意本不拜祖先。后以吾母坚嘱不可废，吾重违其意，遂于三朝见庙，新夫妇步行入祠堂，三鞠躬而归，不用鼓乐。
> 此次婚礼所改革者，其实皆系小节。吾国婚礼之坏，在于根本法之大谬。吾不能为根本的改革而但为末节之补救，心滋愧矣。

那么，"根本法之大谬"为何？胡适认为其"大谬"还不是在于"父母之命，媒妁之言"，而是在于"父母媒妁即能真用其耳目心思，犹恐不免他日之悔。况不用其耳目心思而乞灵于无耳目心思之瞎子菩萨乎？此真荒谬野蛮之尤者矣"。从中应可窥见胡适当时的婚姻观和对中国传统家庭制度的态度。不仅如此，《归娶记》中还有对江冬秀的具体印象和评价，认为此次婚礼"冬秀乃极大方，深满人意"，也为研究两人的婚姻提供了新的第一手资料。此外，《归娶记》中对胡适组诗《新婚杂诗》的记载，也与以后正式发表的定稿在次序和字句上均有所出入，从而为研究胡适新诗的写作修改过程提供了新的佐证。

四

从 1966—1970 年间，台北胡适纪念馆陆续推出《胡适手稿》影印本开始,胡适手稿的印行和解读就已提上了胡适研究的议事日程。对胡适这样一位在20世纪中国现代史上产生了重大影响的人物,这是题中应有之义。研究胡适手稿,不仅可以欣赏胡适的书法,更可以从中发现并比较与现行文本不同的声音,建构胡适作品的"前文本",甚至可能改变或部分改变对胡适的既有评价,意义非同一般。从这个意义讲,梁勤峰兄慨然提供这十八册胡适早年日记手稿,上海人民出版社果断影印这十八册胡适早年日记,均堪称化一成万、功德无量的大好事。

总之,无论是已经出版但仍需仔细爬梳的《胡适留学日记》,还是首次面世的《北京札记(一)》和《归娶记》,这一大批胡适早年日记手稿的影印,为研究早年胡适留学美国和回国初期的见闻、治学、创作、交游、思想、爱好和情感,均提供了令人欣喜的大量新线索。与1950年代初鲁迅日记手稿影印推动了鲁迅研究、1990年代周作人早中期日记手稿影印推动了周作人研究一样,不久之后,随着这十八册胡适早年日记手稿影印本的出版,胡适研究,至少早年胡适研究,将会出现一个新局面,我以为是完全可以预期的。

我不是胡适研究专家,对胡适其人其文其事,其实所知不多。但我作为收藏者梁勤峰兄的友人,对这十八册《胡适留学日记手稿本》的出版,十分赞成和支持,于是写下了以上这些话,希望能对海内外读者研读这十八册日记手稿影印本有所帮助,并祈高明指教。

乙未初夏于海上梅川书舍

(原载2015年8月上海人民出版社初版《胡适留学日记手稿本》,收入本书时有增补)

重说《新月》

1928年3月10日,一种新的文学杂志《新月》月刊,在上海文坛横空出世。《新月》创刊号署"编辑者 徐志摩 闻一多 饶孟侃","发行者 上海望平街新月书店"。时隔三十四年后,新月派重要成员梁实秋对《新月》的创刊,有如下深情的回忆:

> 《新月》出版了,它给人的印象是很清新。从外貌上看就特别,版型是方方的,蓝面贴黄签,签上横书古宋体"新月"二字。面上浮贴一张白纸条,上面印着要目。方的版型大概是袭取英国的十九世纪末的著名文艺杂志 Yellow Book 的形式。这所谓的《黄皮书》是一种季刊,刊于一八九四至九七年,内有诗、小说、散文,作者包括 Henry James, Edmund Gosse, Max Beerbohm, Earnest Dawson, W. H. Davis 等,最引人注意的是多幅的 Aubrey Beardsley 的画,古怪夸张而又极富颓废的意味,志摩、一多都很喜欢它。①

《新月》是新月派同人在1927—1928年间汇聚上海之后创办的一份新的机关刊物。新月派是中国现代文学史上一个极为重要

---

① 梁实秋:《忆〈新月〉》,《文学因缘》,台北:文星书店,1964年,第294页。

的新文学流派,尤以倡导新格律诗在文学史上留下了深刻的印记。而新月派是由1923—1924年间在北京出现的新月社衍变而来的。这个被徐志摩称之为"最初是'聚餐会',从'聚餐会'产生'新月社',又从新月社产生'七号'的俱乐部"①的北京"一些文人和开明的政客与银行家"②的聚会,以徐志摩于1925年10月1日起主编《晨报副镌》而逐渐转变为以创作新诗为主的新文学同人团体,其鲜明的标志即为1926年4月1日创刊的《晨报副刊·诗镌》,《诗镌》由徐志摩主编,闻一多、朱湘、饶孟侃、刘梦苇、朱大柟等为中坚,而徐、闻、饶三位后来正是《新月》月刊的首任编辑组合。

《新月》是在中国新文学中心南移的背景下诞生的。1927年4月,国民政府定都南京。在此前后,文学研究会机关刊物《小说月报》、创造社机关刊物《创造月刊》都继续在上海出版;同年11月,原在北京出版的语丝社机关刊物《语丝》周刊也迁到上海,由已经定居上海的鲁迅接编;再加上夏丏尊主编的《一般》、曾孟朴父子主编的《真美善》月刊等,上海文坛一时各种文学流派纷呈,争奇斗艳,热闹非凡。上海取代北京,已俨然成为中国新文学的新的中心。在此文坛态势下,以胡适、徐志摩、梁实秋等为代表的一批留学欧美的作家学者也先后来到上海,他们不甘寂寞,急于再次发出自己的声音,先开办新月书店,③再创刊《新月》月刊,也就理所当然。

前期《新月》的灵魂人物是徐志摩,因为为创刊积极奔走组织

---

① 徐志摩:《〈剧刊〉始业》,《晨报副刊·剧刊》,1926年6月17日第一期。
② 梁实秋:《忆〈新月〉》,《文学因缘》,第293页。
③ 新月书店1927年7月1日创办于上海,比《新月》的创刊早了七个月。参见陈子善:《新发现的新月书店史料》,《钩沉新月:发现梁实秋及其他》,北京:中华书局,2013年,第161—168页。

的是他,创刊后实际编辑刊物的也是他。梁实秋就曾回忆道:《新月》"编辑人列徐志摩、饶子离、闻一多三个人。事实上饶子离任上海市政府秘书,整天的忙,一多在南京,负责主编的只是志摩一个人"。①《新月》创刊号上的代发刊词《我们的态度》也出自徐志摩手笔,文中批评了"一感伤派 二颓废派 三唯美派 四功利派 五训世派 六攻击派 七偏激派 八纤巧派 九淫秽派 十热狂派 十一稗贩派 十二标语派 十三主义派"等作者认定的当时流行的十三种文学派别,然后指出:

> 商业上有自由,不错。思想上言论上更应得有充分的自由,不错。但得在相当的条件下。最主要的两个条件是(一)不妨碍健康的原则 (二)不折辱尊严的原则。

这就是徐志摩揭橥的有名的《新月》"健康与尊严"原则,曾受到左翼文学阵营的批评。但平心而论,徐志摩本意并非特别针对左翼,而是就当时他认为的新文学文坛上一些较为普遍的不良现象而言的。

与其他一些大型新文学刊物如《小说月报》《现代》等有所不同,《新月》的编辑者和发行者几经变动。据版权页显示,《新月》自1929年4月10日第二卷第二号起,编辑者为"梁实秋、叶公超、潘光旦、饶孟侃、徐志摩";1929年9月第二卷第六、七号合刊起,编辑者为梁实秋;1930年4月第三卷第二期起,编辑者为罗隆基;1932年9月第四卷第二期起,编辑者为叶公超,发行人为邵浩文(邵洵美);1932年11月第四卷第四期起,编辑者为"叶公超、胡

---

① 梁实秋:《谈闻一多》,《梁实秋文学回忆录》,长沙:岳麓书社,1989年,第307页。

适、梁实秋、余上沅、潘光旦、邵洵美、罗隆基",出版者为邵浩文,直至1933年6月第四卷第七期停刊止。同时,《新月》虽曰月刊,自第二卷起出版周期很不正常,版权页所刊出版日期与实际出版日期大相径庭;第三卷第三至十二期更不再标明出版日期,至第四卷起才逐渐恢复。① 上述两点,在阅读和研究《新月》时是必须加以注意的。

作为新文学刊物,《新月》在新诗、小说、散文、戏剧和文艺评论众多方面都有骄人的贡献。如果说新月派文学以《晨报副刊·诗镌》为滥觞,那么《新月》就是集大成者了。新诗在《新月》发表的文学作品中占了很大的比例,特别是在刊物的前期和后期,而且创作与翻译并重,新格律诗与自由诗并重,理论阐述与中外诗人传记并重。不但徐志摩、闻一多、饶孟侃、孙大雨等《诗镌》原班人马不断有新著译发表,更有陈梦家、方玮德、荻荻(何其芳)、曹葆华、梁镇、沈祖牟、卞之琳、孙洵侯、孙毓棠、臧克家、林徽音、李广田等新诗新锐先后在《新月》亮相,其中不少成为了新月派的后起之秀。②即便像卞之琳、何其芳、臧克家这些后来诗风大变的新诗人,他们是在《新月》这样有影响的全国性文学杂志上起步的,也是不争的事实。此外,《新月》上关于新诗的理论探讨,如沈从文的《论闻一多的〈死水〉》,闻一多、胡适关于陈梦家、方玮德新诗的诗论等等,也值得一提。《新月》为徐志摩主编的《诗刊》的诞生作好了准备,也为新月诗派的成熟做出了必要的努力,虽然还存在种种不足。

---

① 参见王锦泉:《〈新月〉月刊出版日期考》,《中国现代文艺资料丛刊》第八辑,上海:上海文艺出版社,1984年。
② 陈梦家编《新月诗选》(1931年9月新月书店初版),收入徐志摩、闻一多、孙大雨、朱湘、邵洵美、方令孺、林徽音、陈梦家、方玮德、梁镇、卞之琳、俞大纲、沈祖牟、沈从文、杨子惠、朱大枬、刘梦苇的诗,除了朱湘和已经去世的最后三位,其余诗人都在《新月》上发表过作品。

正如梁实秋后来所分析的:

> 《新月》月刊以相当多的篇幅刊载新诗,写诗的人也慎重其事的全力以赴,想给新诗打一点基础,但是成就有限,仅在新诗发展过程中留下一点涟漪,超越了早期白话诗的形态,这一点是做到了。写令人能懂的诗,不故弄玄虚,不走晦涩的路子,这一点也做到了。可是距离建立新诗的典型,还差得远。我觉得《新月》努力的方向是正确的……①

《新月》发表的小说也较有特色。现代文学史上早有定评的沈从文的《阿丽思中国游记》、废名的《桥》下卷两部长篇都是在《新月》连载的,林徽音的《窘》则是她的小说处女作,还有凌叔华的《小哥儿俩》等一系列短篇、高植的《月》等一系列短篇、冰心的《分》、何家槐的《湖上》和靳以的《娴君》,甚至徐志摩也亲自披挂上阵,写了《珰女士》(未完)等。叶公超后来在《〈新月小说选〉序》中对《新月》所刊小说的三种倾向作了较为确切的概括:

> (《新月》的小说)可以代表民国三十年代的三种趋势:第一,是当时《新月》这般人都受了西洋文学的影响,又对自己的社会正在发生了一种新兴的兴趣。便试图以西洋文学的技巧,来表现传统社会中人物的真实生活。这些人物的存在性,使我们认识了许多当代中国社会生活的各种层面。二是在新旧传统交替的情境中,对当时新兴知识阶层生活态度的批评。谈到这里,便令人想起"讽刺",在这个集子中的许多小说,都

---

① 梁实秋:《略谈〈新月〉与新诗》,台北:《联合报》副刊,1976年8月10日。

包含着一些讽刺。例如沈从文,在他的小说中便常常讽刺。还有陈西滢、凌叔华与林徽音或多或少也有。他们有时是对一般的,有时则是对受西方教育回来的新兴知识分子,这也使我们认识了当代中国社会的许多层面。三是表现了当时的青年人对社会与传统的反抗态度。①

《新月》发表的散文同样名家与新锐荟萃,值得注意。徐志摩的《浓得化不开》《死城》等篇自不必说,胡适的《名教》、周作人的《穷裤》、俞平伯的《中年》、叶公超的《小言两段:扑蝴蝶、谈吃饭的功用》、废名的《纺纸记》、秋心(梁遇春)的《又是一年春草绿》、陈梦家和方令孺的《信》、储安平的《豁梦楼暮色》、常风的《那朦朦胧胧的一团》,以及周作人的《志摩纪念》、郁达夫的《志摩在记忆里》、方令孺的《志摩是人人的朋友》等一组感人至深的悼念徐志摩文,都是难得的佳作。特别是连载的胡适《四十自述》,开了新文学家撰写自传的先河。而梁实秋不但发表了《绅士》《纽约的旧书铺》等已具"雅舍小品"雏形的散文,而且还发表了《论散文》《谈志摩的散文》两篇重要评论,对白话散文从理论到创作实践颇多发挥,他提出的"志摩的散文在他的诗以上"②的观点尤具启迪。

以往的论者往往忽略《新月》在现代话剧方面的建树,其实新月派自余上沅主编《晨报副刊·剧刊》起,③就对国剧和现代话剧给予了足够的关注。而《新月》第一卷十二期中,几乎每期都刊登话剧剧本和研究戏剧、评论话剧的文字。推介莎士比亚和奥尼尔、品

---

① 叶公超:《序》,《新月小说选》,台北:雕龙出版社,1980年,第2—3页。
② 梁实秋:《谈志摩的散文》,《新月》,1932年1月第四卷第一期"志摩纪念号"。
③ 余上沅主编的《晨报副刊·剧刊》1926年6月17日借《诗镌》地位创刊,同年9月23日出版第十五号后停刊。

评元曲《梧桐雨》之余,徐志摩、陆小曼合作的五幕剧《卞昆冈》、欧阳予倩的五幕剧《潘金莲》也先后揭载。以后的《新月》对独幕剧这种短小的话剧形式情有独钟,既接连发表顾仲彝、李青崖、马彦祥等的译作,也不断推出丁西林、陈楚淮的创作。尤其是陈楚淮,他是《新月》一手培养的话剧新锐,《新月》先后发表了他的三幕剧《金丝笼》、四幕剧《韦菲君》、独幕剧《药》《桐子落》《浦口之悲剧》《骷髅的迷恋者》等,可谓不惜篇幅。陈楚淮的话剧成就长期被埋没,有待重新研究和评估。

当然,文学批评和文学史研究在《新月》中也占着显著的位置。在中国古典和近代文学研究领域里,胡适的《考证〈红楼梦〉的新材料》在"红学"研究上自有其划时代的意义,闻一多的《庄子》、徐志摩的《〈醒世姻缘〉序》、中书君(钱锺书)评周作人《中国新文学的源流》等篇也颇为重要。刘英士负责的"书报春秋"和叶公超、梁遇春负责的"海外出版界"两个一直固定的专栏也是学术视野开阔,评介海内外新版书刊时有洞见。更必须一提的是,自 1930 年 1 月第二卷第六、七期合刊发表《文学是有阶级性的吗?》《论鲁迅先生的硬译》开始,梁实秋在《新月》上与鲁迅及左翼文学阵营正式展开了激烈的论战。梁实秋先前曾撰文高度评价鲁迅的杂文,[①]此时却"批评了鲁迅,这些文字发表在《新月》上",梁实秋后来回忆道,"这只是我个人的意见,我并不代表《新月》"。[②] 这场论战是 1930 年代自由主义文学家与左翼文学家第一次较为全面的驳难,涉及文学有否阶级性、文学作品应否表现"普遍的永久的人性"、文学与

[①] 参见陈子善:《研究鲁迅杂文第一人——梁实秋》,《钩沉新月:发现梁实秋及其他》,第 169—181 页。

[②] 梁实秋:《忆〈新月〉》,《文学因缘》,第 295 页。

革命、文学与宣传、文学与道德、文学与大众、如何看待"无产阶级文学"、如何翻译文艺理论等一系列重要问题。撇开双方都有意气用事这点不谈,梁实秋提出的"拿货色来"的诘问,①倒是值得深思的。这场论战双方各持己见,各不相让,虽以梁实秋离沪赴青岛大学执教后暂告一段落,但影响极为深远,至今仍为海内外论者所不断评说。

尽管文学是《新月》的主干,但《新月》并不是一个纯文学杂志。梁实秋后来特别指出:"《新月》是一个综合的刊物,一般思想与文艺并重。"②《新月》创刊号固然是清一色的文学,文学评论、创作(包括新诗、小说和散文)、翻译及文学史考证等,各体皆备,但一个月后出版的《新月》第一卷第二期马上刊出潘光旦的论文《德日尼族性相肖说》,这就说不上与文学有多大关系了。以后学术思想方面的文章陆续有所增加。综观总共四十三期的《新月》,所谓"一般思想"真是十分丰富,先后发表了哲学、政治学、历史学、社会学、宗教学、教育学、法学、经济学、人口学、优生学、语言学、文字学和海外汉学,乃至物理学等方面的论文和译著,堪称琳琅满目,蔚为大观,更不乏真知灼见。这么多被忽略的颇有价值的学术文化资源,还有待相关学者发掘、研究和评论。

新月派同人作为留学欧美归来的知识分子,不但学有专长,其中一部分还颇有议政的冲动。他们中"几个朋友"为了"建设一个

---

① 参见梁实秋:《文学是有阶级性的吗?》,《新月》,1930年1月第二卷第六、七号合刊。文中说:"从文艺史上观察,我们就知道一种文艺的产生不是由于几个理论家的摇旗呐喊便可成功,必定要有有力量的文学作品来证明其自身的价值。无产文学的声浪很高,艰涩难通的理论书也出了不少,但是我们要求给我们几部无产文学的作品读读。我们不要看广告,我们要看货色。我们但愿货色比广告所说的还好些。"这就是"拿货色来"论的由来。

② 梁实秋:《略谈〈新月〉与新诗》,台北:《联合报》副刊,1976年8月10日。

健康与尊严的人生",原拟在《新月》"月刊外(这是专载长篇创作与论著的)提另出一周刊或旬刊,取名《平论》(由评论社刊行)",①然而此议未果,从1929年4月第二卷第二号起,《新月》就"想在思想及批评方面多发表一些文字……如果我们能知道在思想的方向上至少,我们并不是完全的孤单,那我们当然是极愿意加紧一步向着争自由与自由的大道上走去"。② 于是,《人权与约法》(胡适作)、《专家政治》(罗隆基作)、《论思想统一》(梁实秋作)、《我们什么时候才可有宪法?》(胡适作)、《知难,行也不易》(胡适作)、《论人权》(罗隆基作)、《新文化运动与国民党》(胡适作)、《告压迫言论自由者》(罗隆基作)、《孙中山先生论自由》(梁实秋作)……源源而出,抨击国民政府的专制统治体制,反对"训政",倡导自由,维护"人权",呼唤尽快实行法制,前后历时约一年半。③《新月》这一系列尖锐的言论震动了当时的思想文化界,也在社会上引起了很大反响,招致当局的竭力压制,④从而在中国现代思想和政治史上写下了浓重的一笔。

随着徐志摩、梁实秋、胡适等相继离沪,又因"人权运动"讨论引发国民党当局的高压,《新月》被认定"累载反动文字"而"密令"

---

① 未署名:《编辑后言》,《新月》,1929年3月第二卷第一号。
② 未署名:《编辑后言》,《新月》,1929年4月第二卷第二号。
③ 此次讨论文字由胡适亲自编定《人权论集》,于1930年1月由新月书店出版,后数次重印。
④ 当时国民党北平、天津、青岛、江苏省和上海特别市党部纷纷"呈请中央""缉办胡适""查封新月书店"和"查禁"《新月》及《人权论集》,详见胡适1929—1930年间日记所录剪报,参见胡适等著:《人权论集》重印本附编《当局法令文书》,北京:中国长安出版社,2013年。

"没收焚毁",①主编罗隆基也曾被捕,②《新月》自第二卷以后一度陷入低谷,出版断断续续。后邵洵美加盟《新月》,叶公超又接编《新月》第四卷,力挽狂澜,才较有起色。叶公超还在1932年1月第四卷第一期上翻译了英国女作家吴尔芙(伍尔夫)的《墙上一点痕迹》,这是首次向中国读者介绍西方"意识流"小说。但《新月》毕竟已是强弩之末,坚持至1933年6月出版最后一期即第四卷第七期后停刊。

据粗略统计,《新月》撰稿人总共一百六十余位。除了上文已经提到的各位之外,还有作家郑振铎、王鲁彦、庐隐、冯沅君、苏雪林、陈西滢、杨振声、顾一樵、陈铨、毕树棠、李长之、许君远、赵景深、张若谷、郭子雄、赵少侯、王实味、石璞、莫辰(罗大冈)、杨季康(杨绛)等位,学者任鸿隽、梁漱溟、吴景超、卫聚贤、朱东润、沈有乾、全增嘏、王造时、王伯祥、闻家驷、吴世昌、浦江清、刘大杰、李辰冬、余冠英等位,有不少自然是作家和学者身份兼而有之。此外,徐悲鸿、刘海粟、江小鹣、常玉,还有印度诗人泰戈尔也在《新月》上发表过画作。这样强大的作者阵容,在中国现代文学期刊中是不多见的。从中不难看出,《新月》的大部分作者,当时已经是或者以后成长为中国现代文学史和学术史上的杰出人物。

《新月》总共存活了五年又三个月,在中国现代文学期刊史上时间不能说很长,但也不算短暂了。作为新文学流派重要一支的机关刊物,作为1930年代初自由主义知识分子主编的主要的文学杂志,《新月》的存在体现了中国现代文学的多样性和多元化。《新

---

① 1930年2月5日《国民党上海市党部致新月书店公函》,《人权论集》重印本,第202页。
② 罗隆基1930年11月4日被捕,后经胡适等营救,当天即被释放,参见罗隆基:《我的被捕的经过与反感》,《新月》,1930年12月第三卷第三期。

月》停刊之后,胡适在北平创办《独立评论》,可视作《新月》议政梦想的拓展;叶公超等在北平创办《学文》,也可视作《新月》文学追求的再现。总之,都可视为《新月》的延续,新月派的再出发。而今《新月》留下的这笔文学和学术文化遗产,在中国现代文学史和学术史上的成败得失,也期待文学史家、学术史家继续深入探讨和总结。

  正是由于《新月》具有举足轻重的文学史地位,早在 1985 年 6 月上海书店就解放思想,出版了《新月》影印本,虽然当时还是"内部发行",[①]但对 1980 年代中国现代文学研究界的"重写文学史"无疑起到了明显的积极作用。三十年以后的今天,重新影印《新月》公开出版,又新编总目和篇名索引,使之更为完备,更便于使用。完全可以预期,新影印本问世之后,将会进一步推动中国现代文学史和学术文化史研究的深入。因此,我乐意为之作序如上。

2014 年 5 月 4 日于海上梅川书舍
(原载 2014 年 5 月上海书店出版社初版《新月》影印本第一册)

[①] 《新月》1985 年 6 月由上海书店影印时注明"(内部发行)",《影印说明》云:"《新月》,月刊,徐志摩、罗隆基等编辑。1928 年 3 月创刊,1933 年 6 月出至四卷七期停刊,共出 43 期。是研究中国新文学运动中出现的资产阶级文艺社团新月社的重要资料。影印本合订七册。"

沈从文书缘
——《买书记历》代序

读《买书记历》三十八位爱书人的买书回忆,我的感受可以用八个字来形容:津津有味,倍感亲切。津津有味,是因为他们记述的买书经历虽然有长有短,各各不同,但中文外文,古籍今籍,娓娓道来,均精彩纷呈,引人入胜;倍感亲切,是因为他们之中竟有十九位,也就是正好二分之一,是我认识或者熟识的,新老书友蒐集珍藏了那么多有趣有意思的书,我感到由衷的高兴。

我也算是出入新旧书店和徜徉新旧书摊多年的人了,也有过在上海或北京天蒙蒙亮就赶早市淘旧书的记录,足迹还远至东京、大阪、柏林、汉堡、伦敦、剑桥、波士顿、洛杉矶、纽约和新加坡,在那些名城买过旧书或新书,自以为经历不可谓不丰富,收获也多多少少有一些,只是近年来因不上网而坐失购书良机无数,与书中各位爱书人相比,真是自愧不如,羡慕不已。因此,当编者不弃,要我为本书写几句话时,我踌躇再三,不知写些什么好。

思来想去,也来写一写我的沈从文书缘吧,虽然远比不上本书编者陈晓维兄的《寻沈记》丰富和生动。

记得是1980年或1981年的事。我只要不上课,往往上午泡图书馆,下午逛旧书店。当时上海旧书店只有"上海书店"一家,那天我踏进福州路上海书店内部书刊门市部,倪墨炎先生已先我而至。倪先生以收藏新文学书刊著名,也很会写文章,我们早已是熟人,常在旧书店中见面。自然,我只是大学青年助教,他的"级别"远比我高。内部书刊门市部有两个陈列室,他都可自由进出,我却只能进外面的一个,而"好书"往往都在我进不去的里面那个陈列室,我为此一直引为恨事,但也无可奈何。

那天他从拎包中取出一书对营业员说:"买重了,换一本。"营业员认识这位常客,一口应允。我在旁偷眼一看,原来是沈从文的《边城》单行本,机不可失,当即说:"老倪不要了,我买吧。"营业员倒也爽快:"可以!"于是我购得了《边城》1934 年 10 月上海生活书店初版本,48 开平装,付泉 0.60 元正。

出得店门,走在熙熙攘攘的福州路上,心情大好,边走边翻书,竟还有更大的惊喜。我发现此书前环衬左下角有如下毛笔字:

家延兄存　从文　廿三年十月三十日

沈从文 1930 年代的签名本啊,且是此书出版当月送出的,实在难得,我几乎欣喜若狂,真是一个美好无比的黄昏!

这是我获得的第二本现代著名作家签名本,第一本是巴金的散文集《忆》。后来遇到倪先生,闲聊之余,我忍不住问:"你不知道这本《边城》是签名本?"他答曰:"我怎么不知道?但我不专收签名本,我已有一本《边城》初版本了,书品全新,正好让你捡了便宜。"其实,这本《边城》签名本也有八成新。于是我俩相视一笑而别。

《边城》签名本上款所题的"家延兄"是谁?似非文学圈中人,一时难以查考,只得冒昧写信向沈从文先生请教。张兆和先生在

1983年7月23日复信云:"家延是我中学的一个同学(女),姓潘,苏州人,已故。"原来是作者送给夫人的"闺蜜"的。后来我据此写过一篇小文《〈边城〉初版签名本》,这也是我写的第一篇考证作家签名本的文章。

当然,更重要的是,我出于好奇,把《边城》初版本与天津《国闻周报》1934年1月至4月第十一卷第一、二、四、十至十六期最初发表的《边城》连载本略作对比,发现两个版本之间存在不少差异,也就是说初版本已作了修改。后来又读到姜德明先生介绍作者对1935年4月《边城》再版本的校注和题跋,①进一步意识到一部现代文学名著,往往存在多种不同的版本,这个问题非同小可。因此,当四川龚德明兄起意编"现代文学名著汇校本"丛书时,我自告奋勇,报名汇校《边城》。没想到龚兄出师不利,第一本《〈围城〉汇校本》于1991年由四川文艺出版社出版后就出了"问题",整个计划也不得不付之东流。多年之后,金宏宇兄等终于经过努力,由长江文艺出版社出版了《〈边城〉汇校本》,我乐观其成。可惜他没能利用姜藏作者自校本,书中也不无小疵,如《〈边城〉汇校本》认定沈从文写于"卅七年北平"的《边城》之《新题记》,"收入北岳文艺出版社出版的《沈从文全集》前未曾发表过",②其实不然。在《沈从文全集》出版前四年,《新题记》就已在1998年7月香港商务印书馆初版的《边城》(雷骧绘图)中披露了。

此后我虽不刻意但也一直留意搜罗沈从文1949年前的作品,但所得甚微。《记丁玲》(正续集)、《湘西》《废邮存底》《长河》等

---

① 参见姜德明:《写在〈边城〉的书边上》,《文苑漫拾》,银川:宁夏人民出版社,1999年。
② 金宏宇、曹青山汇校:《新题记》,《〈边城〉汇校本》,武汉:长江文艺出版社,2009年,第5页。

初版、再版或更晚的版本倒是先后入手了,但也仅此而已,他早期(1920年代)的作品集,几乎一无所获,未免沮丧。直到1990年代后期在北京中国书店,从一堆杂书中翻出两本沈从文读过的书,才算为自己的沈从文书缘增添了新的别致的一章。

一本是《化外人》,欧美短篇小说集,傅东华选译,列为"文学研究会世界文学名著丛书"之一,1936年3月商务印书馆初版,为48开精装本。但我购得的这册已是残本,硬布封面封底均已失去,而代之以牛皮纸补装。这本小书本来不是什么珍稀版本,何况还是残本?我之所以如获至宝,是因为书的前环衬和正文第一页右侧各有一行毛笔蝇头小楷字,前后者分别为:

  从文 三十六年十一月 北平
  从文 三十六年十一月

沈从文的字自有鲜明特色,我早已熟悉。因此,我判断这是沈从文的旧藏,当即购下,付泉 26.00 元正。

另一本是《思想的方法》,Graham Wallas 著,胡贻榖译,列为"汉译世界名著"之一,1936年10月商务印书馆初版,小32开平装本,封面封底也已失去,仍代之以牛皮纸补装。但此书作者序文第一页右侧也有一行毛笔蝇头小楷字:

  从文读书 三十七年五月 北平

此书虽然也是残本,因也为沈从文旧藏,故一并购下,付泉 50.00 元正。

从题字推测,沈从文阅读《化外人》和《思想的方法》两书时间当在1947、1948年间。"山雨欲来风满楼",郭沫若1948年3月在香港《大众文艺丛刊》第一辑《文艺的新方向》上发表的"名文"《斥反动文艺》中已经直接点了沈从文的名,而此时的沈从文除了继续编刊撰文,还在读外国小说,读"思想方法"……

值得注意的是,《思想的方法》一书中,不少段落有铅笔和红笔圈点或打勾,应均出自沈从文之手。譬如如下一段,就用铅笔圈出:

> 雪莱一八二一年写成了《对于诗的辩护》这一部书,这是每一位研究思想的心理学之学者所必须再三阅读的。他仍然以为想象(或称诗)既具有非出于自愿的灵感的原素,因此想象就应当和那完全出于自愿的,但含有机械性的理性之进程有所区别了。"诗是不象理性的,而理性乃是一种按意志的决断去使用的一些力量。一个人不能断然地说'我要去做诗',因为做诗是不能靠意志力的。就连世上最伟大的诗人也不敢这样说,因为,一个在创造的进程中的脑经〔脑筋〕,很象一块将要熄灭的红煤,要是有一阵时起时伏的风去吹动它,这样在片刻之间,它便会旺盛起来。这种能力是从内心而起的,并且象一朵花的颜色那样,是要褪落和改变的;而且我们本性中自觉的部分对于它的忽来忽去,也是无从预言的。"(以上引证《雪莱全集》Shelley's Works 中的话)理性之于雪莱,不过是一种机械式的计算方法,如果它能和想象去合作,它必须自居于辅助者的地位。

《思想的方法》的作者对英国诗人雪莱的认识是建立在雪莱不仅是诗人同时也是思想家的基础之上的。显而易见,这段作者对雪莱论著《诗之辩护》中处理作家灵感和理性关系的讨论,引起了沈从文的兴趣。从中或可窥见沈从文当时在阅读中关注些什么,思考些什么。

众多中国现代作家中,只有鲁迅的藏书(特别是后期藏书)保存得最好,早在1959年9月,北京鲁迅博物馆就编印了《鲁迅手迹和藏书目录》,以至有论者可以据此写出《鲁迅藏书研究》《鲁迅读过的书》这样的著作。沈从文就没有这样的幸运。他从一个"乡下人"成长为国际闻名的大作家,在不同的历史时期读过哪些书,受到哪些作家影响,由于他的藏书早已星散,这方面的研究确实难度不小。因此,这两本我在无意中偶得的沈从文1947、1948年间读过的书或可对此稍稍弥补一二。

除了《边城》初版签名本和1949年以前出版的沈从文其他作品,除了沈从文读过的两本书,我的沈从文书缘还应包括改革开放以后出版的他的作品。沈从文1980年5月初迁居北京前门东大街中国社科院宿舍。两年后的8月,我在这里首次拜访他老人家,得到他的热情接待。我带去了1981年12月人民文学出版社新印的《从文自传》增订本请他签名,他欣然用毛笔在扉页上写下:

　　子善同志　沈从文　八二年八月

1985年8月,我最后一次拜访他,又带去1982年1月香港三联书店出版的《沈从文文集》精装本第一卷请他签名。他的身体状况已大不如前,只能勉力在扉页上用水笔写下"沈从文　八五年八月"八个字。两年以后,他老人家谢世,与该年的诺贝尔文学奖擦肩而过。从此以后,这两册沈从文为我而签的签名本,也为我所宝藏。

然而,我的沈从文书缘并未到此结束。十四年前,收藏家潘亦孚兄交复旦大学出版社出版《百年文人墨迹:亦孚藏品》,由我转请董桥先生为之写了序。他高兴之余,执意送我一幅沈从文的字,并再三说明,沈从文的字他已收藏多幅,这枚最小的送我略表心意,千万不要过意不去。我却之不恭,只能愧领。这也是我未曾想到的,沈从文书缘之后,又有了沈从文书法缘,也算应了"爱屋及乌"这句古话。

中国现代文学史上,毛笔字漂亮的作家不乏其人,但能称得上书法家的并不多,沈从文就是其中突出的一位。我得到的这幅字书于北京"荣宝斋监制"的白石老人瓜果小笺上,是一幅行书,全文如下:

圆丘有奇草,锺山出灵液。王孙列八珍,安期炼五石。长揖当途人,来去山中客。
黄裳先生雅命
　　　　　　　　　　　　沈从文　卅六年仲夏　北平

落款钤有两方朱文印,一方为"沈从文章",另一方为"凤凰沈从文"。前一方钤得有点模糊,故而再加钤后一方也未可知。

这枚小诗笺是沈从文写给黄裳先生的。黄裳在《宿诺》中曾详细回忆他"一九四七年开始起劲收集时贤书法的事。曾托靳以寄了一张笺纸到北平去请沈从文写字,不久寄来了。在一张小小的笺纸上临写了三家书法。包世臣、梁同书和翁方纲。在笺尾有两行小字,是他自己的话,字也是他自己的面目。他说:包、梁二书均不喜。苏斋虽瘦而腴。上官碧。"[1]沈从文给黄裳写字当然远不止

---

[1] 黄裳:《宿诺》,《珠还记幸》修订本,北京:三联书店,2006年,第274—275页。

一次,除了这幅"三家书法",还有"一张长长的条幅""一张更长的条幅"等等。但我所得的这枚应该是篇幅最小的,他文中却未提及。

巧的是,这枚小诗笺也书于"卅六年仲夏",即1947年夏季之中。所写的六句诗出自东晋诗人郭璞的《游仙诗》之七,原诗全首为:

> 晦朔如循环,月盈已复魄。蓐收清西陆,朱羲将自白。寒露拂陵苕,女萝辞松柏。蕣荣不终朝,蜉蝣岂见夕。圆丘有奇草,锺山出灵液。王孙列八珍,安期炼五石。长揖当涂人,去来山林客。

沈从文只写了此诗后半首的六句,而且可能是凭记忆所书,个别字词有所出入。不过,他为黄裳写字,古诗信手拈来,从中也可略知他的古典文学造诣。沈从文1949年前的书法作品传世已经不多,除了为黄裳所书的大小字幅,我仅在许杰先生处欣赏过一纸昆明西南联大时期写在洒金笺上的横幅。因此,这枚小诗笺也一直为我所珍爱。

沈从文的书法作品这些年来大受追捧,拍卖价格不断飙升,我早望而却步。不料六年前又有机会结识在美国的书史研究家白谦慎兄,通过他购得沈从文1980年旅美期间在张充和先生寓所书的一枚落款"从文涂鸦 时年七十八岁"的小行草,总算是圆了一早一晚各一小幅的沈从文书法缘。

我的沈从文书缘大致就是这些了,"多乎哉?不多也。"不过,我已经满足。近来一直在想,爱书人是个可爱的雅号,而我只能勉强称得上合格。真正的爱书人理应对书充满感情,孜孜以求,难以割舍，但同时也应该是通达的。拥有一本好书，自然证明他与此书有缘；失之交臂或出于各种原因而无法拥有，固然遗憾之至，从另一个角度视之，不也说明他与此书无缘吗？一切应该随缘。

作为第三十九位爱书人的"买书记历"，这篇不像样的小文到此就该结束了。

甲午中秋于海上梅川书舍

（原载 2014 年 10 月北京中华书局初版《买书记历：三十九位爱书人的集体回忆》）

萧乾夫妇与丸山升的"君子之交"
——《君子之交:萧乾、文洁若与丸山升往来书简》序

人生有些经历的瞬间真是很奇妙。我阅读《君子之交:萧乾、文洁若与丸山升往来书简》(以下简称《往来书简》)书稿,竟然发现,我不但与丸山升先生、萧乾先生和文洁若先生都相识,而且与他们通信中提到的许多人,譬如文坛前辈沈从文、冯至先生,同行友人李辉、傅光明诸兄等,也都相识,甚至熟识。也因此,阅读这部通信集,于我而言,不仅是在重温信中不断提到的中国现当代文学史上的许多重要瞬间,也在重温我与三位写信人和信中提到的一些前辈和友人的交谊片断。这样倍感亲切的阅读体验,在我是并不很多的。

我与丸山升先生有过其实并不密切的交往。他专攻中国现代文学,在日本学界是继竹内好、竹内实之后研究中国现代文学的代表人物。1980年代,丸山先生数次到沪进行学术考察和交流,我因此有机会结识这位彬彬有礼的日本学界前辈。首次与他见面应在1986年10月,这有他和伊藤虎丸先生在《中国现代文学事典》一书上的题词为证。《中国文学事典》由丸山升、伊藤虎丸和新村彻先生合作主编,1985年9月日本东京堂出版,至今仍不失为研究中国现代文学的一部重要的日文工具书。在我保存的《事典》前环衬上有如下的毛笔题词:

陈子善先生：

　　此书本来我们友人铃木正夫赠。现在我们访问上海见陈先生，题字为念耳。

伊藤虎丸
丸山升　同赠
一九八六、十、三十　锦江饭店

题词出自伊藤先生之手，丸山先生的签名则是他的亲笔。我与伊藤先生已是第二次见面，第一次是一年前在浙江富阳举行的纪念郁达夫遇害四十周年国际学术研讨会上，与丸山先生却是首次。当时匆匆，本欲再找机会拜访，继续请益，别人提醒我，丸山先生是严重肾病患者，即便在客中，也要定时到医院人工透析，时间宝贵，这很出乎我的意料，当然不便再打扰而作罢。当时我的医学知识贫乏得可怜，根本不知"人工透析"为何物，还是第一次听说。但我对丸山先生为了学术，为了中日文学界的学术交流抱病来沪，深感敬佩。

　　丸山先生回日本不久，就给我寄来了他的新著《上海物语》，1987年10月集英社初版，列为"中国的城市"丛书之五。书中签条上有他的钢笔题字："陈子善先生指正　丸山升敬赠。"我是后学，由此也可见丸山先生的虚怀若谷。《上海物语》在丸山先生众多论著中大概不占显著地位，但日本讲谈社2004年7月又将其收入"学术文库"重印，相信还是受到了日本学界的关注。书中的论述起于近代上海开埠、租界形成，止于抗日战争爆发，重点在1920—1930年代上海文学，尤其是左翼文学和日中文人交游的查考和阐释，颇多发见。在1980年代以来海内外学界的"上海热"著述中，《上海物语》虽不显赫，却也是得风气之先之作。

　　1997年秋，我到东京都立大学访学。丸山先生得知后，特意召

集他所主持的"中国三十年代文学研究会"同仁为我举行座谈会，记得尾崎文昭、藤井省三诸兄等都参加了。我在会上说了些什么，已不复记忆，不外是关于我当时正在从事的梁实秋、张爱玲等曾长期被埋没的现代作家的研究。记得丸山先生听了我的发言后，提了一个问题：你发掘和整理了这些作家的许多作品和史料，很好，希望能进一步介绍他们在整个中国现代文学史进程中所起的作用。我当时怎么回答的，也已不复记忆。后来读到丸山先生1989年就已发表的《关于中国现代文学研究的一己之见》，他在文中分析改革开放以后中国国内的现代文学史研究时，就曾表示：

> 中国现代文学的众多侧面被阐明，中国现代文学内部所包含的丰富的发展可能性被揭示，这都是使人高兴之事。不过，到目前为止，坦率地说，我感觉到这些多侧面、多样性要素在很大程度上是被孤立起来看的，而其相互间关系以及这多种要素在整个文学史中以何种方式相结合、构成什么样的合力以推动文学史——对于这些问题，尚未进行充分的论述。当然，对于过去相对来说没有加以研究的流派和作家，与其性急地评价其意义与作用，不如暂时从缓，先集中精力去对被埋没的作家作品进行再发掘，对事实加以整理。我也能理解这样做的重大意义。只是在这样理解的基础上，我觉得如果能与再发掘和整理的工作相并行，对于包括上述多种要素和多样流派在内的中国现代文学整体的内部规律再稍加议论，恐怕更好吧？①

---

① 丸山升：《关于中国现代文学研究的一己之见》，《鲁迅·革命·历史——丸山升现代中国文学论集》，北京：北京大学出版社，2005年，第361页。

可见这是丸山先生一贯的观点,他对重新爬梳中国现代文学史料,并进而在此基础上对中国现代文学史进行新的整体把握提出了更高的要求,很具启发性,也尤其值得我深思。

萧乾先生是改革开放以后最早复出的作家之一,这是完全可以理解的,以他在中国现代文学史上的重要地位,包括他在小说、散文和报告文学创作上的卓越成就,包括他主编《大公报·文艺》的突出贡献,以及他在1949年天地玄黄之际毅然决然奔向北京,他本不应该遭受那么多的坎坷与磨难。我是从《一本褐色的相册》和《负笈剑桥》两书开始认识萧乾先生的,首次在京拜访萧乾先生的时间则是1988年1月27日,因为我保存着他当时题赠我的两本小书,一为《北京城杂忆》,另一为《萧乾西欧战场特写选》,前者的落款时间就是"1988.1.27",后者的落款时间也为"一九八八年元月"。记得那天他谈兴甚浓,我告辞时,他还叮嘱我,下次到京,希望再来聊聊。

后来我遵嘱又数次叩响萧乾先生家的大门,有时文洁若先生也在场。记忆最深的一次是1997年秋,台湾《联合报》副刊主办世界中文报纸副刊学术研讨会,"联副"主编痖弦先生邀请了萧乾先生,也邀请了我,并希望我能陪同萧乾先生前往。为此,我专程到京谒见萧乾先生商议,因年事已高,他犹豫再三,最终放弃了此次台湾之行,这当然是件极为遗憾的事。而我最终也未能成行,只向研讨会提交了论文《中国大陆三四十年代文学副刊扫描》。

话扯远了,还是回到《往来书简》上来。《往来书简》收录丸山先生与萧乾、文洁若先生的往来信札共三十二通,其中丸山先生致萧、文先生十通,萧、文先生致丸山先生二十二通,时间跨度为1986—1999年,正值中国现代文学研究界的"重写文学史"时期。因此,这批值得珍视的书简不仅真实地记录了丸山先生与萧、文先生的文字之交和文人之情,更为研究中国现代文学史特别是1940年代后期的文学史,提供了极为难得的第一手史料。

这批书简主要围绕一个重点而展开,那就是因郭沫若先生1948年3月发表《斥反动文艺》而引发的一桩著名的文坛公案。这得从丸山先生的一篇长文《从萧乾看中国知识分子的选择》说起。丸山先生自己十分看重这篇文章,后来将其并续篇《建国前夕文化界的一个断面——〈从萧乾看中国知识分子的选择〉补遗》一起收入中译本《鲁迅·革命·历史——丸山升现代中国文学论集》时,曾特别加以说明:

> 关于萧乾的两篇,不论是在同即便在中国、反右后也被人遗忘的萧乾相遇的意义上,还是在成为更宽广地追溯和思考中国知识分子艰辛历程的契机的意义上,对我个人而言,都可谓开拓研究新阶段的论文。①

这段话是耐人寻味的。丸山先生明确表示,若不是中国改革开放,文艺界拨乱返正,萧乾重返文坛,他未必清楚了解其人其文,也不可能在此基础上更宽广地去追溯和思考现代中国知识分子的艰难历程。正是与复出后的萧乾先生的"相遇"和相知,给丸山先生提供了一个如此重要的契机,进而拓展和深化了他的中国现代文学研究。

以前拜读《从萧乾看中国知识分子的选择》及其续篇《建国前夕文化界的一个断面》时,我就注意到前者的《附记》和后者的《写在前面》。前者的《附记》说:

---

① 丸山升:《后记》,《鲁迅·革命·历史》,第406页。

撰写本稿时，曾去函向萧乾、文洁若夫妇请教两三个疑问。交稿后，收到了回信。谨在此表示谢忱。关于《拟 J. 玛萨里克遗书》的写作背景，也承蒙一并赐予宝贵的指教。在本稿的范围内，笔者认为无须订正。关于这一点，容于其他机会再作论述。①

后者的《写在前面》说：

去年5月，我写了《从萧乾看中国知识分子的选择》一文。在撰写该文的过程中，我向萧乾、文洁若夫妇提出了两三点疑问。排出校样后，收到恳切的答复，同时承蒙示知当年的一些我原先所不曾了解的背景资料。在《附记》中我写到："在本稿的范围内，笔者认为无须更正。关于这一点，容于其他机会再作论述。"

本稿就是尔后我根据这个线索重新作调查而写的。固然也参考了萧乾夫妇的信函，但要说明，对事实的认识与评价，必须由我本人负责。②

从这两则话又可以明白无误地知道，丸山先生撰写这两篇重要文章时曾向萧乾夫妇"请教"，得到了"恳切的答复"。但"答复"的具体内容是什么？读者一直无从知晓。二十八年之后，随着《往来书简》的公开，谜底终于揭开了。

---

① 丸山升：《从萧乾看中国知识分子的选择》，《鲁迅·革命·历史》，第230页。此文作于1988年5月，发表于1988年10月《日本中国学会报》第四十集。
② 丸山升：《建国前夕文化界的一个断面》，《鲁迅·革命·历史》，第237页。此文作于1989年10月，发表于1990年日本《中国现代文学论集》。

从 1986 年 11 月 29 日萧乾先生致丸山先生的第一封信起,他就把我们带回到波诡云谲的 1940 年代末。1947 年 7 月,萧乾为《大公报》撰写社论《中国文艺往哪里走?》。次年 3 月,郭沫若先生发表《斥反动文艺》。一个月后,萧乾又作《拟 J. 玛萨里克遗书》予以回应。这段文字交锋的复杂历史背景,萧乾先生当时的想法、后来的遭遇和写信时的新的认识,等等,在这些信中一一展露无遗。特别对如何理解《拟 J. 玛萨里克遗书》,萧乾先生几乎作了逐字逐句的具体解释。

郭沫若先生的《斥反动文艺》是 1940 年代后期现代文坛上的一篇"名文"。文中点名批判了沈从文、朱光潜和萧乾三位先生,分别斥之为"桃红色""蓝色"和"黑色"的"反动作家",萧乾之所以是"黑色",因为他属于"标准的买办型"。① 这一点名和猛烈批判,非同小可,且影响深远,正如丸山先生在《建国前夕文艺界的一个断面》结尾时所沉痛地指出的:"以《斥反动文艺》为首的一系列批判所留给萧乾的创伤,不仅是对萧乾而已,而是给以后的中国也留下了创伤。"萧乾先生这一系列答复丸山先生的信,大概是第一次敞开心扉,对这个敏感的历史"创伤"作了较为深入和痛切的回顾,也促使丸山先生在《从萧乾看中国知识分子的选择》之后续写了《建国前夕文艺界的一个断面》。当然,对这桩现代文坛公案,中国学者也作过不少研究,而今萧乾先生和丸山先生之间的这些重要通信以及丸山先生两篇长文得以汇编一帙集中披露,认真对照研读和思考,当能使我们从更全面和真切的角度进一步审视这段历史,

---

① 郭沫若:《斥反动文艺》,原载《大众文艺丛刊》,1948 年 3 月 1 日第一辑《文艺的新方向》,转引自《中国新文学大系(1937—1949)》第二集(文艺理论卷二),上海:上海文艺出版社,1990 年,第 765 页。

其不可替代的史料价值和研究价值均不待言。

除此之外,萧乾先生1990年7月7日致丸山先生的信中特别回忆了与"恩师"沈从文先生"绝交"的详细经过,也应引起重视。《大公报·文艺》的"创始者"和继任者在晚年产生如此之大的矛盾,虽然两人后来均"表示愿意和解",但终因沈先生的去世而未能实现"和解",确实令人遗憾之至。萧乾先生在此信中向丸山先生"开诚布公地倾诉了真心话",并且强调:"我希望您能明白,我在弄清事实的同时,不想伤害沈从文先生。"这种尊重历史也尊重情义的态度,我认为是值得肯定的。

萧乾先生尊称沈从文先生为"恩师",无独有偶,丸山先生在萧乾先生逝世后也尊称他为"恩师"。透过这三十二通往返书信,我们分明真切感受到1980—1990年代丸山先生与萧乾夫妇的深厚情谊,分明深深体会到中日两代学人的良知和卓识。鲁迅早就说过,从作家的书信"能得到比看他的作品更其明晰的意见,也就是他自己简洁的注释"。① 不仅如此,萧乾先生和丸山先生的这些通信同时也是两国正直的知识分子努力推动文学和学术交流的可贵见证。总之,它们给我们的启示将是多方面的。

拉拉杂杂写了以上这些话,既作为我初读《往来书简》的一些感想,也寄托我对萧乾先生和丸山升先生的无尽怀念。

甲午八月初五于海上梅川书舍

(原载2015年6月上海人民出版社初版《君子之交:萧乾、文洁若与丸山升往来书简》)

---

① 鲁迅:《孔另境〈当代文人尺牍钞〉序》,《鲁迅全集》第六卷,北京:人民文学出版社,2005年,第429页。

张爱玲及其同时代作家

"女人圈"·《不变的腿》·张爱玲

一

中国现代文学史上有一个十分有趣的现象,即几乎所有的作家,都或多或少使用过笔名,像鲁迅、周作人、茅盾、沈从文、巴金这样的大作家,毕生使用笔名都有几十个乃至上百个之多,这在20世纪世界文学史上恐怕也是绝无仅有的。现代文学众多笔名现象的产生,其原因,周作人已在《〈现代作家笔名录〉序》中作过很好的分析。

与鲁迅他们相比,张爱玲使用笔名在其文学生涯中几乎微不足道。张爱玲信奉"出名要趁早呀",①那么,既要出名,就要少用甚至不用笔名,否则,读者怎么认识你这位与众不同的作者呢?也就难以真正"出名"了。所以,自创作《天才梦》正式登上文坛起,张爱玲无论发表小说、散文还是绘画作品,都使用了"张爱玲"这个她自己其实并不喜欢而称之为"恶俗不堪的名字",②所谓"坐不改姓,立不改名"是也。

然而,张爱玲毕竟还是使用过笔名的。目前已知并已得到证

---

① 张爱玲:《〈传奇〉再版的话》,《传奇》再版本,上海:杂志社,1944年,第1页。
② 张爱玲:《必也正名乎》,《杂志》,1944年1月第十二卷第四期。

实的张爱玲笔名有：一、梁京，1950年3月25日至次年2月21日和1951年11月4日至次年1月24日，在上海《亦报》副刊连载长篇小说《十八春》和中篇小说《小艾》时所署；二、范思平，1952年12月由香港中一出版社出版译作《老人与海》（美国海明威著）初版本时所署，仅此两个而已。张爱玲当时为何一反常态署用这两个笔名，不在本文讨论的范围之内，本文要提出的问题是，张爱玲还使用过别的我们所不知道的笔名吗？

1946年6月26日上海《香雪海画报》第一期刊出一篇署名"春长在"的"文坛消息"《张爱玲化名写稿》，先照录如下：

善于心理描写，在中国也有一部分读者的张爱玲，自从胜利以后，便搁下中国笔，打开打字机，从事英语著述，准备象林语堂那样换取大大的美国金洋钱。但据消息传来称：张爱玲近忽化个叫"世民"的笔名，写了许多小品，交最近出版的《今报》的"女人圈"发表。她的第一篇东西叫《不变的腿》，是一篇颂扬女性大腿美的赞美诗，写来清[轻]松有味，引证亦多。据该报"女人圈"的编者苏红说："张爱玲还有十几篇题材写给我，并要求我，每篇替她都换上一个新的笔名呢。"

这则消息连标点在内只有寥寥二百余字，却颇夺人眼球。它清楚地透露张爱玲曾用"世民"笔名在上海《今报》发表了一篇散文《不变的腿》，而这是张爱玲研究界七十余年来一无所知的，非同小可。

二

"春长在"言之凿凿，不大可能是空穴来风。但要坐实"春长在"的说法,即"世民"是张爱玲的笔名,《不变的腿》是张爱玲的集外文,得先从《今报》说起。

虽然在抗战以前和沦陷时期,上海一直有小报,有的还延续了很多年,但抗战胜利后,新的小报在上海如雨后春笋般大量出现,却是不争的事实,《今报》即为其中之一。《今报》创刊于1946年6月15日,为每日四版的日报,第四版下部占全版四分之一的篇幅即为副刊《女人圈》。创刊号上以"编者"名义发表的该刊《开场白》颇为重要,也照录如下:

> 亲爱的读者们:
>
> 我欢喜说话,尤其欢喜说老实话,现在到今报社来编辑这栏《女人圈》,希望每天能够多讨论些关于女人的切身问题。
>
> 我不怕被人目为激进或讥为落伍,总要说出我自己心中所想说的话。我承认我是一个"心直口快"的女人。
>
> 我绝对无党无派的。因为我既以写作及编辑为职业,生活没有什么问题,又何犯着把自己的鼻子去给别人牵呢?希望酷爱自由的朋友们也同此立场,大家来痛痛快快的读上一阵女人们自己所要说的话,谁敢道是:"妇女之言,慎不可听?"

"女人圈"者,女人自己言说的园地是也。《开场白》虽短小,火药味却甚浓,用今天流行的话来说,就是具有浓重的女权主义色彩。编者自诩"一个心直口快的女人",强调要在《女人圈》里大说"一阵女人们自己所要说的话","谁敢道是:'妇女之言,慎不可听?'"其鲜明的态度,其泼辣的口吻,不能不使人联想到不久前在上海文坛十分活跃的女作家——苏青。

推测《女人圈》编者为苏青,这与"春长在"的说法是矛盾的,但

"春长在"披露的《女人圈》编者苏红,不正是苏青的妹妹吗?要证实《女人圈》编者到底是苏青、苏红姐妹中的哪一位,本来有一个历史机会,因为苏红老人直到2010年还健在,当时如能向她求证,答案自当立即揭晓,但无情的历史留下了这个难题。

不过,《女人圈》创办当时的另一则小报消息却支持《女人圈》编者为苏青的推断,那就是发表于1946年7月20日上海《星光》周报新二号,署名"文探"的《骗美金稿费——张爱玲写英文小说》,文中说:

> 敌伪时期上海文坛上的二位红牌女作家苏青与张爱玲,胜利后苏青依旧很活跃,写写小说,并为某小型报[编]辑"妇女圈",仍在文化界里活动。而张爱玲则销声匿迹,并无作品发表过。……

张爱玲当时是否写过英文小说"骗美金稿费",尽管"文探"和"春长在"都这么说,但也不在本文讨论的范围内。只是这段话中苏青"为某小型报[编]辑'妇女圈'"这一句,实在值得注意。"妇女圈"当为"女人圈"之误,也就是说,"文探"认定《女人圈》的编者为苏青而非苏红。

从苏红(1921—2010)晚年的访谈录来看,也根本未曾涉及她曾主编《女人圈》这一话题。2005年1月的某一天,苏红在南京接受苏青研究者毛海莹的访谈,回忆苏青和她自己的文字生涯。苏红原名冯和侠,笔名苏红是苏青给她取的。正是在苏青的鼓励下,1944—1945年间,苏红在苏青主编的《天地》月刊,以及《小天地》等刊上发表了《五日旅程》《烧肉记》《安于食淡》和《女生宿舍》等生活情趣颇浓的散文。但苏红并未提起她曾编过《今报·女人圈》，如果她确有这段唯一的编辑经历，她不可能只字未提。①

再回到《女人圈》。《开场白》中有一句编者的夫子自道："我既以写作及编辑为职业"，那么，只有苏青才完全符合这两个条件。她既写了《结婚十年》《浣锦集》等小说和散文集，也编辑过颇有影响的《天地》月刊。她如主持《今报·女人圈》，可谓驾轻就熟，顺理成章。

更确凿的证据是，《开场白》虽然署名"编者"，但1946年7月20日《今报·女人圈》发表署名"鱼月"的《"女人圈"的将来》，文中称："限于篇幅，有许多较长的好文章不能发表"，完全是编者的口吻，而"鱼月"正是苏青的一个笔名。苏青原名冯和仪，字允庄。1946年5月13日，她在潘柳黛主编的上海《新夜报·夜明珠》以"鱼月"笔名发表随感《月下独白》，是为苏青使用这个新笔名之始。一个月之后，她主编《今报·女人圈》，继续使用"鱼月"笔名，就完全可以理解了。她不仅用"鱼月"笔名撰文交代《女人圈》编务，而且还用"鱼月"笔名在《女人圈》上发表了《女人的名誉》《真善美》等众多随感。有趣的是，1946年6月25日发表的《女人的名誉》中还引用了张爱玲的话："记得张爱玲小姐曾经说过：'男人对女人最隆重的赞美是求婚。'"这是张爱玲在小说《倾城之恋》中说的。

当然，也不排除《女人圈》由苏青主编，苏红从旁协助的可能性，所以才会有"春长在"报道中的一席话。

---

① 参见毛海莹：《苏青胞妹苏红访谈录》，《苏青评传》，北京：中国社会科学出版社，2010年，第186—197页。

三

确定了苏青是《今报·女人圈》的编者,张爱玲为《女人圈》撰文的可能性就大大增加了。一则在沦陷时期,张爱玲曾多次为苏青主编的《天地》月刊撰文,还写过一篇《我看苏青》,两人一直保持良好的合作关系;二则从抗战胜利前夕直至1946年6月,张爱玲已经快一年没有发表作品了。她上一次发表文章,还是在1945年7月,即刊登于《杂志》第十五卷第四期的译文《浪子与善女》(炎樱作)。对这位以写作谋生的年轻作家来说,这无疑已构成很大的经济压力。因此,如苏青为《女人圈》主动向张爱玲约稿,张爱玲就很难有理由加以拒绝吧?

果然,1946年6月15日,《今报·女人圈》创刊号以显著位置刊出了署名"世民"的《不变的腿》。《不变的腿》总共一千三百八十余字,《女人圈》将其分为上中下三部分,于6月16日和17日继续连载才刊完。如果不是《不变的腿》作者大有来头,《女人圈》未必会作如此郑重其事的处理。现将《不变的腿》照录如下:

不变的腿

世民

据医生说:人的衰老,是自顶至踵渐渐往下移的,所以最先发现的是额上的皱纹;譬如半老徐娘尽管有面容憔悴而仍旧体态风骚的。最后老的是足部。我们君子国,对于女人的这些身边琐事向不深究,西洋讽刺画里便时常可以看见有些发福的太太,身段臃肿不堪了,下面却配上一双轻灵的腿,颤巍巍载着惊人的重量,踝骨都像要折断了似的。玛琳黛德丽也是一个例子,不过她是燕瘦型,年华老大之后,被刻薄的观众讥为"活骷髅",惟有她的大名鼎鼎的玉腿,却是廿年如一日,有好莱坞"第一双腿"之誉。从最初在德国乌发拍摄的《蓝天使》到美国片《摩洛哥》,她演的终是下等舞场的舞女,裸着腿,耸着肩,拥着鸵鸟毛。中间有一个时期,她高级趣味起来,然而古装片《朱红皇后》便大大失败了。观众的理解力究竟差,就连她那样会说话的眼睛,似乎也常常"言不达意"。那一个时期她主演的《雅歌》,虽然她在里面扮一个书店女职员,再正经也没有,可是她爬上短梯去拿书还是有她的腿的一个特写镜头,但裙子相当的长,又穿了袜。私生活里她又有男装癖——她是第一个穿西装裤的女人。观众与她的感情有了隔膜,她渐渐不卖座了,甚至当选影片商举出的所谓"票房毒药"的十大霉星之一,终于退隐。

东山再起后,她常穿一种长袖短裙的服装,上身遮盖得十分严密,但把注意力集中在腿上。最近在沪献映的《平步青云》中,黛德丽出场第一幕,先从屏风后面慢慢的伸出一只银色的腿来。如此郑重介绍,可谓自有腿以来没有这样的风光过。前两天报纸上载着游泳池畔发现一条人腿的新闻记录中"该腿……该腿……"个不了,使人联想到黛德丽的一生事业。

究竟她的腿不是金刚不坏之躯。本来她的腿即在全盛时期,苗条则有之,肉感未必。看过《平步青云》的人更是异口同声都诧异说:怎么现在骨瘦如柴,手象鸟爪,大腿也凹了进去了。一代名腿,终于有沧海桑田之感,也可以说是世界风景线的变迁。——某报就腿言腿仍旧加以赞美,是偶像崇拜吧?

十几年前的时髦作品《啼笑因缘》里面有这样的话:"从古以来,美女身上的称赞名词,什么杏眼,桃腮,蜻蜓,春葱,新剥鸡头,什么都歌颂到了,然决没有什么恭颂人家两条腿的。……其实这两条腿,除富于挑拨性而外,不见得怎样美。"

现在恐怕很少人这样想了。中国人的审美观念果然大有进步,但是普通的看法还是把女人的体格简单化了,只讲究上乳下腿,似欠周到,但也可以算是"摘要",因为只要这两处是美的,其余的肩背腰臂大约也不至于错到那里去。今年美国流行一种赤膊时装,上海的时装专家对此发表意见,断定它不能为上海仕女所接受,原因之一是体格够不上:"这样的衣服上海有几个人能穿?"话是不错,但是这样的衣服,美国也不见得有多少人配穿呢。美国有一个著名的摄影家,被聘到好莱坞为明星拍照。条件之一是:他所看见的一切,必须严守秘密。可是他还是泄漏了一些风声,不过没有提名道姓罢了——原来好莱坞满是假乳,甚至于有许多假的腿肚!欧洲十六七世纪,男子风行短裤,因而对于腿的美丽也很注重,袜子里面常常衬垫棉花,使腿肚较为丰满。想不到今日的好莱坞,美女的大本营,也有此等事。

同一摄影家有一次想到裸体营去拍照,可是无法得到进门的许可,除非他自己也脱光了衣服。他说:"我什么也不能带,除了我的表。"参观了一次,他后来为文记录,说:"你从来没有看见过四个健康的女人裸体打网球?——看见过之后,那真是……"言下极其震恐。可想而知不是怎样美妙的印象。

四

本来,《香雪海画报》早已揭示署名"世民"的《不变的腿》系出自张爱玲之手,笔者又继续证明了《不变的腿》何以会在《今报·女人圈》发表,凭此两点,此文归属似已不成问题。但为慎重计,仍应对此文作进一步的考证。

《不变的腿》以美国女影星玛琳·黛德丽(Marlene Dietrich, 1901—1992)为例,审视中外对待女性身体尤其是大腿的不同的流行观念,及其所折射的中外性别文化种种。黛德丽者,大名鼎鼎,有论者曾以"黛德丽的腿、梦露的胸脯、施瓦辛格的胸肌"来代表好莱坞电影男女明星的身体特征,可见黛德丽当年的风华绝代。她生于德国,初学音乐,1920年代初开始从影,1930年出演约瑟夫·斯登堡导演的《蓝天使》而一举走红,旋即去好莱坞发展,仍由斯登堡导演的《摩洛哥》也好评如潮。她一度与嘉宝齐名,希特勒上台后曾邀请她回德,被她回绝。二次世界大战期间,她用德语和英语演唱的爱情歌曲《莉莉玛莲》回响在欧洲上空,交战双方士兵均感动不已。她爱穿男装,擅演冷艳的蛇蝎美人,具有一种奇异的中性美,据说后来歌星麦当娜的造型也参考过她。

不难看出,《不变的腿》中对黛德丽及其"美腿"的概括和评价颇为到位,显示了"世民"对好莱坞电影和影星的熟稔。这与张爱玲的经历正好暗合。在中国现代作家中,张爱玲无疑是高度"触电"者,已有不少论者探讨过她与电影的密切关系。张爱玲"是个货真价实的影迷",高中毕业时就写过《论卡通画之前途》这样的文字。她从小爱看好莱坞电影,她弟弟张子静在《我的姊姊张爱玲·早慧——发展她的天才梦》中对此有很具体的回忆:

除了文学,姊姊学生时代另一个最大的爱好就是电影。她当时订阅的一些杂志,也以电影刊物居多。在她的床头,与小说并列的就是美国的电影杂志,如《Movie Star》、《Screen Play》等等。

三、四十年代美国著名演员主演的片子,她都爱看。如葛丽泰嘉宝、蓓蒂戴维斯、琼·克劳馥、加利古柏、克拉克盖博、秀兰邓波儿、费雯丽等明星的片子,几乎每部必看。①

张爱玲1956年2月10日致邝文美、宋淇信中还提到过奥黛丽·赫本。② 然而,在这份已经不短的好莱坞明星名单中,并无黛德丽的大名。张爱玲是否真的对黛德丽一无所知呢?

在她后期创作也是她最好的长篇小说《小团圆》中,张爱玲不但对名导演库柏力克、女明星琼·克劳馥等的作品信手拈来,黛德丽的名字也终于出现了,而且不止一次。第一次是小说主人公九莉与母亲蕊秋在香港的一段对话:

又一天到浅水湾去,蕊秋又带她到园子里散步,低声闲闲说道:"告诉你呀,有桩怪事,我的东西有人搜过。"

"什么人?"九莉惊愕的轻声问。

"还不是警察局?总不止一次了,箱子翻过又还什么都归还原处。告诉南西他们先还不信。我的东西动过我看不出来?"

---

① 张子静:《早慧——发展她的天才梦》,《我的姊姊张爱玲》,台北:时报文化出版公司,1996年,第117—118页。

② 参见张爱玲:《书信选录·致邝文美、宋淇1956.2.10》,《张爱玲私语录》,宋以朗主编,台北:皇冠文化出版公司,2010年,第153页。

"不知道为什么？"

"还不是看一个单身女人，形迹可疑，疑心是间谍。"

九莉不禁感到一丝得意。当然是因为她神秘，一个黑头发的玛琳黛德丽。①

第二次是九莉回到上海后，姑姑楚娣有次来看她时的情景：

> 楚娣来联络感情，穿着米黄丝绒镶皮子下衣，迴旋的喇叭下摆上一圈麝鼠，更衬托出她完美的长腿。蕊秋说的："你三姑就是一双腿好"，比玛琳黛德丽的腿略丰满些，柔若无骨，没有膝盖。②

这两处提到玛琳·黛德丽，一借以赞美母亲"神秘"，一借以赞美姑姑"腿好"，虽似不经意的淡淡几笔，却都恰到好处。由此可以清楚地看到张爱玲对黛德丽、对"玛琳黛德丽的腿"确实烂熟于心，直到后期的长篇中还加以引用。那么，她早年关注黛德丽风靡一时的好莱坞"第一双腿"，关注这双腿终于走向"骨瘦如柴"，"终于有沧海桑田之感"，就完全有了着落，不是正好前后期遥相呼应么？她早年写出这篇《不变的腿》，也就完全在情理之中了。

同样值得注意的是，《不变的腿》中的这句话："最近在沪献映的《平步青云》中，黛德丽出场第一幕，先从屏风后面慢慢的伸出一只银色的腿来。如此郑重介绍，可谓自有腿以来没有这样的风光过。"这个特写镜头固然是此片一个了不起的创造，但同时也是黛

---

① 张爱玲：《小团圆》，第一章，台北：皇冠文化出版公司，2009年，第44—45页。
② 张爱玲：《小团圆》，第三章，第114页。

德丽的"美腿"由盛及衰的转折点。更重要的是,这句话明白无误地告诉我们,"世民"看过这部《平步青云》。

摄于1944年的好莱坞电影《平地青云》,英文原名Kismet,在沪上映时译为"平地青云",《不变的腿》中则作"平步青云",不知是手民误植,还是"世民"记错或故意为之。一字之差,自然可以,也许还更好。1946年2月22日,《申报》第二张第四版首次刊出《平地青云》即将在"大华"上映的预告,有"千等万等的好消息""电影字典无法形容的瑰丽"等语。23日《申报》第二张第五版续刊《平地青云》预告,男女主角考尔门和黛德丽的大名首次亮相,对此片的评价则为"全部五彩""有美丽的故事 紧张的扑打 宏伟的场面 诱艳的镜头"。此后每天预告,广告词一天一变,极尽赞美之能事,甚至出现了"本年度最伟大最富丽最好看""五彩影片之王"等最高形容词。2月26日《申报》第二张第六版刊出最后一天预告,谓此片"出乎类 拔乎萃 登其峰 造其极",为"王于一切 鲜艳五彩 宫闱巨片",并且第一次昭告此片"幻术神异 玉腿腻舞 粉黛斗艳"。

1946年2月27日,《平地青云》终于在上海大华大戏院"特殊献映",当天连映四场。直至3月20日,《平地青云》作为首轮影片,在"大华"连映了三个星期。之后,到《不变的腿》发表的前一天,《平地青云》又先后在杜美、国联、东海、新新、胜利、亚蒙和西海等影院上映,足见其盛况。不过,原名夏令配克影戏院的大华大戏院坐落于静安寺路(今南京西路)近中正北二路口(今石门一路),离张爱玲当时居住的赫德路(今常德路)静安寺路口的爱丁顿公寓(今常德公寓)最近,相距不过一、二站有轨电车路程。所以,张爱玲应是"世民"的不二人选,她就近到"大华"先睹《平地青云》为快,也就顺理成章。

除此之外,《不变的腿》中还以整整一个自然段的篇幅,引用张恨水代表作《啼笑因缘》中的一段话,十分醒目。这段话出自《啼笑因缘》第二回"绮席晤青衫多情待舞 蓬门访碧玉解语怜花",写男主人公樊家树在北京饭店舞厅见到摩登女郎何丽娜而惊艳,在电灯下一面端详何丽娜喝酒时"左腿放在右腿上"的俏丽模样一面遐想翩翩。大概限于篇幅,"世民"的引用有所删节,不妨把原文照录如下:

> 家树心里想:中国人对于女子的身体,认为是神秘的,所以文字上不很大形容肉体之美,而从古以来,美女身上的称赞名词,什么杏眼,桃腮,蜻蜓,春葱,新剥鸡头,什么都歌颂到了,然决没有什么恭颂人家两条腿的。尤其是古人的两条腿,非常的尊重,以为穿叉脚裤子都不很好看,必定罩上一幅长裙,把脚尖都给他罩住。现在染了西方的文明,妇女们也要西方之美,大家都设法露出这两条腿来。其实这两条腿,除富于挑拨性而外,不见得怎样美。①

"世民"引证张恨水笔下樊家树的这段想法切合《不变的腿》的主旨,也说明"世民"对张恨水作品的熟悉,不是一般的熟悉,而是很熟悉,相当熟悉。试想当时海上新文学作家中,有谁会对张恨水如此熟悉?只有张爱玲。

张爱玲不仅是货真价实的"影迷",也是一位不折不扣的"张迷",张恨水"迷"。在张爱玲的前期作品中,《必也正名乎》《童言无忌·穿》《存稿》等篇散文一而再再而三提到张恨水及其作品,每

---

① 张恨水:《啼笑因缘》第一册,上海:三友书社,1930年,第34页。

次都很推崇。她在《存稿》中公开宣称"我喜欢张恨水",①还在1944年3月16日上海女作家聚谈会上明确表示她爱读的书是"S. Maugham、A. Huxley 的小说,近代的西洋戏剧,唐诗,小报,张恨水。"②1952年夏以后,到了香港的张爱玲对邝文美说:"喜欢看张恨水的书,因为不高不低。"③去美国后,张爱玲1968年7月1日致夏志清信中说:"我一直喜欢张恨水,除了济安没听见人说好";④同月接受台湾记者殷允芃采访,又透露她的长篇《半生缘》,正是"看了许多张恨水的小说后的产物"。⑤ 1971年接受研究者水晶采访时,张爱玲谈到自己的阅读"专看'垃圾'",以至水晶认为"此所以她对于张恨水,嗜之若命了"。⑥ 直到后期创作《小团圆》,仍不忘设计一个小说主人公盛九莉在"八・一三"日军轰炸中,坐在法租界一家旅馆"梯级上,看表姐们借来的(张恨水)《金粉世家》"⑦的细节。由此足可证明,张恨水是张爱玲作品中提到名字最多的现代作家,而"世民"又恰恰在《不变的腿》中大段引述张恨水,这当然不可能是偶然的巧合,当时恐怕也只有张爱玲才会在文章中如此大段引述张恨水。因此,唯一合理的解释只能是在张爱玲与"世民"之间画上一个等号。

张爱玲前期散文中,有一个关键词经常出现,那就是"中国"。中国、中国人、中国女人、中国化、中国式、中国气味、中国文学、中

---

① 张爱玲:《存稿》,《新东方》,1944年3月第九卷第三期。
② 《女作家聚谈会》,《杂志》,1944年4月第十三卷第一期。
③ 邝文美:《张爱玲语录》,《张爱玲私语录》,第65页。
④ 夏志清:《张爱玲给我的信件》,台北:联合文学出版社,2013年,第127页。
⑤ 殷允芃:《访张爱玲女士》,《中国人的光辉及其他——当代名人访问录》,台北:志文出版社,1977年,第7页。
⑥ 水晶:《蝉——夜访张爱玲》,《张爱玲的小说艺术》,台北:大地出版社,1973年,第29页。
⑦ 张爱玲:《小团圆》,第三章,第128页。

国故事、中国的心……几乎比比皆是,出现频率之高,大大超出我们的想象。《不变的腿》发表之前,出现过"中国"或"中国……"的张爱玲散文,据粗略统计,就有《天才梦》《洋人看京戏及其他》《更衣记》《道路以目》《必也正名乎》《借银灯》《银宫就学记》《存稿》《论写作》《走!走到楼上去》《自己的文章》《童言无忌》《私语》《炎樱语录》《诗与胡说》《中国人的宗教》《忘不了的画》《谈音乐》《谈跳舞》《被窝》《关于〈倾城之恋〉的老实话》《罗兰观感》《致〈力报〉编者》《谈画》《双声》《炎樱衣谱》《我看苏青》《天地人》等,再加上稍后的《中国的日夜》和《〈太太万岁〉题记》,总共三十篇,超过张爱玲前期散文总数五十四篇的一半。其中,尤以"中国人"出现的次数为最多,"中国人"如何如何,一直是张爱玲所关心所不断讲述的。怎样看待张爱玲前期散文中这个突出的文化现象,怎样理解张爱玲心目中的"中国"及"中国人",这是另一篇论文的题目。但是,必须指出一点,"世民"的《不变的腿》中,"中国人"竟然也出现了。讨论国人如何讴歌女性,回顾以前"决没有恭颂人家两条腿"到当下赞美"美腿"的演变之后,《不变的腿》作了一个略带调侃的小结:"中国人的审美观念果然大有进步。"这句话如写成"我们的审美观念果然大有进步"也完全通,只有张爱玲才会强调"中国人",才会延续她一贯的风格如此表述。因此,这是"世民"即张爱玲的又一个有力证据。

分析至此,应该对"世民"这个笔名略作解说了。"世民"出自《晏子春秋·外篇下四》:"晏子闻之,曰:'婴则齐之世民也,不维其行,不识其过,不能自立也。"张纯一注云:"婴世为大夫,自称世为齐民,谦也。"可见"世民"即"世代为民"之意。张爱玲出身名门望族,长大以后多次以自己的家世为荣,念念不忘,直到晚年还说过祖父母"我没赶上看见他们,所以跟他们的关系仅只是属于彼此,一种沉默的无条件的支持,看似无用,无效,却是我最需要的。他们只静静地躺在我的血液里,等我死的时候再死一次"①这些话。她怎么会是"世民"呢?这就需要回到当时具体的历史语境中去寻求答案了。

抗战胜利后,张爱玲颇受盛名之累。《不变的腿》发表两个月又十天后,也即1946年8月25日,她在上海《诚报》用本名发表的《寄读者》中就告诉读者:"最近一年来似乎被攻击得非常厉害,听到许多很不堪的话。""许多很不堪的话"中就有不少涉及她的出身,如"所谓有'贵族血液的作家'张爱玲",②"所谓'贵族血液'的张爱玲,骨头奇轻",③"自命贵族血液的张爱玲大作家,现在已落魄了"④等等,不一而足。因此,既然一时用真名发表新作还有诸多不便,张爱玲就反其道而行之,特别取了"世民"这么一个笔名,针对那些"很不堪的"指责,含蓄地表明虽然出身高贵,自己仍只是普普通通的中国人、普普通通的中国市民、普普通通的中国作者,正如她接着在《传奇》增订本跋《中国的日夜》中所真诚地表白的:"我真快乐我是走在中国的太阳底下。我也喜欢觉得手与脚都是年轻有气力的。而这一切都是连在一起的,不知为什么。快乐的时候,无线电的声音,街上的颜色,仿佛我也都有份,即使忧郁沉淀下去也是中国的泥沙。总之,到底是中国。"⑤

可是,《不变的腿》之后,《今报·女人圈》再也没有发表"世

---

① 张爱玲:《对照记——看老照相簿》,台北:皇冠文化出版公司,1994年,第52页。
② 未署名:《女汉奸丑史》,上海:大时代书刊社,出版时间不详,第11页。
③ 未署名:《女汉奸脸谱》,出版机构和出版时间不详,第24页。
④ 丁丁琳:《张爱玲浪漫有法国风味》,《海晶》,1946年7月28日第22期。
⑤ 张爱玲:《中国的日夜》,《传奇》增订本,上海:山河图书公司,1946年,第392—393页。

民"的其他作品。"世民"之作仅此一篇,无以为继,原因何在?笔者推测,由于消息灵通、无孔不入的海上小报过早披露了"世民"的来历,张爱玲不得不放弃使用这个笔名,"世民"只能是昙花一现。至于《今报·女人圈》是否发表过张爱玲使用其他笔名所作的文字,恐怕也已无可能,因为她与《女人圈》的关系也已经被小报记者和盘托出。《不变的腿》发表五个月之后,即1946年11月,龚之方主持的山河图书公司推出《传奇》增订本,张爱玲的名字重现海上文坛,她不必再使用笔名发表文章了。《今报·女人圈》则自同年12月1日起"暂行休刊",未再复刊。

然而,考定《不变的腿》出自张爱玲之手,毕竟是发掘前期张爱玲集外文新的可喜的收获,"世民"也成了目前所知的张爱玲文学生涯中在梁京、范思平之前首次使用的笔名。

本文承武汉大学文学院陈建军教授提供线索,谨此致谢。

(原载2015年6月21日《东方早报·上海书评》,收入本书时有增补)

"满涛化名写文"

1957年7月,在"反右"高潮中,翻译家傅雷被迫写下了一份二万余字的交代材料《傅雷自述》。《自述》共八节,《傅雷全集》收入了前五节。其中第三节是"写作生活"。阅读《自述》,"写作生活"中的一句话引起了我的注意:

> 抗战期间,以假名为柯灵编的《万象》写过一篇《评张爱玲》,后来被满涛化名写文痛骂。①

众所周知,傅雷以迅雨为笔名在1944年5月上海《万象》第三年第十一期发表了《论张爱玲的小说》,而今这篇评论已成了张爱玲研究史上极为重要的文献,但在1957年时,很可能是傅雷的一个"历史罪状"。问题还在于,这篇名文怎么会受到另一位翻译家满涛"化名写文痛骂"?

满涛(1916—1978),原名张万杰,曾用名张逸候,留学日本和美国,译有果戈理的小说和契诃夫的戏剧多种,尤以翻译别林斯基而著称。他当年化了什么名,在哪一篇文章中"痛骂"傅雷论张爱玲,这篇文章又在何时发表于何处?这一系列的问题一直困惑

---

① 傅雷:《傅雷自述》,《傅雷全集》第十七卷,沈阳:辽宁教育出版社,2002年,第8页。

着我。

从1990年代到本世纪初,我常有机会向王元化先生请教。我早知道他不喜欢张爱玲。1948年2月,远在北平的王先生用"方典"笔名在上海《横眉小辑》第一辑上发表《论香粉铺之类》,此文虽然主要是批评钱锺书的长篇《围城》,但在结尾时也捎带说到了张爱玲:

> 最近一位友人告诉我,张爱玲在上海又死灰复燃起来,快要象敌伪时代那样走红了,而且聚拢在她周围的不仅是那些小报的读者,流行歌曲的听客,其中还参杂了几个文艺界的知名人士。

因此,我在向王先生请益时从不主动向他提起张爱玲,有意思的是,他也从不向我提到张爱玲,大概因为我不是他的学生的缘故。刚刚出版的吴琦幸著《王元化谈话录(1986—2008)》中,就记录了王先生的学生吴琦幸1988年1月20日与他的一次谈话。吴琦幸对王先生说,他读了张爱玲的小说,"没有想到中国的现代文学史上还有这样好和这样写法的小说",王先生的回答也可进一步前后映证:

> 哦,你喜欢张爱玲的东西啊?你不懂这个背景,张爱玲的东西不行的。我们40年代在上海搞地下工作的时候,她的东西我读了之后是非常反感的。我是不喜欢的。她的作品写的都是一些上海的风花雪月,与国难当头的时代不一致。这些都是我个人的看法,你也不要到外面去说。海外夏志清认为张爱玲的文学成就比鲁迅更厉害,我是更加不同意的

了。……他写中国现代文学史,把张爱玲、钱锺书捧得都非常高,但是实际上没有这么高。大陆以前不讲张爱玲,一旦开放,读者当然会有一种新鲜感。但我是不喜欢的。①

一次王先生嘱我为他查找刊于抗战胜利后上海《时代日报》副刊上的旧文。我翻阅该报时,无意中见到1945年9月9日《时代日报·热风》第一期上的《腐朽中的奇迹》一文,署名言微。读完此文,我意识到言微很可能就是满涛,《腐朽中的奇迹》很可能就是傅雷所说的"满涛化名写文痛骂"之文。再次拜访王先生时,我就破例向他求证言微其人。我向王先生出示了《腐朽中的奇迹》一文的影印件,他看了之后,笑着告诉我:言微就是满涛。王先生与满涛的关系非同一般,他在《记满涛》中说得很清楚:"我和满涛不仅是亲戚(满涛是王先生夫人张可之兄——笔者注),而且是三十年的挚友、知己",②他的证言当然不会错。

言微也即满涛的《腐朽中的奇迹》开宗明义,就把批评矛头指向迅雨的《论张爱玲的小说》:

> 腐朽化为神奇,垃圾堆中也能产生奇迹。记得去年《万象》某号上有评论家某君告诉我们:张爱玲女士的作品就是一个"奇迹",一株"文艺园地里的奇花异葩"。

《万象》直到停刊,只发表过一篇评论张爱玲的文字,"某君"非

---

① 吴琦幸:《谈张爱玲与钱锺书的〈围城〉》,《王元化谈话录(1986—2008)》,上海:上海文艺出版社,2015年,第145页。
② 王元化:《记满涛》,《人物·书话·纪事》,北京:人民文学出版社,2006年,第8页。

迅雨莫属,而"奇迹"和"文艺园地里的奇花异葩"也正是迅雨即傅雷《论张》中的原话。言微接着写到他到北平,发现张爱玲的作品竟然在北平也成了"畅销书",而且北平"某君"还在自己的散文里引用张爱玲的"妙文":"象朵云轩信件上落了一滴泪珠……"对张爱玲"已自成一派,象周作人文体似的居然有人在北方模仿起来",言微表示了强烈不满。

言微认为这些还"不觉得奇怪。可怪的是:有些我所敬佩的专家、学者之流,对文学可说是研究有素,学有专长的,为什么一见到垃圾堆上点缀了一些赝品假古董假珠宝,就会大惊小异的喊起来:'奇迹呀!奇迹呀!'一面还沾沾自喜,俨然以首先发现周彝汉瓦者自居。"这段话仍然针对迅雨也即傅雷而发,但他完全会错了意。傅雷在《论张》中确实说过"奇迹",他的原话是"张爱玲女士的作品给予读者的第一个印象……'这太突兀了,太象奇迹了',除了这类不着边际的话以外,读者从没切实表示过意见"。可见傅雷从没说过张爱玲的出现是个"奇迹",恰恰相反,他并不认同"奇迹"说,认为这是"不着边际的话",而严肃的评论者应该从文学层面切实表达自己对张爱玲作品的意见。而且在《论张》的最后,傅雷进一步表示:"一位旅华数十年的外侨和我闲谈时说起:'奇迹在中国不算稀奇,可是都没有好收场。'但愿这两句话永远扯不到张爱玲女士身上!"

为了证明张爱玲是"垃圾堆的腐臭",言微特别举出了一个例证:

> 记得杂志社记者曾探问过张爱玲和另一位女士所最爱读的作家,一答《蝴蝶梦》的作者,张则答以传教士作家的 Stella Benson。把有这样读书口味的人和"文学"二字连结在一起,

那是对文学的莫大的侮辱。传教士裴生怎么能和罗曼罗兰相提并论呢?

这段话可谓一箭三雕,但也很有辩正的必要。对"文学"当然会有不同的理解,言微也当然可对张爱玲的文学品味提出质疑,但Stella是否可算"传教士作家",是否应该全盘否定? 大可怀疑。1944年3月16日,杂志社举行上海"女作家聚谈会",张爱玲出席了。面对"外国女作家喜读那一位"这个问题,张爱玲的回答只有短短的一句话:

外国女作家中我比较欢喜Stella Benson。①

Stella Benson(1892—1933),是英国小说家、诗人。她1920年来华,曾先后在香港美国办的教会学校和医院工作,还到过北京和上海。著有小说《这就是终点》《一个人过》等和诗集《二十》,以《远方的新娘》最为有名,1932年获费米娜文学奖,次年死于越南。Stella逝世二年后,她的丈夫詹姆斯·安德森(James Andesen)续弦,后来生下的两个儿子都大名鼎鼎,那就是本尼迪克特·安德森(《想象的共同体》作者)和佩里·安德森(《新左派评论》主编)。因此,Stella虽在教会学校和医院工作过,但说她是"传教士作家"而贬得一文不值,且据此推断张爱玲也一文不值,未免太牵强太绝对了吧?

当时傅雷已经翻译了罗曼·罗兰的《约翰·克利斯朵夫》,在知识阶层中影响很大,所以言微指责迅雨竟把斯特拉·本森与罗

---

① 《女作家聚谈会》,《杂志》,1944年4月10日第十三卷第一期。

曼·罗兰"相提并论"。在他看来,既然欣赏了罗曼·罗兰,就不该再欣赏喜欢 Stella 的张爱玲。不过,言微文学造诣毕竟不低,当他把苏青和张爱玲加以比较时,还是承认张爱玲在文学上"比较站得住脚些"。但他在文末仍然要求:"一、象张爱玲这样的'奇迹',以后希望少出现几个;二、即便出现也希望不是借的文学的幌子,或罗曼罗兰的招牌。"这是再一次严厉批评迅雨肯定张爱玲,虽然迅雨在评论张爱玲时从未提到罗曼·罗兰。

有意思的是,言微也即满涛对迅雨也即傅雷的责难,反倒提醒张爱玲研究者应该注意斯特拉·本森,张爱玲为什么"欢喜"斯特拉·本森?她的创作是否受到 Stella 的影响?以前一直鲜有人关注。据我所知,仅有翻译家李文俊先生因张爱玲"欢喜"斯特拉·本森,而对这位英国女作家作过简要评介。[①] 因此,"张爱玲与斯特拉·本森"这个题目很值得张爱玲研究者爬梳和探讨。

但是,满涛何以会断定"迅雨"即傅雷,而傅雷也何以会得知"痛骂"他的"言微"即满涛?由于两位当事人墓木早拱,已无法向本人求证,我只能略作推测。满涛和傅雷虽然未必认识,虽然即使认识也一定不会是深交,否则满涛不会化名写下这篇《腐朽中的奇迹》,但是他们两人有一位共同的朋友,那就是作家楼适夷。楼适夷晚年写下了《痛悼傅雷》《满涛周年祭》两篇感情深挚的回忆文字,分别纪念与他年龄相近的傅雷和比他年轻的满涛。楼适夷与傅雷关系密切,脍炙人口的《傅雷家书》就是楼适夷作的序。而在《满涛周年祭》中,楼适夷特别指出:"他译别林斯基,译果戈理,以翻译家出名,实在他写文章,又好又快,小说、散文,写得不少。不

---

① 参见李文俊:《拉都路、张爱玲与我》《关于斯特拉·本森》,《寻找与寻见》,武汉:湖北教育出版社,2002 年,第 372—375 页。

过,那时发表文章,一篇一个假名,故好多人不知他写了多少作品。"①因此,很可能通过楼适夷这个中介,满涛知道了"迅雨"即傅雷,而傅雷也知道了"言微"即满涛。这可以找到一个有力的旁证。王元化1979年7月20日致楼适夷信末尾表示:"我们(满涛)年轻时曾与傅雷发生过龌龊,这你是知道的。"②从而进一步证实楼适夷当时是知情者,满涛和傅雷正是通过楼适夷而知道了对方。虽然楼适夷也早已去世,无法作证了。

至此,应该可以说,"满涛化名写文"之谜已经破解了。

(原载2015年8月2日上海《东方早报·上海书评》,收入本书时有增补)

---

① 楼适夷:《满涛周年祭》,《楼适夷散文选》,北京:人民文学出版社,1994年,第56页。
② 王元化:《王元化集》第九卷,武汉:湖北教育出版社,2007年,第528页。

张爱玲识小录

爱玲说丁玲

中国大百科全书出版社2015年5月出版了李向东、王增如合著的《丁玲传》(上下),这是迄今最为详尽的丁玲传记,不禁使我想起了张爱玲笔下的丁玲。

1936年10月上海圣玛丽亚女校创办文学杂志《国光》,创刊号上刊出还是高二学生的张爱玲的小说《牛》和三则书评,其中有则《在黑暗中》,就是写丁玲的:

> 丁玲是最惹人爱好的女作家。她所做的《母亲》和《丁玲自选集》都能给人顶深的印象。这一本《在黑暗中》是她早期作品中的代表作,包括四个短篇,第一篇《梦珂》是自传式的平铺直叙小说,文笔散漫枯涩,中心思想很模糊,是没有成熟的作品。《莎菲女士的日记》就进步多了——细腻的心理描写,强烈的个性,颓废美丽的生活,都写得极好。女主角莎菲那矛盾的浪漫的个性,可以代表五四运动时代一般感到新旧思想冲突的苦闷的女性们。作者的特殊的简练有力的风格,在这本书里可以看出它的养成。

不能不承认年轻的张爱玲读书真多,从《红楼梦》到林纾,从张恨水到老舍,古典和现代,她都读。丁玲当时名气之大已经超过五四时期的冰心,因此,她注意到丁玲理所当然。这则短小的书评实际上是对丁玲早期创作的简要回顾。对丁玲第一部短篇小说集《在黑暗中》,张爱玲认为其中的《莎菲女士的日记》是成熟的佳作,不吝赞美之词,可见她对丁玲的"爱好"。

八年之后,张爱玲第二次提到丁玲。此时张爱玲自己已闯出了一条文学创作的新路,文艺视野也更宽广了。1944年3月16日,她出席上海"女作家聚谈会",回答《杂志》主编鲁风提出的喜欢那些女作家的问题时,她再次提到了丁玲:

近代的最喜欢苏青,苏青之前,冰心的清婉往往流于做作,丁玲的初期作品是好的,后来略有点力不从心。

张爱玲仍然肯定丁玲的早期小说,但对丁玲"后来"的也即风格转变后的作品已有所保留,所谓"略有点力不从心"只不过是委婉的说法。当时,张爱玲在沦陷的上海,看不到丁玲去延安后创作的《我在霞村的时候》《在医院中时》等小说,要是她读到了,她的看法会不会又有所改变呢?

到了1974年,张爱玲在致夏志清信中再次提到丁玲。她在该年5月17日的信中说:"宋奇提过中大(香港中文大学)也许找我写篇丁玲小说的研究,不过香港没有她早期的小说。洛杉矶只有一本一九五二出的《丁玲选集》,里面有五篇是一九二七——三〇的——似乎是引起写农村,转变。"她很想找到丁玲"别的早期短篇与长篇《韦护》、《母亲》"。同年6月9日信中又向夏志清询问哥伦比亚大学图书馆能否找到丁玲的"《韦护》。(我没看过,是长篇?)

《母亲》单行本。"而她"最想知道"除了《丁玲选集》前五篇之外,"还有没有别的这一类作品"。张爱玲在此信中还说"宋淇最注重她以都市为背景的早期小说,大概觉得较近她的本质",显然她也认同宋淇的观点。虽然张爱玲同时又表示她拟写丁玲研究论文是为了稻粱谋,虽然此事最后因中大方面的原因而作罢,但张爱玲6月30日致夏志清信中关于丁玲的另一句话却颇耐人寻味:"我也觉得丁玲的一生比她的作品有兴趣。"①

"张爱玲看中小丁"

1947年4月17日上海《新民报晚刊·夜花园》刊出一则"艺坛另讯"《海光将改演话剧 张爱玲看中小丁》,文中关于张爱玲一节,颇有趣:

> 《不了情》编剧者张爱玲,对其刊于《大家》创刊号中的一篇小说之插图,颇不满意,并指定下期《大家》中,伊之小说,必须由小丁作画。此讯传出,大家都说:"张爱玲看中小丁"了。

小丁者,画家丁聪之昵称也,他发表画作,也常署此名。所谓"张爱玲看中小丁",当然是报刊记者的噱头,但也透露了一个信息,张爱玲希望丁聪为自己的新作插图。

张爱玲很懂绘画,这有她的《忘不了的画》《谈画》等文为证。对于小说中的插图,张爱玲也有自己的看法,认为"普通一般的插图,力求其美的,便象广告图,力求其丑的,也并不一定就成为漫

---

① 夏志清编注:《张爱玲给我的信件》,台北:联合文学出版社,2013年。

画",不管什么风格,还是要"能够吸引读者的注意力"。① 难怪她的早期小说,如有名的《倾城之恋》《金锁记》和《红玫瑰与白玫瑰》等,都是亲自动手插图。

创刊于1947年4月的《大家》月刊,发行人龚之方,编辑人唐云旌(唐大郎)。创刊号以显著篇幅刊出张爱玲的小说《华丽缘》,"编后记"中还郑重推荐:

> 张爱玲小姐除掉出版了《传奇》增订本和最近为文华影片公司编写《不了情》剧本,这二三年中不曾在任何杂志上发表过作品,《华丽缘》是胜利以后张小姐的"试笔",值得珍视。

"艺坛另讯"中所说的"一篇小说"即指《华丽缘》,有插图一幅,未署名,却是明显的旧派小说插图风格,难怪张爱玲不喜欢。同年5月《大家》第一卷第二期问世,开始连载张爱玲的小说《多少恨》,目录页作"多少恨(即《不了情》)张爱玲　小丁作图"。《大家》编者果然听从张爱玲意见,请丁聪为她根据电影《不了情》改编的小说《多少恨》插图了。

到了6月《大家》第一卷第三期,《多少恨》续刊,又有"小丁作图"一幅,"编后记"中还特别说明:

> 本期将张爱玲小姐所作《多少恨》小说刊完,占十九面篇幅之多,这是应多数读者的要求,我刊特地烦恳张小姐赶写的。……
>
> 小丁先生又替《多少恨》小说加绘了插图。我们想使《大

---

① 1944年3月16日上海"女作家聚谈会"答问,刊同年4月《杂志》第十三卷第一期。

家》更出色一点,漫画是少不得的。

从中应可看出当时张爱玲小说受欢迎的程度,而丁聪这两幅插图"保持了纤细的抒情笔调,又注意总体简练效果",①颇收图文并茂之效。可惜《大家》只出版了三期,无以为继。否则,张爱玲如继续给《大家》写小说,丁聪应该也会继续为之插图。为张爱玲小说插图的画家并不多,除了为长篇《秧歌》插图的应如系,就是当时已有画名后来画名更大的丁聪了。

《太太万岁》手稿

2015年4月8日,上海方浜中路("上海老街")"老上海茶馆"举行张爱玲电影《太太万岁》手稿展发布会。手稿收藏者,也是"老上海茶馆"主人张荇茗兄在会上介绍了他发现和收藏这份重要手稿的经过。原来他七八年前在上海文庙旧书集市购得一大箱关于老上海电影的资料,《太太万岁》手稿就在其中,真可谓"踏破铁鞋无觅处,得来全不费工夫"。

《太太万岁》是张爱玲继《不了情》之后创作的第二部电影,被誉为当时少有的描摹都市中产阶级生活的成功剧作,甚至有论者认为此片在张爱玲的众多电影剧本中艺术成就最高。早在1989年,张爱玲研究专家郑树森教授就整理了《太太万岁》上映对话本,在5月25日—29日台北《联合报》副刊连载,当时健在的张爱玲还专门为此写了《"嗄?"?》作出回应。

这次发现的《太太万岁》剧本手稿,总共一百三十五张约二百

---

① 姜德明:《插图拾翠》,北京:三联书店,2000年。

余页(有一些大张对折两页),计四十二场,与《太太万岁》影片对话本有六十五场相比,显然是初稿,其中有好几场是改写和重写稿,还附有他人对剧本的意见函两通和应为导演撰写的剧情大纲等。不妨照录对话本和手稿本的第一场开头:

少:张妈!张妈!/张妈:唉,来啦!少奶奶!/少:你去请老太太下来,说香炉都点好了。/张妈:噢!/少:哎呀!闯了祸了,告诉你嘛,老太太今天过生日,叫你小心点儿,别砸碎东西。/张妈:唉,不知怎么的,手一滑。/少:得了!别说了,赶快捡起来吧!/张妈:噢。/少:可千万别让老太太知道。/张妈:哟!我的手破了!/少:你今天怎么了!不要紧的,你用纱布把它包起来吧。(对话本)

(客堂上首陈列着糕桃寿面,香烛。思珍正在点香烛,忽闻厨房里豁啷一声响。)思珍:嗳呀——闯了祸了!(赶到厨房里,向佣)我不是早就告诉你的吗?叫你今天小心点——老太太今天过生日,不要砸碎东西,她要不高兴的。/佣:桌子上摆不下——手一滑——/珍:得了,别说了,赶快扫了吧!千万别让老太太知道。(佣弯腰拣碎片丢入垃圾桶,割破手)/佣:(见手上血痕,笑着)哟!手也拉破了!/珍:怎么这么不小心!你到我房里去拿点红药水搽上,抽屉里也有纱布,你把它包起来。……(手稿本)

两相对照,不但手稿本有电影场景和人物动作的交代,而且女主人公陈思珍(少奶奶)和佣人(张妈)的对话,除了基本情节不变,也多有改动,只有"老太太今天过生日""千万别让老太太知道"等两三句话相同,其余大部分都作了修改,几乎是重写。由此可见,手稿本与对话本之间差异很大,从而为研究张爱玲这部电影剧本从最初构思到修改定稿提供了全新的阐释空间。

必须强调的是,《太太万岁》手稿是迄今为止所发现的张爱玲1949年以前作品唯一一份较为完整的手稿,在张爱玲创作手稿史上占有特殊的地位,弥足珍贵。

致"上秦先生"函

我喜欢翻阅内地各大拍卖公司的拍卖图录,因为往往会有意外的惊喜。这不,在中国嘉德拍卖公司2015春季《笔墨文章:近现代名人信札写本》图录上,见到一通张爱玲致"上秦先生"的信,值得一说。

此信书于张爱玲常用的半透明英文打字纸也即所谓"洋葱纸"上,钢笔竖写,字正墨深。信并不长,照录如下:

上秦先生:

多谢寄赠《当代中国小说大展》,《时报》又经常空邮寄来,真不过意,虽然爱看,于我没有时间性,希望以后再给还是平邮寄来,免得使我不安。

贵报丛书《墙里墙外》便中请平邮寄一部来,附上书价邮费。又,《婚前婚后》《喂!松江路》是创作还是实事?后者是否关于计程车的短篇?——不过顺便问一声,都是不急之务,请不要特为作复,等以后有便再示知。

此颂

大安

张爱玲 二月十七

此信信封和信中所附台北《中国时报》的"本报丛书"广告剪报及购书费用美金1元的支票竟然也都保存完好,真是难得。

"上秦"何许人?原来就是高信疆(1944—2009)。高信疆祖籍河南武安(今属河北),生于西安,1949年随父母移居台湾,笔名高上秦。他是台湾著名文学编辑家,两度主编《中国时报》副刊《人间》,对台湾文学进程影响颇大,曾被誉为"纸上风云第一人"。据信封邮戳可知,张爱玲此信写于1976年2月17日,次日付邮,正值高信疆首次主编《人间》时期。这一时期张爱玲在《中国时报·人间》发表了《谈看书》《谈看书后记》等重要散文。

张爱玲此信中附去支票,托高信疆代购《中国时报》出版的《墙里墙外》(定价十二元台币),很客气,还打听《中国时报》出版的另二种书,即《婚前婚后》和《喂!松江路》的内容。据查,《墙里墙外》(上下)和《婚前婚后》(上下)都是"中时编",当为《人间》专栏文字的结集。《喂!松江路》则是涂翔宇的作品,当为散文集,张爱玲望名生义,以为这部书是"关于计程车的短篇"集,很有趣。张爱玲为何对这些书感兴趣?高信疆是否购寄《墙里墙外》?又是如何答复她的?都已不可考。但这封信至少说明一点,当时身在美国,忙于著述的张爱玲对台湾文坛动态也有所关注。

当然,张爱玲致高信疆的信远不止这一通,这些信无疑是研究张爱玲与台湾文坛关系的重要史料,希望今后还会有新的发现。

《小团圆》手稿复刻

2015年10月19日,《小团圆》手稿复刻发布会在北京大学"百年讲堂"举行。

《小团圆》是张爱玲晚期的重量级作品,或许可以说,这部长篇最为集中地体现了张爱玲的晚期风格。但是,六年前,当《小团圆》排印本出版时,曾引起过很大争议,香港一位同行还曾向笔者表示对《小团圆》真伪的疑问。当时,张爱玲文学遗产执行人宋以朗已把《小团圆》手稿影印件捐赠香港大学图书馆,如见到厚达六百多页的手稿影印件,这个疑问自可迎刃而解。而今,随着《小团圆》手稿复刻版即将问世,这个疑问应能得到进一步的圆满的解答。

"复刻"其实是日语用词,即中文影印之意。日本有把近代文学名著初版本或稀见本"复刻"的传统,笔者访学日本时就曾购买过夏目漱石代表作《我是猫》初版复刻版等。这次《小团圆》手稿复刻版,即把现存完整的总共六百一十九页《小团圆》手稿按原稿大小彩色影印,影印所用纸张也是经过反复比对选定的最接近于手稿原纸色泽质地的荷兰薄纸,以散页装也即以原貌的形式呈现,每章合为一帙,总共十二帙,装入相应的十二个护稿袋,外包装深绛红色折迭函盒,庄重典雅。

这次《小团圆》手稿复刻的另一亮点是配以画家冷冰川以《小团圆》为主题创作的墨刻画,每部一幅,具有唯一性。作者擅长在墨纸上刀刻作画,别致的刀法,细腻的肌理,风格冷艳凄美。《小团圆》墨刻画既从小说汲取灵感,又自创格局而不囿于小说本身,作品中的情节或成画面背景,或成画面点缀,女体、月影、琴弦、花卉、动物乃至骷髅等众多意象,更体现了作者对张爱玲的独特理解。

1933年刘半农在北平影印《初期白话诗稿》,对现代作家手稿的保存、整理、印行和研究由此进入文学史研究者的视野。八十余年过去,《鲁迅手稿全集》《徐志摩墨迹》均已问世,茅盾、巴金、老舍的代表作《子夜》《寒夜》《骆驼祥子》手稿影印本也都已发行,最近孙犁《书衣文录》的手稿本也出版了。那么,张爱玲这样一位具有鲜明个人风格、在20世纪中国文学史上留下独特印记的作家，对其手稿的影印出版也理应提上议事日程。

现在所能见到的公开发表的张爱玲早期手稿，仅她九岁时的一封投稿信和小说《红玫瑰与白玫瑰》寥寥六十余字的摘录，有点乏善可陈。2007年9月，为配合电影《色，戒》上映，台北皇冠出版社出版了《色，戒》"限量特别版"。"特别版"的"特别"就在于编入了《色，戒》第二稿手稿。《色，戒》初刊台北《皇冠》1977年12月第二百八十六期，改定稿后收入1983年皇冠初版《惘然记》。如将这份第二稿手稿与《惘然记》所收互校，就可以发现张爱玲是如何将《色，戒》"又添改多处"的。这是张爱玲小说手稿首次完整地面世。

因此，《小团圆》复刻版的推出是张爱玲小说手稿第二次完整地面世。从这部手稿的修改（涂抹、删节、增补）中，自可深入解读张爱玲创作《小团圆》的心理状态、书写策略和修辞艺术，其意义更是非同一般。

沈苇窗说"倾城"

浙江桐乡梧桐阅社编《梧桐影》2015年第一期是"沈苇窗纪念专辑"。沈苇窗这个名字现在知道的人越来越少了，纪念专辑选录张大千、梁实秋、郑逸梅等沈苇窗生前友好，以及包立民、钟桂松、徐重庆等沈苇窗研究者的诗文，向这位奇迹般地以一人之力创办了香港《大人》和《大成》的文史掌故大家深致敬意。

沈苇窗祖籍浙江桐乡，1918年生于上海。他1995年中秋前夕病逝于香港时，大洋彼岸，独居多年的张爱玲也离开了人世。"祖师奶奶"谢幕，海内外华文文学圈同声哀悼，被称为"走得孤寂而热闹"。但沈苇窗的离去却几乎无声无息,"走得更寂寞",①令人唏嘘。其实,比张爱玲大两岁的沈苇窗早年与她是有过文字交的。

1944年12月16日,张爱玲根据自作小说改编的话剧《倾城之恋》在上海新光大戏院献演。此剧由朱端钧导演,大中剧艺公司演出,罗兰主演白流苏,舒适主演范柳原。大中剧艺为这次演出编印了特刊,特刊刊出张爱玲的《关于〈倾城之恋〉的老实话》和《罗兰观感》两文,以及苏青、柳雨生(柳存仁)、麦耶(董乐山)等人的推荐文字,沈苇窗以"苇窗"之名写的《倾城之恋》也赫然在矣。此文是特刊中最短的一篇,不到一百字,却颇有意思,照录如下:

> 张爱玲编,朱端钧导演之《倾城之恋》,即将于新光演出,女主角柳苏一角,由罗兰承乏。曾看过《传奇》,以为此中人多有影子,此剧事实泰半有所本而加以渲染者。大中为此耗人力财力物力殊多,届时出演,观众当必有倾巷来观之盛。

文中最值得注意的是"曾看过《传奇》,以为此中人多有影子,此剧事实泰半有所本而加以渲染者"这句话。沈苇窗读《传奇》读得很用心,读出了这部小说集有"本事",《倾城之恋》也有"本事"。当时也的确流传类似的说法,有人就说过:张爱玲"在敌伪时期的作品,无不有因,如《倾城之恋》是写她的一个表姐"。②

张爱玲本人1971年6月在洛杉矶接受水晶采访时,也承认"《传奇》里的人物和故事,差不多都'各有所本'也就是她所谓的documentaries",并进一步透露《红玫瑰与白玫瑰》中的男女主人公,

---

① 穆欣欣:《寂寞的告别》,《诗心》,天津:百花文艺出版社,2000年。
② 丁丁琳:《张爱玲浪漫有法国风味》,1946年7月28日上海《海晶周刊》第廿二期。

"佟振保和白玫瑰,这两个人她都见过,而红玫瑰只是听见过"。①

后来张子静写长篇回忆录《我的姊姊张爱玲》,②也在第九章"故事——《金锁记》与《花凋》的真实人物"中详细讨论《金锁记》的故事和众多人物脱胎于李鸿章次子李经述家中,而《花凋》的故事和人物则脱胎于张爱玲舅舅一家。最近宋以朗先生又在《宋淇传奇:从宋春舫到张爱玲》③中援引张爱玲1982年12月4日致宋淇信中说的《殷宝滟送花楼会》"是写傅雷的",考证出这篇小说影射傅雷情史。由此可见,当年沈苇窗是慧眼独具。

其佩忆张爱玲

1988年6月4日上海《新民晚报·夜光杯》发表了署名其佩的《也说张爱玲》,文中有如下一段话:

> 我与张爱玲也有一次奇特的会面,是在你(指翻译家董乐山——笔者注)拜望她十年以后了,五十年代初期。前辈友人龚之方和已故才子唐大郎说是晚上请客,约我作陪。那时他们正在办一份报纸,常常请客。我到得较早,接连而来的客人都使我吃惊。第一批来了三位:夏衍、姚溱、陈虞孙,他们当时是上海宣传文化系统的主要领导人。随后而来的——则是张爱玲。
>
> 吃饭的地点是一位富有者的私人厨房,菜很精致。那次饭

---

① 水晶:《蝉——夜访张爱玲》,《张爱玲的小说艺术》,台北:大地出版社.1973年。
② 张子静:《我的姊姊张爱玲》,台北:时报文化出版公司,1996年。
③ 宋以朗:《宋淇传奇:从宋春舫到张爱玲》,香港:牛津大学出版社,2014年。

也吃得有点尴尬,谁也没有多少话。之方兄擅长交际,大郎兄妙语如珠,那晚都没有施展出来。大家斯斯文文地吃饭,我也不记得张爱玲说过什么话。那时是解放初期,干部似不宜在酒家露面,就选了那样一个冷僻的地方。

事后我问龚唐两位玩的什么花招,他们回说有点事请示领导,同时夏衍同志想见见张爱玲,并托他们两人劝劝张爱玲不要去香港。

这段回忆显然十分重要,但一直未引起关注。直至最近,才有有心人旧事重提。①

其佩是老报人沈毓刚的笔名。参加这次宴聚的除了主人龚之方、唐大郎,沈毓刚当时担任龚、唐主办的小报《亦报》编辑主任,所以有资格出席作陪。还有当时上海新政府管理文艺工作的夏衍、姚溱和陈虞孙。但从这段回忆可知,这次宴聚有位主要客人,那就是张爱玲。或者可以说,此宴是专为张爱玲而设的,因为"夏衍同志想见见张爱玲"。张爱玲当时是《亦报》重要作者,她的《十八春》《小艾》等小说都连载于《亦报》。

然而,夏衍留下的回忆文字中并未提及这次宴聚。夏衍晚年多次在文字中、在与人交谈时提到张爱玲,认为张爱玲"才华横溢,二十多岁就在文坛上闪光",②还披露周恩来当时也注意张爱玲,却从未提及此事,也许他真的忘记了?不过,他有一句话倒值得注意:"我认识张爱玲和读她的作品,是唐大郎介绍的。"③笔者说过,

---

① 祝淳翔:《张爱玲参加的一次聚会》,《档案春秋》2015 年 12 月号。
② 夏衍:《〈大江东去——沈祖安人物论集〉序》,《夏衍全集》第三卷"戏剧评论",杭州:浙江文艺出版社,2005 年,第 476 页。
③ 夏衍:《文艺漫谈》,《夏衍全集》第八卷"文学"(上),第 622 页。

"认识张爱玲"可以有两种理解,一是通过张爱玲的作品而"认识"她,另一是真的与张爱玲见过面而"认识"她。那么,夏衍的"认识张爱玲"是否真的就是指这次宴聚会面呢?

唐大郎1980年就去世了,他看不到沈毓刚这段文字,晚年也未留下关于张爱玲的片言只语。但这次宴聚的另一位主人龚之方留下了一篇颇长的《离沪之前》①,对他与张爱玲交往始末回忆甚详,却也未提到这次宴聚。龚此文专设"张爱玲得到夏衍赏识"一节,写到曾"受夏衍委托,在和张爱玲有事接触之时,顺便问她今后的打算和她是否留在上海?"但对这次宴聚却只字未提。他在另一节里还详细回忆了张爱玲在电影《太太万岁》上映后,曾接受文华电影公司老板吴性栽之邀,与导演桑弧、唐大郎等去无锡太湖吃"船菜"的情景。按理,与夏衍等这次更非同一般的宴聚,而且还是他自己出面作东,龚之方不该忘得一干二净。

因此,其佩也即沈毓刚的这段回忆还只是"孤证",有待进一步证实,但宴聚当事人而今都已归道山,难以查考矣。笔者倒是宁可信其有的。毕竟,这又一次证明当时中共党内一些开明的文艺工作领导人对张爱玲的器重。

关于《遥寄张爱玲》的一封信

1985年2月《香港文学》第二期发表了柯灵的《遥寄张爱玲》,同年4月北京《读书》重刊,同年5月上海《收获》重刊,1987年3月台北《联合文学》又重刊,这篇柯灵晚年回忆张爱玲1940年代文学历程的文字遂成为研究张爱玲的重要文献。有意思的是,该文

---

① 龚之方:《离沪之前》,季季、关鸿编:《永远的张爱玲》,北京:学林出版社,1996年。

每次重刊,作者都有不同程度的修改,笔者以前曾撰文讨论。

上海柯灵故居对外开放,笔者在展出的柯灵文坛友好来信中见到一通《香港文学》主编刘以鬯给柯灵的信,正好涉及《遥寄张爱玲》的发表,照录如下:

柯灵兄:

《遥寄张爱玲》已收到,谢谢!

《香港文学》定85年1月5日创刊,第二期因旧历新年关系,必须提前发稿,大作已交字房植字,决定刊于二月号。《读书》要登此稿,最好刊于三月号或四月号。本刊系新杂志,与《读书》同时发表,似不相宜。

大作第23、24页中有些敏感的字句拟删去,未知能得同意否?

匆上,即颂

著安!

弟　以鬯上　十二月十三日

《香港文学》1985年1月5日创刊,从落款"十二月十三日"可以推算此信写于1984年12月13日。作为创办人和主编,刘以鬯当时正忙着为《香港文学》组稿。柯灵是他上海时期的老友,理应在约稿之列。上海受到约稿的还有师陀、辛笛、沈寂等劫后幸存的文坛老友,他们也先后提供了佳作。因此,应可推断,若非刘以鬯热情约稿,柯灵未必会写这篇《遥寄张爱玲》。

刘以鬯在信中通报柯灵,他已收到《遥寄张爱玲》稿,决定刊于《香港文学》第二期。一定是柯灵告诉他北京《读书》也要刊发此文,所以他又表示如与《香港文学》"同时发表,似不相宜"。这也就是《读书》晚了两个月发表《遥寄张爱玲》的原因。

值得注意的是，刘以鬯认为《遥寄张爱玲》原稿第二十三、二十四页中有些"敏感字句"，拟删去而征求柯灵同意。由于未见原稿，笔者无法确认文中哪些字句"敏感"，也许即为笔者以前指出的该文倒数第三段末尾"大陆不是天堂，却决非地狱……"那一部分。但从《香港文学》发表的《遥寄张爱玲》观之，刘以鬯此议似未实行，因"大陆不是天堂"那一部分发表时仍然保留了。反而是二个月后《读书》发表本把这一部分删去，换上了新写的"新社会不是天堂，却决非地狱……"这一部分。到了《联合文学》发表本，这一部分连同整个倒数第三段都被删去了。

《联合文学》删改本后来编入 1989 年 3 月台北允晨文化公司版《张爱玲的世界》（郑树森编），目前内地各种关于张爱玲的书收录《遥寄张爱玲》时，大都以《联合文学》删改本为准。但不是没有例外。笔者日前才发现《遥寄张爱玲》首次在内地收集，是柯灵著、1986 年 7 月山西人民出版社版《煮字生涯》，使用的版本恰恰是最初的《香港文学》发表本，文末说明误作"原载《读书》1985 年第四期"。而 1992 年 9 月台北业强出版社出版柯灵著《隔海拜年》时，收入的《遥寄张爱玲》恢复了倒数第三段的前半部分，《香港文学》发表本和《读书》发表本末尾不同的两部分则仍都删去。

《遥寄张爱玲》的版本真是扑朔迷离。

《怨女》初版本

《怨女》是张爱玲继《秧歌》《赤地之恋》之后第三部既有中文版又有英文版的长篇小说（英文版题为 *The Rouge of the North*，中文名《北地胭脂》）。但是，台北皇冠出版社的《怨女》初版本是何时问世的？由于以前所见早期《怨女》单行本均未印上出版时间，一直无法判断。日前友人贻我一册《怨女》，列为"皇冠丛书第一六七种"，封底勒口（代版权页）明确印着：

中华民国五十七年七月初版

也就是说，《怨女》初版时间是 1968 年 7 月，这个长期未解之谜终于解开了。

同一个月，皇冠出版社还推出了《张爱玲短篇小说集》（香港天风出版社版《张爱玲短篇小说集》的台湾版），列为"皇冠丛书第一六八种"。而一个月前，皇冠已出版了张爱玲的《秧歌》和《流言》，分别列为"皇冠丛书第一六五种"和"第一六六种"。这样，应可确定，张爱玲的作品首次登陆台湾是在 1968 年 6—7 月间，首批为《秧歌》《流言》《怨女》《张爱玲短篇小说集》四种，其他三种都是重印，只有《怨女》才是她到美国后新创作的。

《怨女》的创作和发表过程甚为曲折。张爱玲到美国后，潜心创作了英文长篇小说 *Pink Tears*（中译名《粉泪》），这是根据《金锁记》"改写"的。不料，《粉泪》在美出版受阻，于是，张爱玲再把它"改写"回中文。她 1963 年 9 月 25 日致夏志清信对此有过说明："为什么需要大改特改，我想一个原因是一九四九年曾改编电影（指把《金锁记》改编成电影——笔者注），因共党来沪未拍成，留下些电影剧本的成分未经消化，英文本是在纽英伦乡间写的，与从前的环境距离太远，影响很坏"。改写工作至 1965 年 11 月大致完成，她同年 11 月 31 日致夏志清信中也有明确交代："这一向天天惦记着要写信给你，但是说来荒唐，《北地胭脂》（现在叫《怨女》）的中文本直到现在刚搞完。"然后，张爱玲再把《怨女》译回英文，也即《北地胭脂》。她同年 12 月 31 日致夏志清信中又特别提到：

"《怨女》再译成英文,又发现几处要添改,真是个无底洞,我只想较对得起原来的故事。总算译完了。中文本五六年前就想给《星岛晚报》连载,至今才有了稿子寄去。"一个月内,中文《怨女》初稿和英文《北地胭脂》均大功告成,效率不低。后来,《北地胭脂》终于在1967年由英国伦敦Cassell书局出版,遗憾的是,并没有引起什么反响。

到了1966年7月1日,张爱玲致信夏志清,希望他去台湾时"打听打听《怨女》可否在那里出版"。夏志清为此作了努力,王敬羲、王鼎钧等台湾文学出版界人士闻讯也各自争取《怨女》在台连载和出版单行本。而自1966年8月起,张爱玲寄给宋淇的《怨女》中文初稿已开始在香港《星岛晚报》连载(具体连载日期至今未明,有待查考),张爱玲得讯后却又在1966年8月31日致夏志清信中说"实在头痛万分",[1]因为她本想对这一初稿再作修改。与此同时,1966年8月至10月台湾《皇冠》第一百五十期至一百五十二期也连载了《怨女》初稿,这无疑也是宋淇推荐的。

宋淇评《怨女》

1966年10月,台北《皇冠》第一百五十二期连载张爱玲《怨女》完毕。也就在这一期上,发表了署名"宋琪"的《读张爱玲的新作〈怨女〉》。"宋琪"即宋淇,印成"宋琪",不知是印误还是故意。作为后期张爱玲最亲密的朋友,宋淇写过一系列有影响的评张文字,除了有名的《私语张爱玲》,还有《从张爱玲的〈五四遗事〉说起》《唐文标的"方法论"》《〈海上花〉的英译本》《文学与电影中间

---

[1] 本则以上引文均引自夏志清编注:《张爱玲给我的信件》。

的补白》《〈余韵〉代序》等。但是此文却是宋淇第一篇评张文字，发表时间比《私语张爱玲》早了整整十年，从未编集，弥足珍贵。此文 2009 年由台湾东海大学叶雅玲博士发掘出土，至今未引起重视。

宋淇之所以写下此文，当然是为配合《怨女》连载，向台湾读者介绍张爱玲。因此，此文开头回顾了张爱玲从上海到香港再到美国的创作历程，接着笔锋一转，披露张爱玲去美后曾创作《雷峰塔》的消息之后，着重推出《怨女》：

> 这次《皇冠》杂志邀张爱玲写稿，前后有三年之久。在最初她有别的稿件要交卷和修改，后来又遭遇到题材上的问题。她第一次尝试写的是：《雷峰塔坍下来了》，讲的是一个五四时代的女人，如何摆脱专制家庭的束缚，获得了自由。在动手写了一半之后，她觉得这题材不太合适，因为很容易引起读者的现成的联想，以为这又是一本暴露大家庭的黑暗的小说，然后她决定写另一个题材，一面写，一面修改，一共三易其稿，结果就是我们眼前的《怨女》。

在宋淇看来，与传统的小说相比，与张爱玲自己以前的小说相比，《怨女》都有其新特色：

> 张爱玲已经放弃了传统"从头说起"、"平铺直叙"的讲故事的方法，虽然故事性仍然保留。她从一个女人自少女到老年的一生中选出其中几个特殊的时刻作为焦点来加以渲染，映射出她的性格，周围的环境，她的过去和未来。她并不故意挑选那些最戏剧性的时刻，因为她的写法并不是注重情节的戏剧写法。她利用感官上的反应——听觉，视觉，嗅觉，冷暖

等等来呼唤出一种特殊的心境,特殊的气氛和心理状态,尽量做到旧诗词中那种"情景交融"的境界。透过这些焦点,她令我们走入女主角的心灵深处。

宋淇最后提醒台湾读者,张爱玲小说营造的艺术世界是迷人的,但欣赏张爱玲有个适应过程,读者如有耐心,就定能登堂入室,风光无限:

> 张爱玲的《怨女》终于使小说走入了一个新的阶段。至于她的写作技巧是成功是失败,对目前写作的影响是好是坏,还有待时间来证明。如果以普通读小说的方法来读张爱玲的《怨女》,恐怕读者会觉得不耐烦和不习惯。希望读者运用一点耐性来接受它,由此证明《皇冠》杂志和张爱玲的尝试是有价值的。

显而易见,宋淇这是在为张爱玲正式进入台湾预热。虽然夏济安主编的台湾《文学杂志》早在1957年1月第一卷第五期就发表了张爱玲的《五四遗事》,然后又发表了夏志清的《论张爱玲的小说》;虽然当时台湾已出现了张爱玲作品盗印本,台南"艺升出版社"1959年10月就偷印过"张爱玲女士著"《倾城之恋》,但就总体而言,张爱玲的文学风采还未为台湾读者所领略。因此,张爱玲新作长篇《怨女》问世,自然值得评价和推荐。二年之后,经张爱玲再次改定的《怨女》终于纳入皇冠张爱玲作品系列出版单行本,张爱玲与皇冠长达三十年的成功合作开始了。

皇冠版《流言》的装帧

在张爱玲逝世二十一周年前夕,我得到了一本她亲自设计装帧的台湾皇冠出版社版散文集《流言》。

也许读者会感到奇怪。张爱玲为上海版中短篇小说集《传奇》设计了三个装帧,初版本是她独自设计,再版本和增订本是与好友炎樱合作设计;也为上海版《流言》设计了封面,这早已为张爱玲研究界所共知;但她又为台湾版《流言》设计了装帧? 至今无人提及。

张爱玲作品正式进入台湾是 1968 年。根据版权页显示,第一批两种,即《秧歌》和《流言》,出版时间均为 1968 年 6 月;第二批也是两种,即《张爱玲短篇小说集》(《传奇》增订本改名)和《怨女》,出版时间均为同年 7 月。这是现在所知的张爱玲作品最早的四种台湾版,封面设计均由夏祖明担任,四种书前勒口均印有"封面设计 夏祖明"字样。夏祖明显然认真读过张爱玲小说,对张爱玲小说中的月亮意象印象深刻,所以这四种书的封面均出现了皎洁的大月亮,或在树梢,或在田野上,而《流言》初版本封面是安谧的夜晚,天空出现了一轮明月,使读者有身临其境之感。

那么,既然《流言》台湾皇冠初版封面由夏祖明设计,何时又改由张爱玲自己设计封面了呢? 要回答这个问题,首先得弄明白张爱玲何时开始为皇冠设计自己作品的封面。上述四种作品集出版之后,台湾皇冠 1969 年推出的第五种张爱玲作品是长篇《半生缘》,装帧从封面到封底,由男女主人公半身像组成一个别致的图案,但设计者不明。

1976 年 3 月,张爱玲小说散文集《张看》由香港文化·生活出版社初版,装帧由张爱玲亲自设计,前勒口印上了"封面设计:张爱玲"字样。封面图案由桔黄和粉红两色组成,书名竖排近书口,作者名为张爱玲签名式,而书名和作者名右侧上下贯穿一黑长条,内有一只眼睛,正暗合作者"张看"之意。两个月后,经宋淇安排,《张看》马上由皇冠推出台湾初版,装帧完全沿用香港初版的设计。也就是说,台湾初版《张看》的装帧是张爱玲本人设计的,时在1976年5月。

一年多之后,1977年8月,张爱玲唯一的学术著作《红楼梦魇》由台湾皇冠推出,前勒口在"张爱玲的作品"目录之上,还有两行字:"封面设计 张爱玲"。这就明确无误地告诉我们,张爱玲为台湾皇冠设计封面的自己第二部作品是《红楼梦魇》。该书封面在深绿底色之上,纵横交错排列着大大小小七个京剧脸谱。京剧是中国的国剧,《红楼梦》是中国古典文学中最伟大的小说,张爱玲的封面设计勾联两者,可谓独出机杼。

或许为《红楼梦魇》设计封面激发了张爱玲进一步的创作欲,以至1979年6月《流言》又一次由皇冠出版时,她再次亲自出马,设计了《流言》新版的装帧,因为这一版《流言》前勒口清清楚楚地印着"封面设计 张爱玲"。这个《流言》新装帧令人耳目一新,只有天蓝和嫩绿两种色彩,天蓝为底色,嫩绿泼墨般撒在其上,巧妙地组成封面封底互为颠倒的画面。在笔者看来,这是张爱玲设计的数个小说散文集装帧中最为抽象,也最为别致的。至于这个装帧后来是否重印,重印了几次,待考。

在中国现代作家中,除了鲁迅,为自己作品设计装帧最多的是张爱玲。

(原载2015年4月26日、5月3日、5月17日、6月7日、10月25日、11月29日、2016年1月17日、3月6日、5月8日、5月15日香港《明报·世纪》)

《宋家客厅:从钱锺书到张爱玲》序

一口气读完这部厚实的《宋家客厅——从钱锺书到张爱玲》,掩卷而思,不禁浮想联翩。

首先,应该对书名"宋家客厅"略作解释。近年来中国现代的"客厅"文化现象开始进入研究者的视野,最有名的莫过于北平的"梁家客厅"(主人梁思成、林徽因夫妇),上海的"曾家客厅"(主人曾孟朴、曾虚白父子)和"邵家客厅"(主人邵洵美)也不可不提,这些都是实实在在存在过并产生过影响的文化沙龙。"宋家客厅"这个提法未必是在这个意义上提出的,虽然1940年代在上海,"宋家客厅"主人宋淇与钱锺书、傅雷等一批文化精英时有走动。但更多或许更确切的应该是,钱锺书、傅雷、吴兴华、张爱玲四位20世纪中国文学史上大名鼎鼎的人物在不同的时空与宋淇有密切的交集。《宋家客厅》这部书就是作者宋以朗兄以"客厅"第三代主人的身份,追述宋春舫、宋淇父子的文和事,梳理宋淇与钱、傅、吴、张四位的交往史。

其次,我发现这部《宋家客厅》与我特别有缘。天底下有这么巧的事,书中所写的六位前辈作家,竟然都与我有或深或浅的"关系",不妨先简略述之。

作者祖父宋春舫英年早逝,而今知道的人恐怕已经不多了。他可是中国现代有名的戏剧家、翻译家和藏书家,我收藏着他的几本法文藏书和有名的"褐木庐"藏书票,我也编选了一册宋春舫文集《从莎士比亚到梅兰芳》,2011年3月由北京海豚出版社初版。

近年张学成为显学,作者父亲宋淇(林以亮)作为张爱玲中、后期创作的见证人和文学遗产的首位执行人而广为人知。但是,即便他与张爱玲完全无关,他也仍然是中国现当代文学史上一个不容忽视的存在。他著作等身,写诗、编电影剧本、搞翻译,对诗学、红学和张学的研究尤其令人瞩目。我虽然无缘拜识,却与他通过一次信,讨论宋春舫藏书的下落,也编过一本《林以亮佚文集》,2001年5月由香港皇冠出版社初版。

"文化昆仑"钱锺书文名如此显赫,不必我再介绍了。读了他传诵甚广的名言"假如你吃了个鸡蛋觉得不错,何必认识那下蛋的母鸡呢"[①]之后,未敢造次求见,但还是与他通过一次信,有一阵子也致力于查考他的文学创作史和集外文,写了《关于〈围城〉的若干史实》,刊于1991年2月《香港文学》第七十四期,还编纂了搜录其实很不齐全的《钱锺书佚文系年》,刊于1989年4月台北《联合文学》第五十四期。

傅雷是翻译大师,我自小就读他译的《高老头》《欧也妮·葛朗台》和《约翰·克利斯朵夫》长大,从事中国现代文学研究后,一直留心蒐集他的集外文,包括从他中学时期的习作一直到最后的家书,编选过一部《傅雷散文》,2000年3月北京文化艺术出版社初版,还参与了2002年辽宁教育出版社版《傅雷全集》的编辑工作。

吴兴华是这六位前辈作家中与我"关系"最浅的。但我早就注意到这位卓具特色的新诗人、翻译家,并对他的含冤去世与对傅雷

[①] 转引自杨绛:《前言》,《记钱锺书与〈围城〉》,香港:三联书店香港分店,1987年,第1页。

的愤而弃世一样,不胜唏嘘。上个世纪末我参与辽宁教育出版社"新世纪万有文库"的编辑工作,就计划推出《吴兴华文存》,《出版说明》都已撰就,后书因故未出,但把已搜集到的一些吴兴华诗文提供给《吴兴华诗文集》编辑组,也算为吴兴华研究略尽了绵力。

自从我1986年末无意中发现张爱玲的中篇小说《小艾》,闯入张爱玲研究领域至今,将近三十个年头过去了,我一直在努力发掘张爱玲的集外文,编订了北京十月文艺出版社版《张爱玲集》和多种张爱玲研究资料。张爱玲晚年在美国深居简出,对我的发掘工作开始也不无微词,但《宋家客厅》中披露的张爱玲散文《爱憎表》[①]残稿的写作动机,就是因我找到了她高中毕业时回答母校圣玛利亚女校校刊的调查表而起,这是不能不提的。

有鉴于此,我读《宋家客厅》如遇故人,倍感亲切,也就理所当然。此书各章最初以《宋淇传奇》的总题在2012年9月至2013年8月《南方都市报》上连载,由宋以朗兄口述,陈晓勤小姐采访、整理,共四十二集。那时我就按期阅读,从不脱期。现在经过修订补充,继香港牛津大学出版社版之后,又在内地结集出书,我认认真真重读一遍,仍然兴味盎然。

《宋家客厅》从作者以朗兄的视角展开论述,以宋淇夫妇为中心,一方面上溯宋春舫,另一方面旁及钱、傅、吴、张四位,从父子两代和宋淇文坛交游的角度为这六位前辈作家立一"外传"。六位的"外传"或详略不同,或各有侧重,但都贯彻作者自己所设定的三个写作原则:一、根据作者的回忆,包括其父亲和亲戚所告知的家庭

---

① 张爱玲:《爱憎表》第一页手迹,宋以朗:《宋家客厅:从钱锺书到张爱玲》,广州:花城出版社,2015年,第232页。经过整理的《爱憎表》残稿已刊2016年7月台北《印刻》第一百五十五期。

故事。二、已经刊行的文献资料的运用和订误。三、大量引证未刊的六位作家的手稿和书信等。而娓娓道来的生动笔触,更使全书平添一层阅读的愉悦。因此,在我看来,此书可称关于这六位前辈作家的一部别开生面的"信史",同时也是宋淇与钱、傅、吴、张四位文字交、文人情的真实记录。

一部中国现代文学史,社团林立,流派众多,错综复杂,更有特立独行、卓然自成一家者的出现,使其呈现了更为丰富多采的面相。《宋家客厅》所写的六位作家,除了宋春舫五四时期就有文名,其余各位都在1930—1940年代崛起于中国文坛。他们都属于"思接千载""视通万里"的饱学之士,各自在小说、新诗创作或学术研究领域里独树一帜,影响深远。有意思的是,钱、傅、吴三位从1940年代起,张爱玲从1950年代起,都与宋淇惺惺相惜,往还颇深。他们与宋淇无论指点文学、切磋学问,还是感叹人生际遇,处理生活琐事,都是无话不谈。书中大量引用的吴兴华1940—1950年代初与宋淇的通信、傅雷1950—1960年代与宋淇的通信,张爱玲1950—1990年代与宋淇夫妇的通信、钱锺书1980年代与宋淇的通信,都充分证明了这一点。钱锺书对宋淇的器重,傅雷与宋淇的投契,吴兴华与宋淇"情好过于朋友",张爱玲对宋淇、邝文美夫妇的高度信任,在书中也都有具体而真切的记述。书中许许多多鲜活生动、幽默风趣的细节,仿佛把我们带回到已经远去的那个年代,在现场聆听他们畅谈文学,臧否人物。而作者想将一群上海文人(张爱玲、宋淇夫妇、傅雷夫妇、钱锺书夫妇等)在不同时间(抗战、战后、解放、"文革"、改革开放)不同城市(上海、香港等)的生活片段呈现出来的写作意图也得到了很好的实现。

书中详述宋淇与傅雷、钱锺书、吴兴华的深厚情谊和文字往还,既足具史料价值,也十分感人。或许还可略作一些补充。1945

年10月,傅雷与周煦良合作主编《新语》半月刊,"为综合性杂志,约马(叙伦)老、夏丏(尊)老等写文。以取稿条件过严,稿源成问题,出八期即停"。① 但是,这个杂志得到了宋淇、钱锺书的全力支持,创刊号就发表了宋淇的《枕上偶得》七则,第三期上又发表了宋淇的《细沙》五则,第四、五期发表了钱锺书的《小说识小》(一、二),等等。不仅如此,1945年12月《新语》第五期破例刊出一组吴兴华的新诗,也与宋淇有关。编者之一的周煦良说得很清楚:"我最初读到吴兴华先生的诗,是在八年前的《新诗》月刊上,一首八十行的无韵体,《森林的沉默》,就意象的丰富,文字的清新,节奏的熟谙而言,令人绝想不到作者只是十六岁的青年。《新诗》自'八·一三'事变起停刊。等到三年后我兜个大圈子回沪,会见燕大的张芝联宋悌芬二君,从他们那里再度读到吴兴华的诗时,才知道中国诗坛已出现一颗新星。我们几个人时常兴奋地讨论他;多久不见,见到总得问起他有什么新作,作品里显出什么新发展。在中国诗坛上,我们都认为,他可能是一个继往开来的人。……《新语》因为是综合性刊物,本不适合介绍他的诗,但据最近消息,吴兴华在北平已染了肺病,这使我们有种说不出的感觉,而在我能从容分析自己的感觉以前,大家一致决定将他的作品公诸社会。"②由此可见,《新语》之所以能刊出吴兴华的诗,最初就是宋悌芬(宋淇)等提供的,而最后"一致决定"发表吴兴华诗的"大家"中无疑应该包括傅雷、宋淇等位。这应该是宋淇与傅雷、周煦良等合作,最初向世人推荐吴兴华。这次与1950年代以后因两岸四地隔绝,宋淇

---

① 傅雷:《傅雷自述》,1957年7月作,《傅雷全集》第十七卷,沈阳:辽宁教育出版社,2002年,第8页。
② 周煦良:《介绍吴兴华的诗》,《新语》,1945年12月第五期。转引自《吴兴华诗文集》文卷,上海:上海人民出版社,2005年,第261页。

不得不改用"梁文星"等笔名在港台发表吴兴华的诗不同,吴兴华应该知道的。到了1947年2月,傅雷又起意主编"纯文艺纯翻译刊物"《世界文学》月刊,他2月3日以"《世界文学》杂志发行人兼主编"的身份向"上海特别市社会局"提出申请,强调"介绍各国文艺作品,提高翻译水准实为吾国文坛当务之急"。①尽管后来此议未能付诸实施,但如办成,宋淇他们一定也是积极支持者吧?

当然,《宋家客厅》里除了主人宋淇夫妇,不吝笔墨,写得最详细的是张爱玲,不仅专章篇幅最多,在宋淇夫妇和钱锺书、傅雷的章节中也都写到了她,而这正是我所最感兴趣的。书中从宋淇夫妇1952年秋在香港结识张爱玲开始,一直写到张爱玲去世后遗作的整理出版,几近于一部较为完整的张爱玲"后传"了。书中所讨论的张爱玲中后期创作的诸多问题,譬如"关于《秧歌》与《赤地之恋》的评价"、张爱玲"编剧生涯及《红楼梦》剧本风波"、"为什么《色,戒》的王佳芝不可能是郑苹如?"等,张学研究界一直存在争议,作者在书中均根据大量第一手史料和自己的仔细分析,给出了颇具启发的结论。作者援引宋淇《唐文标"方法论"》中"我们评定一件作品的价值时,不要让'武断'来代替'判断'"②的观点,探讨了长篇小说《秧歌》并非"授权""委托"之作,论证可谓周详。他对"现在大家把张爱玲的《秧歌》不是当做国家民族正史,就是当做社会学实地考察来看,或是农民调查报告,偏偏没有人拿它当小说读"不以为然,主张"与其跟人争辩美国新闻处有否 commissioned《秧歌》,或张爱玲有没有土改经验,倒不如拿《秧歌》来看看,自己

---

① 傅雷:《致上海特别市社会局》,《上海市档案馆藏中国近现代名人墨迹》下册,上海:上海书画出版社,2014年,第653页。
② 林以亮(宋淇):《唐文标的"方法论"》,《昨日今日》,台北:皇冠出版社,1981年,第246页。

来判断更好".① 这些看法我是赞同的。

　　大概限于篇幅和已另行撰文的原因,《宋家客厅》并未再讨论引起轰动的长篇《小团圆》,但对《殷宝滟送花楼会》《浮花浪蕊》《相见欢》《同学少年都不贱》等张爱玲前期和后期小说,都作出了令人耳目一新的阐释。譬如,张爱玲1982年12月4日致宋淇信中说:"《殷宝滟送花楼会》实在太坏,不收。是写傅雷的。"②作者就以"是写傅雷的"这句话为契机,一路发掘,终于弄清楚小说中男女主人公与现实世界中真实人物的关系,也终于弄清楚小说中哪几处与事实相抵牾。虽然张爱玲自认这篇小说"实在太坏",但通过作者这样的追查和分析,终于厘清它的来龙去脉,有助于研究者讨论张爱玲如何"虚构"这篇小说,未始不是一个可喜的收获。对张爱玲这样的重量级作家而言,这样的追查和分析是必要的。周作人当年写过一部《鲁迅小说里的人物》,他在书的《总序》中就说:鲁迅的"小说是作者的文艺创作,但这里边有些人有模型可以找得出来,他的真相如何……有说明的必要,此外,因为时地间隔,或有个别的事情环境已经变迁,一般读者不很明了的,也就所知略加解说"。③ 这个原则对于张爱玲的小说同样适用。在此之前,张爱玲弟弟张子静曾在《我的姊姊张爱玲》一书中讨论过《金锁记》《花凋》等小说的"真实人物",但主要还是根据他多年后的回忆。④ 而对《殷宝滟送花楼会》原型的释读,作者是根据张爱玲本人的说法,

----

① 宋以朗:《一个"一点都不美丽的误会"》,《宋家客厅:从钱锺书到张爱玲》,第245页。
② 宋以朗:《〈殷宝滟送花楼会〉与傅雷情史》,《宋家客厅:从钱锺书到张爱玲》,第148—149页。
③ 周遐寿:《总序》,《鲁迅小说里的人物》,北京:人民文学出版社,1981年,第1页。
④ 参见张子静:《故事——〈金锁记〉与〈花凋〉的真实人物》,《我的姊姊张爱玲》,台北:时报文化出版公司,1996年,第235—271页。

自然具有不容置疑的可信性和权威性。

《宋家客厅》作者是张爱玲文学遗产的执行人,近年来由于他的不懈努力,张爱玲中、后期许多鲜为人知的作品,如《小团圆》《异乡记》《重返边城》《雷峰塔》《易经》《少帅》等中英文创作陆续问世,大大拓展了张爱玲作品的文本空间,有力地推动了张爱玲研究的深入。那么,张爱玲还有哪些拟写而未能写成的作品呢?《宋家客厅》中也专门讨论了张爱玲"传说中的作品"这个有趣的问题。按照作者的整理,由张爱玲在历年致宋淇的信中与宋淇讨论的她"曾经构思但没有写好的作品"①(大部分甚至尚未动笔),计有"Aroma Port"(《芳香的港》)、《三宝太监郑和下西洋》《不扣虱而谈》《谈相面》《谈灵异》《谢幕》《填过一张爱憎表》《美男子》等。其中,有以同代作家经历为素材的长篇和中篇小说,如《芳香的港》和《谢幕》;有写亲身经历的散文,如《不扣虱而谈》和《爱憎表》;有议论性的杂文,如《谈面相》和《谈灵异》;有历史题材的长篇,如《郑和下西洋》,琳琅满目。作者对这些题目和相关的方方面面,都作了查考和解析。尽管由于各种原因,张爱玲这些作品都未能诞生,但《宋家客厅》中"张爱玲没有写的文章"这一节所展示的这些重要史料,无疑对我们更全面地把握张爱玲中后期的心路历程和创作思路有很大的帮助。凡此种种,再次证实了作者所诚恳地表示的:"我身为宋淇的儿子,也是张爱玲的文学遗产执行人,掌握了这么多第一手文献,有责任向公众交代一些不为人知的事实,让文学史家能够根据更准确的资料,对张爱玲和宋淇作出公允的评价。"②

---

① 宋以朗:《张爱玲没有写的文章》,《宋家客厅:从钱锺书到张爱玲》,第222页。
② 同上,第236页。

"今古毕陈皆乐趣,天人兴感有深情。"我以为,以朗兄撰写《宋家客厅》,既充满感情,又不失客观公允。因而,不仅仅是张爱玲研究、钱锺书研究、傅雷研究、吴兴华研究,宋春舫、宋淇父子研究更不必说,乃至1940年代上海文学史以及整个中国现代文学史研究,都将会从这部引人入胜的《宋家客厅》中获益,而且我敢断言,不是一般地获益,而是深深地获益。《宋家客厅》所显示的研究视野,所提出的一些研究话题,所提供的众多研究线索,都具有可能改写文学史版图的学术意义,值得研究者进一步思考。

这就是我读了宋以朗兄《宋家客厅——从钱锺书到张爱玲》之后的真实感受。

甲午岁末于海上梅川书舍

(原载2015年4月花城出版社初版《宋家客厅:从钱锺书到张爱玲》)

李君维三章

一

2015年8月7日晚突接李君维先生女儿电话,惊悉他已于3日在北京逝世,享年九十三岁。这位最早的"张派"作家隐入了历史。

李君维1946年毕业于上海圣约翰大学英文系,与张爱玲好友炎樱同学,后来写过颇有史料价值的《且说炎樱》。如果张爱玲1942年秋入学圣约翰后不辍学,他与张爱玲本可以成为同学。目前所知他发表的第一篇有影响的作品是署名东方蝃蝀的散文《穿衣论》,刊于苏青主编的1945年6月《天地》第二十一期,起点颇高。在这篇处女作中,他就提到了张爱玲的《炎樱衣谱》。

东方蝃蝀从此成了李君维主要笔名,为什么起这么一个"怪僻的笔名"?他晚年有所解释:"无非是想引人注意而已","蝃蝀二字出于《诗经》卷三:'蝃蝀在东,莫之敢指',朱熹的注解:'蝃蝀,虹也'。"①

1946年4月,上海《小说》创刊号发表东方蝃蝀的短篇《河

---

① 东方蝃蝀(李君维):《作者自序》,《伤心碧》,北京:人民文学出版社,2005年,第4—5页。

传》,这是目前所知他的第一篇小说。小说写混血姑娘邬明蟾在"战事"结束后的爱情悲剧,开头写道:"邬明蟾存在这世界上是多余的,因为她本身就是多余的。"结尾又写道:"一个女子是处处可钟情的。处处有一段河,离隔了她与男人的距离,她总藏了些秘密的情愫,茫然于她的归宿。"都颇有几分张爱玲风。而《河传》和在同年8月《小说》第二号发表的《春愁》的插图,也均出自东方蝃蝀本人之手,这也与张爱玲为自己小说插图相似。

此后,东方蝃蝀一发而不可收,短篇《惜余春赋》《绅士淑女》《牡丹花与蒲公英》《花卉仕女图》、中篇《玉如意》等陆续出现在上海《幸福》《宇宙》《生活》《少女》等刊物上。他果然引起了当时文坛的关注,有论者认为,张爱玲小说"后起而模仿者日众,觉得最象是东方蝃蝀,简直象张爱玲的门生一样,张派文章里的小动作全给模仿象了"。[1]

1948年8月,由圣约翰同学、后来在香港文坛大名鼎鼎的马博良推荐,上海正风文化出版社出版东方蝃蝀的小说集《绅士淑女图》,书的封面图是一幅少女头像速写,出自后来享誉国际画苑的赵无极之手。《绅士淑女图》奠定了东方蝃蝀最早的"张派"小说家的文学史地位。当然,东方蝃蝀并非一味模仿张爱玲,他有自己的追求和特色,他与张爱玲异曲同工。

尽管东方蝃蝀视写作为他生命中的一部分,但他后来说过,"1949年后,我所写的小说从内容到文字已不适应时代的号角了,只好收摊"。[2] 不过,1950年代初他还用笔名唐优在上海《亦报》连

---

[1] 兰儿(王兰):《自从有了张爱玲》,上海:《新民报晚刊·夜花园》,1947年4月13日。
[2] 东方蝃蝀(李君维):《作者自序》,《伤心碧》,第5页。

载了中篇《双城故事》,其时张爱玲刚在《亦报》连载完《小艾》不久。后来,又用笔名枚屋在《新民晚报·夜光杯》发表了短篇《当年情》,"那是百花齐放当口放出去的"。① 这两篇都放得好,尤其是后一篇,延续了他一贯的风格,写一位出身卑微却善良贤淑的女性的爱情悲剧,温情脉脉,在当时的内地文坛上或可称为独树一帜。

直到内地改革开放,李君维才重操旧业。他1983年写了长篇《名门闺秀》,东方蝃蝀这个消失了二十多年的怪僻的笔名终于重现文坛。1996年2月至3月在《新民晚报·夜光杯》连载的中篇《伤心碧》则成了他小说创作的收官之作,其时张爱玲已谢世半年。

二

二十年前,张爱玲在洛杉矶悄然谢世后,翻译家董乐山写过一篇有趣的《张爱玲说"I'm Not A Sing Song Girl!"》。1940年代青年董乐山在上海以"麦耶"笔名撰写剧评而著称,不仅多次与张爱玲一起在《杂志》上发表作品,而且还评论过张爱玲的话剧《倾城之恋》。但此文主要回忆与"一个老同学""由张爱玲的好友炎樱陪同前去见张爱玲的事"。董乐山的回忆真切有趣:

> 那次去见张爱玲完全是我的那位同学的主意,他是个张爱玲的崇拜者,后来曾经模仿张爱玲的风格写过一些短篇小说,达到了可以乱真的程度。……他就央炎樱介绍他去见一见他的偶像。大概是由于年轻胆怯吧,或者是由于我当时也在张爱玲发表小说的同一杂志上写文章,他就拉了我去作陪,为他

---

① 东方蝃蝀(李君维):《作者自序》,《伤心碧》,第5页。

壮胆。张爱玲当时与她的姑姑住在上海静安寺附近赫德路上一幢高层西式公寓里。她把我们请进去后,炎樱已经在屋里了,正在有说有笑地同她在说着话,我由于是作陪客去的,一点也没有准备去问些什么,或者说些什么,而我那位同学在他崇拜的偶像之前也临时怯场,说不出话来。炎樱却是个热心肠的爽快人,在旁一个劲儿催他:"你不是很想来见她吗,怎么来了倒不说话了?"我已经记不起当时还说了一些什么话了,只记得张爱玲看着我们两个大孩子的既感到好玩,又感到好奇的神色。这次"访问"就以失败告终。①

董乐山说的"老同学"不是别人,正是最早的"张派"作家李君维。这次拜访,他也留下了文字回忆,在《在女作家客厅里》中这样写道:

> 我有幸与张的女友炎樱大学同学;一时心血来潮,就请炎樱作介前往访张。某日我与现在的翻译家董乐山一起如约登上这座公寓六楼,在她家的小客厅作客。这也是一间雅致脱俗的小客厅。张爱玲设茶招待,亏得炎樱出口风趣,冲淡了初次见面的陌生、窘迫感。张爱玲那天穿一件民初时行的大圆角缎袄,就像《秋海棠》剧中罗湘绮所穿的,就是下面没有系百褶裙。我因早闻其奇装异服之名,倒也不甚惊讶。②

---

① 董乐山:《张爱玲说"I'm Not A Sing Song Girl!"》,《董乐山文集》第一卷,石家庄:河北教育出版社,2001年,第240页。
② 李君维:《在女作家客厅里》,《人书俱老》,长沙:岳麓书社,2005年,第52页。

李君维只比张爱玲小二岁,董乐山则小四岁,他俩与张爱玲其实是同代人,但对张爱玲的文学成就是钦佩的,尤其是李君维。李、董两人此次访张的具体日期已不可考,但也并非毫无线索可寻。董乐山 1944 年 12 月初作评论话剧《倾城之恋》的《无题篇》开头就说"我不认识张爱玲先生",①李君维在《女作家客厅里》说他当时"正入魔似地读着张爱玲发表着的一篇篇小说",②从这两点推测,他俩拜访张爱玲应在 1944 年 12 月以后,以 1945 年上半年某个时间可能性最大。

　　此后,李君维为筹办新文学刊物,又再次与张爱玲见面。仍由炎樱安排,而李君维晚年在《且说炎樱》中的回忆也更为具体:

　　　　那时我想办一刊物,拟请张爱玲写稿。我托炎樱转达,炎樱约张爱玲与我在她家面谈,可能是出于她家地处市中心,交通较为方便。因此我造访了莫希甸家。她家前门开店,后门出入,楼上住家。我从后门进去,正遇到她母亲。……她示意让我上楼,上楼拐弯处就是亭子间。这里有方桌(上海人叫它八仙桌)、凳椅等简单的家具,看来是作进餐、会客用的。我与张爱玲坐在桌前,相对而谈。她听了我的来意后,只是说忙于写《多少恨》,是否应允写稿,未置可否。数日后,她请炎樱转交我一便条,婉言相拒了。其时国币贬值、物价上涨,为了保值,我父亲囤积一批白报纸。我凭借一批报纸、一时热衷,就想办个刊物,显然是少不更事、孟浪从事。不过以怪僻出名的

---

① 麦耶(董乐山):《无题篇》,话剧《倾城之恋》上演特刊,上海:大中剧艺公司印行,1944 年。参见陈子善编:《张爱玲的风气——1949 年前张爱玲评说》,济南:山东画报出版社,2004 年,第 107 页。

② 李君维:《在女作家客厅里》,《人书俱老》,第 52 页。

张爱玲竟以婉转的方式对待,以免伤了对方的面子。①

张爱玲未答允为李君维写稿,李君维的刊物也未办成。但他回忆此次见面正值张爱玲"忙于写《多少恨》"之时,倒为确定见面大致时间提供了佐证。张爱玲根据自己的电影《不了情》改写的小说《多少恨》连载于1947年5月、6月上海《大家》第二、三期,因此他们第二次见面的时间约在1947年4—5月间。

这两次见面,无论研究张爱玲还是研究李君维,都不应该忽略不提。

三

2005年3月,李君维以本名在长沙岳麓书社出版了他生前第一本也是唯一一本散文集《人书俱老》。书中共收四十三篇散文,只有《穿衣论》《张爱玲的风气》《〈太太万岁〉的太太》三篇发表于1949年以前,其余四十篇均发表于改革开放以后的香港《大公报》、上海《新民晚报》等刊。

李君维的散文创作当然远不止此数。据我所知,早在1946年他主编上海《世界晨报》副刊期间,就以"枚屋"的笔名发表了一组幽默风趣的"听镜录"杂感;1949年初他以"东方蝃蝀"笔名在友人麦黛玲(朱曾汶)主编的《水银灯》上发表了一组文笔优美的影评《剔银灯》;1950年代初移居北京后,他又以"唐优"笔名在上海《亦报》副刊连载描写北京风土人情和1950年代初北京日常生活的随笔,这些均有待搜集整理。此外,他还有作品散见于海上报

---

① 李君维:《且说炎樱》,《人书俱老》,第57—58页。

刊,《林风眠的画》即为其中之一。

1947 年 12 月 5 日,画家林风眠近作展览在上海揭幕。次日《申报》对此有专门报导:林风眠"此次出其近年杰作百余幅,由七日起在南昌路法国公学展览一星期,昨揭幕时法驻沪领事曾莅临主持",①同时还刊出《林风眠绘画思想　蕴藏着文艺复兴》的长篇评述。李君维参观了此次展览,写下了这篇《林风眠的画》:

> 林风眠的画是现代的。现在没有雅致,要有,就是繁缛的匠气。太工整的官苑宋画,只有被千百年时潮冲积之后,才成了雅致。林风眠有二张立轴的花卉,就是没有经过时间冲积的官画,是装饰品。现代的东西失落了雅致繁缛,不过,紧凑的结构是存在的。
>
> 我喜欢那张《黑衣女》,那个穿黑的女子睁了大大的,明亮的眼珠,挺起了她青春的眉毛,悄悄地坐着,虽然她背后是个孔雀蓝的秋天,可是她的心情是安谧的,愉爽的。她身上那件黑色的衣裳,黑已经不是死的颜色了,闪耀着缎绢的光彩。据懂画的朋友告诉我,那张《蓝衣女》是杰作。那是一个穿湛蓝的女子,一样睁了光亮的,新生的眼珠,一样安稳地斜签坐着,她或许在凝思着什么,她心境却是豁朗的。淡墨的窗帘是衬素,帘外微微透进了一点残阳,若隐若现,闪耀着象河上的漪涟。我们差一点分不出,她与衬素之间的距离了,她已溶入在窗帘阳光之中,混成一片。画者好像没有用什么色彩,却那样丰富。
>
> 林风眠喜欢用紫色,紫是秋天的颜色,不过在他画笔之下

---

① 《名画家近作百幅展览一周》,《申报》第一张,1947 年 12 月 6 日。

的秋,已脱尽了金风玉露的肃杀,却洒下了清明,愉爽。那副紫藤的花卉,十足表现了他的秋紫。满幅是热热闹闹的紫藤,噼里啪啦开了下来,开得太热闹了,充满了喜欢。在林先生家里也看见过这张一幅紫藤,不过那一幅比较朦胧,象刚洒过了毛毛雨。

　　有几张京戏的绘像,疏疏的几笔,京戏里的丰腴的色彩,俏皮的旦角亮相,一举手,一投足,提醒了我被遗忘的美。

　　那张《双女》淡淡地画了两个女子,相对而坐,像刚说过了一句话,又静了下来。全幅只设淡淡的青色,轻泛的笔致,看看闲散数笔,却那样显著,那样充满了会场效果。

　　看了画出来,下着微微的雨,有点燠热,不象是初冬的雨季。说是要下雪了,却没有下来。

这是一篇精彩的画评。李君维是懂画的,开篇就指出"林风眠的画是现代的",真是一语中的,虽然他的"懂画的朋友"(疑为林风眠学生、青年画家赵无极)也告诉他如何赏画。他喜欢林风眠,尤其喜欢林风眠的仕女图,对《黑衣女》《紫衣女》和《双女》的描述都颇为细腻,他用作家生动细腻的文学笔触写下了自己的观画感受,颇为难得。

　　这篇用东方蝃蝀笔名发表的《林风眠的画》刊于1947年12月13日上海《新民报晚刊·夜花园》。可惜发现得太晚了,李君维已不及重见。

（原载2015年9月6日上海《东方早报·上海书评》,收入本书时有增补）

"周班侯时代的上海"

香港中文大学出版社2015年年底出版的《夏志清夏济安书信集》第二卷,收录夏氏兄弟1950—1955年间的通信共一百五十八通。其中编号126,夏济安写于1950年11月25日的信,是他自香港到台北后写给在美国的夏志清的第三封信。此信开头,夏济安告诉夏志清:

> 来台后写成一篇三千字的讽刺文章《苏麻子的膏药》,自以为很成功,可以和钱锺书 at his best 相比,抄录寄奉太麻烦,以后在那里发表了,可剪一份寄给你。我所以还没送出去发表,(是)因为据我这一个月来的观察,台湾创作水准非常之低,似乎还远不如周班侯时代的上海,我的文章恐怕没有一个适当的杂志配发表。①

《苏麻子的膏药》是夏济安仅有的二篇中文短篇小说之一,已收在1971年台湾志文出版社版《夏济安选集》中,这里不必多说。值得注意的是,他对当时台湾文坛的印象极差,认为"似乎还远不

---

① 王洞、季进编注:《夏志清夏济安书信集》卷二,香港:香港中文大学出版社,2015年,第13页。

如周班侯时代的上海"。周班侯是什么人?"周班侯时代"又是什么时代?《书信集》应该出注,却没有,也许疏忽,也许难以注释。因此,有必要探究。

查《中国现代文学作者笔名录》,确有"周班侯(? —),笔名:班公——四十年代在上海报刊署名"。① 这就跟1940年代上海文坛扯上了关系,但"周班侯"条目仅这十八个字而已。循此线索,可知1940年9月创刊的上海《西洋文学》发表过班公翻译的外国戏剧和小说,Sacha Guitry 的《生意经》和 A. A. Milne 的《解甲归来》两篇剧本署名班公,Aldous Huxley 的小说《画像》就署名周班侯。上海沦陷以后,从1943年起,班公的创作又经常出现在《风雨谈》《杂志》等刊物上。尤其是《杂志》,从1943年12月到1945年8月停刊,班公的《谈时髦文章》《贬雅篇》《春山小品》《扬州绘卷》《听曲梦忆》《论不修边幅》《健全的白话》等散文随感源源不断刊于《杂志》,有个时期每月一篇。而这段时期也正是张爱玲文学创作的喷发期,她几乎每个月都有小说散文在《杂志》刊出,两人多次有同刊之雅。可能也是这个原因,张爱玲中短篇小说集《传奇》出版时,班公也即周班侯受邀出席杂志社主办的"《传奇》集评茶会"。他因故未到会,递交了书面发言,不啻一篇精炼的张爱玲短评:

> 我最先看到张女士的文章是在上海出版的英文杂志《二十世纪》上,觉得她的散文写得如此漂亮,竟没有想到她也能写小说,而且也写得那么好。《琉璃瓦》的原稿,我是看见过

---

① 徐迺翔、钦鸿编:《中国现代文学作者笔名录》,长沙:湖南文艺出版社,1988年,第442页。

的。可是,我"奉命"把原稿退还了。后来,我读到了《倾城之恋》,《金锁记》。我也读到了那篇叫做《私语》的文章。我佩服起这位张女士来了。张女士是用一个西洋旅客的眼光观赏着这个古旧的中国的。尽管她的笔法在模仿着《红楼梦》或者《金瓶梅》,可是,我还是模糊地觉得:"这是一位从西洋来的旅客,观察并且描写着她所喜爱的中国。"我想起了赛珍珠。她的文体有些特别。她用外国人的笔法,奢侈地用着"隐喻"(Metaphor),叫人联想的地方特别多。有人说她的小说不容易懂,可是,用读十七世纪英国"玄学诗派"的作品的眼光去读她,并不难懂。她的手法并不新奇,她是把外国笔法介绍给我们了。这试验有没有广泛地成功了呢?然而,这总是有价值的试验。我佩服她练字练句的功夫。我喜欢她的"矜持"。她的小说是一种新的尝试,可是我以为她的散文,她的文体,在中国的文学演进史上,是有她一定地位了的。①

不仅如此,班公自己也于1944年8月主编文学月刊《小天地》。《小天地》由苏青主持的天地出版社发行,小32开薄薄一册,内容却不单薄。班公有自己的办刊宗旨,那就是,"第一,《小天地》是一本小型的刊物,不想登载太长的文章(特别好的当然例外),要着墨不多而言之有物";"第二,《小天地》内容比较'杂'。有小说,有散文,有小考证,也有游记。……";"第三,《小天地》提倡说老实话,不登八股文章……不捧人,也不骂人"。②《小天地》创刊号先声夺人,刊出了张爱玲的《炎樱语录》《散戏》两篇散文,还有张

---

① 未署名:《〈传奇〉集评茶会记》,《杂志》,1944年9月第十三卷第六期。
② 未署名:《编余》,《小天地》,1944年8月第一期。

爱玲为苏青小说《女像陈列所》所作插图一帧。张爱玲投稿一直选择颇严,能给班公如此大力的支持,确实有点出乎人意外。1945年4月《小天地》第四期又发表了张爱玲的《气短情长及其他》。就篇数而言,除了《杂志》《天地》两刊,《小天地》发表的张爱玲作品,已与《万象》杂志相当。《小天地》的作者还有内山完造、柳雨生、胡兰成、果庵、予且、何若、谭惟翰、陈烟帆、马博良、谷正櫆(沈寂)等,均为沦陷时期上海文坛的活跃作家。

班公在各期《小天地》的"文坛·影坛"专栏中也多次提到张爱玲,对张爱玲《传奇》的装帧设计也表示了特别的关注。1944年9月第二期云:"张爱玲的短篇小说集《传奇》,亦由杂志社出版,列入'杂志社丛书',该书装帧极古雅大方,系张女士自己设计。"1944年10月第三期又云:"张爱玲之短篇小说集《传奇》再版出书,封面已加更换。或云初版《传奇》的封面有些象《三堂会审》里的蓝袍,再版的封面却似《游龙戏凤》里的李凤姐,色彩比以前娇艳得多了。"均颇有趣。

话扯远了。至此应可确定,夏济安所谓"周班侯时代的上海",也即"班公时代的上海",从某种意义讲,即指沦陷时期的上海文坛。夏济安之所以将沦陷时期的上海文坛用"周班侯时代的上海"来概括,恐怕有以下三个原因:

一、班公本人在当时的上海文坛集创作、翻译和编辑于一身,名声虽不及张爱玲等,也属后起之秀,有一定的代表性。

二、夏济安与班公熟识,他只比班公大一岁,"周班侯是他苏州中学同学",[1]而且都喜欢舞文弄墨,夏济安也为《西洋文学》翻译

---

[1] 参见夏志清:《序论:可当恋爱史读》,夏志清校注:《夏济安日记》重排增订本,台北:九歌出版社,2006年,第19页。

过作品。①

三、更重要的是,夏志清以"匕平""文丑"笔名在《小天地》上发表过三篇少作,即 1944 年 9 月第二期的《电影与雅片》、10 月第三期的《文学家与同性恋》和 1945 年 5 月终刊号的《肚脐》。发表《电影与雅片》时,班公在《编后》中强调"匕平先生英年绩学,不肯轻易执笔,而见解之深刻,文笔之犀利,实令编者拜服";发表《肚脐》时,班公又在《编后》中赞扬"文丑"具有"极明净的目光","极具一种学者的风度","吐属名隽,言之有物"。对此,已有论者作过详细考证。② 其时夏济安虽然不在上海,但夏氏兄弟一直在文学创作和研究上互相砥砺切磋,夏济安不会不知道弟弟这段《小天地》的文字经历。

所以,夏济安在信中以"周班侯时代的上海"指代沦陷时期的上海文坛,夏志清想必心领神会。夏济安的言下之意或为"周班侯时代的上海"还有刊物编者赏识你弟弟,还能发表你的《肚脐》等文,但现在到了台北,"我的文章恐怕没有一个适当的杂志配发表"。

周班侯生于 1917 年,卒于 1998 年。后改名周炳侯,又有笔名无咎、平斋等。他是江苏苏州人,毕业于清华大学外国语文系。1949 年以后先任职新知识出版社,后在上海教育出版社工作直至退休。笔者 1990 年代后期为研究张爱玲,本拟拜访请益,却因路远事忙,拖了一段时间,待到真想成行,才知他已故去,不禁暗自后

---

① 夏济安在《西洋文学》上发表了《法文研究》(署名济安,1940 年 11 月第三期)、《书与足下》(署名夏楚,1941 年 2 月第六期)和《爱人归来》(署名夏楚,1941 年 4 月第八期)等书评。

② 参见刘铮:《夏志清少作考》,《东方早报·上海书评》,2014 年 1 月 12 日;祝淳翔:《夏志清少作续考》,《东方早报·上海书评》,2014 年 10 月 12 日。

悔不迭。但是,据一位认识他的青年编辑回忆:"周炳侯先生倒是给我们当时新进社的青年编辑上过课,讲《阿拉伯的劳伦斯》,讲《字林西报》,他英文极好,讲课中穿插不少中英互译的案例。后来听说他和张爱玲有过不少交往,有人想要拜访他,周先生一笑却之。"[①]看来晚年的周炳侯认为"周班侯时代"早已过去,不值得再提了。

(原载 2016 年 3 月 13 日上海《东方早报·上海书评》)

[①] 王为松:《今天我们如何做编辑》,《出版广角》,2014 年 7 月第七期。

「旧派」作家一二三

曾孟朴的译著和日记

《肉与死》

长篇小说《肉与死》是法国作家边勒路意(Pierre Louys,1870—1925,通译比埃尔·路易)的代表作,病夫、虚白合译,1929年6月上海真美善书店初版。这部长篇原名《阿弗洛狄德》(Aphrodite),为什么译者病夫要将其改名《肉与死》呢?他在此书《后记》中特别作了交代,因为另一位法国作家葛尔孟(R. Gourmont,通译古尔蒙)说过"边勒路意先生很觉得这部肉的书恰如实地达到了死",病夫认为"这句很足概括全书的主旨",所以他"就把《肉与死》来题作书名"。

病夫即东亚病夫,也即晚清著名小说家曾朴(1872—1935)。曾朴字孟朴,最有名的笔名就是东亚病夫。其所著长篇《孽海花》是晚清四大谴责小说之一,张爱玲在《对照记》和《小团圆》中都曾写到过。更难得的是,曾孟朴与时俱进,五四运动以后,他又创作了白话长篇《鲁男子》,在新文学史上占有一席之地。他又创办真美善书店,出版《真美善》文学杂志,同样影响不小。还应提到的是,他是翻译法国文学的先行者,译过雨果,译过左拉。因此,无论著、译、编,曾孟朴都是20世纪前半叶中国文坛一个不容忽视的重量级人物。他逝世后,郁达夫在1935年10月杭州《越风》第一期发表《记曾孟朴先生》,推崇他是"中国新旧文学交替时代的这一道大桥梁,中国二十世纪所产生的诸新文学家中的这一位最大的先驱者",这个盖棺论定的结论恰如其分,而今的现代文学史著述几乎不提曾孟朴后期对新文学的贡献,这是不公平的。

《肉与死》书前有曾朴"代叙"《复刘舞心女士书》,并附"刘舞心"原函。书末有曾朴长文《阿弗洛狄德(媲娱丝)的考索》《葛尔孟的批评》和《后记》。"刘舞心"实无其人,是曾孟朴好友邵洵美化名与他开玩笑。但"代叙"交代为何与其子曾虚白合译《肉与死》,强调这部以东罗马时代生活为题材的长篇写人间的"种种放荡,狂乱,妒忌,欺诈,残酷,怯懦","实在把人生剥得赤裸裸地一丝不挂,灵魂上一如它的形体上",而作者"利用他文学的技巧",使小说"一章,一节,都是梦的飘渺的美",却是颇有见地的。

边勒路意的作品1924年开始进入中国,该年4月《小说月报》出版"号外"《法国文学研究》,首先发表了边勒路意的两个短篇《比勃里斯》(周建人译)和《马丹埃士果野的非常奇遇》(李劼人译)。然而,《肉与死》的翻译无疑是更为浓重的一笔,此书初版一年半后即重印,就是一个旁证。郁达夫在《记曾孟朴先生》中具体地描述了他读《肉与死》的真切感受:"他与虚白先生合译的那本《肉与死》出版了,当印出的那一天,我就得到了一册赠送本,这一本三百多页的大著,因为是曾先生所竭力推荐的作品,书到的晚上,我一晚不睡,直读到了早晨的八点。"

《肉与死》初版本的装帧值得一说。此书狭长28开,版权页上印着"平装本1—1500 精装本1—500 编号皮装本1—20"。我所藏为深绿麻布面精装本,封面和书脊文字烫金,扉页中央印有作者漫画像,四周饰以金色小花纹和金、黑、红三色边框,如此精美,在当时的中文文学书中极为少见。编号皮装本想必更为典雅,除了文学史家唐弢有幸珍藏一册外,不知还有存世否?

《病夫日记》

不久前刚评述过曾孟朴翻译的法国边勒鲁意著《肉与死》,没想到他的一册《病夫日记》还幸存于世,而且经人整理发表了,真是巧事。

现存《病夫日记》始于1928年5月22日,终于1929年12月22日,中有间断。这册日记由曾孟朴子曾虚白后人捐赠美国普林斯顿大学东亚图书馆,马晓冬整理选注的《曾朴日记手稿中的文学史料》刊于北京《新文学史料》2015年第一期。

正如日记整理选注者所言,这册日记记录了曾孟朴当时"往来于上海、常熟两地的文学生活与日常生活","包含较多文学史料",包括这两年中曾孟朴创作长篇小说《鲁男子》、编辑文学杂志《真美善》、与海上文坛的交游、阅读法国文学作品的感想等。其中,他与郁达夫交往的数条记载,很值得注意。

当时曾孟朴的上海寓所是一部分海上文人经常聚会之地,用今天的话讲,是一个"文艺沙龙"。1928年5月27日病夫日记云:"晚六时,邀请傅彦长,徐蔚南,张若谷,梁得所,卢梦殊,俞剑华,邵洵美作文艺聚餐,若谷因病未到,谈颇畅",即为证明。同年8月29日《病夫日记》就写到了郁达夫:

> 若谷和洵美来,还是为乔治桑和缪塞专号的事,并说及绿衣(漪)女士有见访的意思,我请转告她随便几时都可以来。洵美也谈起郁达夫问我对他的作品,有何批评。洵美想定个日子吃饭,彼此可以一谈。

邵洵美与郁达夫也是好友,同年7月22日达夫日记就有傍晚"和邵洵美在Cafe Federal吃点心"①的记载,两人交往颇多。他想介绍达夫结识曾孟朴,本在情理之中。而郁达夫看重曾孟朴这位晚清小说大家对自己作品的看法,也说明他的谦虚胸怀,当时不少新文学作家都自诩进步,目空一切,不屑向文坛前辈请教。

根据已经公开的《病夫日记》选注文,郁达夫与曾孟朴首次见面在1928年9月20日,是日病夫日记云:

> 夜到张园稍稍坐了一下,到洵美家,因洵美约郁达夫,赵景深,夏兰蒂,张若谷,傅彦长,都(是)沪上文学界的名流,差不多做了个文学聚餐会。大家谈得很高兴。我和郁达夫深谈了一次,心中甚快。

这应该是曾孟朴与郁达夫的首次见面,而且两人作了"深谈",时在"初秋"。可惜当天的郁达夫日记还未披露,达夫当时的感受也同样是"心中甚快"吧?

可是郁达夫在《记曾孟朴先生》中,却有不同的回忆。按照郁达夫的说法,他首次见到曾孟朴,确由邵洵美引领,但"记得是一天初冬的晚上,天气很寒冷",邵洵美到郁宅晚餐,饭后带达夫到曾宅拜访。当晚三人尽情长谈,"从法国浪漫主义作家谈起,谈到了《孽海花》的本事,谈到了先生少年时候的放浪的经历……更谈到了中国人的生活习惯,和个人的享乐的程度与限界"。郁达夫对曾孟朴印象之好之深可从如下的生动描述中领略:

---

① 郁达夫:《断篇日记四》,《郁达夫全集》第十二卷,杭州:浙江文艺出版社,1992年,第277页。

先生的那一种常熟口音的普通话，那一种流水似的语调，那一种对于无论哪一件事情的丰富的知识与判断，真教人听一辈子也不会听厌；我们在那一天晚上，简直忘记了时间；忘记了窗外的寒风，忘记了各人还想去干的事情，一直坐下来坐到了夜半，才兹走下他的那一间厢楼，走上了回家的归路。

那么，到底这两位20世纪中国文学的重要作家首次见面交流是在何时何地，恐怕要到劫后幸存的郁达夫日记全部公之于世，才有可能得到确定了。

（原载2015年8月23日、12月25日上海《文汇报·笔会》）

《郑逸梅友朋书札手迹》浅说

《郑逸梅友朋书札手迹》（以下简称《友朋书札》）终于要在郑逸梅先生一百二十周年诞辰之际问世了，编者郑有慧女史早就要我为这部精彩的大书写几句话，我不自量力答应了下来，却因忙于各种杂事，迟迟未能动笔。日前竟然奇迹般地从一堆旧资料中检出两通郑先生1980年代初给我的书札。郑先生1992年以九十七岁高龄谢世后，我写过两篇纪念文字，即《人淡似菊 品逸于梅——追念郑逸梅先生》和《我所认识的郑逸梅先生》，[①]却均未述及。它们的出现，一下子勾起了我对郑先生的感激之情。

郑先生第一封信是1981年1月22日写的，我次日奉收。全信如下：

子善同志：

　　大翰由 文汇报转来，敬悉一是。

　　程瞻庐江苏吴县人，字观钦，卒于一九四三年。名棪，别署望云居主。生年不详。著作有：《雨中花》、《众醉独醒》、《东风吹梦记》、《写真箱》、《茶寮小史》、《新旧家庭》、《唐祝

[①] 《人淡似菊 品逸于梅》，香港：《明报月刊》，1992年9月第三百廿一期。《我所认识的郑逸梅先生》，上海：《文汇读书周报·书人茶话》，2002年4月19日，系为上海书画出版社版郑逸梅回忆录三种所作序文。

文周四杰传》、《蔡蕙弹词》、《藕丝缘弹词》、《明月珠弹词》等。星社社员。所知如此而已。

  此颂

大绥！

郑逸梅病腕

二十二日

第二封信写于一年之后的2月21日,也是次日奉收。全信如下:

子善同志:

  大翰敬悉。承询壁山阁及二明先生,均不知,无以奉告,为歉。

  恨水作品,奉上目录,未知有用否? 匆复。敬颂

春祺！

逸梅白

  两通书札都是打扰郑先生,向郑先生请教。为什么会向他提出这些问题？我已记不真切了。只记得第一封信请他提供小说家程瞻庐简历,是为注释鲁迅书信之需。我当时参与鲁迅1934至1936年书信的注释工作,鲁迅1934年8月31日致函母亲,报告为其代购程瞻庐、张恨水小说的情况,程瞻庐其人应该出注。但当时关于旧派文学家①的资料十分匮乏,程瞻庐生平一时无从查起,我

---

① "旧派文学"的提法系从"旧派小说"引申而来。《鸳鸯蝴蝶派研究资料》(1984年7月上海文艺出版社初版)收录了范烟桥编《民国旧派小说史略》和郑逸梅编《民国旧派文艺期刊丛话》,主编魏绍昌在《叙例》中对此作了说明:"他们两位认为名称用'民国旧派小说'较为适当。('旧派'两字是和'新文学'相对而言的。)"长期以来,对这一派文学有鸳鸯蝴蝶派、通俗文学等诸多提法,拙见还是"旧派文学"更为确切,更能涵盖,故在此沿用。

就想到了郑先生,写信向他求助。郑先生不愧文史掌故大家,有求必应。1981年版和2005年版《鲁迅全集》书信卷对程瞻庐的注释,就几乎照搬了郑先生这封信,可见郑先生对我这个后学的帮助之大。

郑先生是20世纪中国著名的文史掌故大家,有诗云:"掌故罗胸得几人?并时郑陆两嶙峋。"[①]他博闻强记,著作等身,在南社研究、鸳鸯蝴蝶派研究、旧派文学研究、近现代报刊研究等众多领域里卓有建树,还写过短篇小说,编过电影剧本,主持过报刊笔政,而随笔小品和补白创作更是独领风骚,享有"无白不郑补"和"补白大王"[②]的美誉,影响遍及海内外。

郑先生又富收藏,举凡书札、笺纸、扇页、画幅、书法、书册、竹刻、墨锭、砚石、印拓、柬帖、名片、照片、稀币、铜瓷、玉器等等,他均有所涉猎。尤其是书札,他"沉浸其中数十年",锐意穷搜,潜心集藏,终于蔚为大观。正如他自己晚年所回忆的:

> 我所集的,以明代王阳明的书札为最早,他如王鏊、王百穀、王雅宜、王季重、李日华、杨维斗、文徵明、文三桥、文震孟、黄道周、黄姬水、顾苓、屠龙、陈元素、祁豸佳、周天球,以及清代的王渔洋、蒋士铨、袁子才、沈归愚、归懋仪、宋芷湾、陆陇其、林则徐、杭思骏、陈元龙、邓一桂,又金石僧六舟,曹雪芹的祖父曹寅,撰《两船秋雨盦随笔》的梁绍壬,《孽海花》说部的主人公洪文卿状元,人境庐主黄公度,《马氏文通》作者马建忠,

---

① 诗人陈仲陶的诗句,转引自李延沛:《我所熟悉的郑逸梅》,郑逸梅:《人物和集藏》,哈尔滨:黑龙江人民出版社,1989年,第421—422页。"郑陆"指郑逸梅和陆丹林。

② 参见郑逸梅:《无白不郑补》《补白大王》,《我与文史掌故》,上海:文汇出版社,1992年。

著《段氏说文》的段玉裁,桐城派后劲吴汝纶,慷慨就义的谭嗣同等不下数百家……①

令人痛惜的是,这么多珍贵的书札均"失诸浩劫中",郑先生晚年多次在文中提及,"为之惋惜不置"。② 改革开放以后,郑先生不顾年迈,仍对蒐集书札情有独钟。他不断有新的斩获,友朋也时有馈赠,以至书札收藏又颇具规模,还出版了《郑逸梅收藏名人手札百通》一书。③ 郑先生驾鹤西去不久,我曾陪同香港收藏家方宽烈先生拜访郑汝德先生,观赏过郑先生晚年的几大册书札集藏本,名家荟萃,叹为观止。万没想到的是,我1980年代初写给他的一、二通书札竟然也在其中,实在令我吃惊不小。这就显示郑先生搜集书札,不只看重写信人的名气,也注意到书札的内容。

更为难得的是,郑先生不仅是屈指可数的书札收藏家,也是见解独到的书札研究家。早在1940年,他就结合自己的丰富收藏撰写了一部系统讨论书札的《尺牍丛话》,举凡尺牍之名的由来、书写、信笺、称呼、分类、格式、问候用语、邮筒、封套等,以及名家尺牍的传承、蒐集、装裱和收藏等,旁征博引,均有所论列,引人入胜。到了晚年,郑先生又不止一次回顾自己收藏书札的经历,对收藏书札的价值和意义有所阐发。单就我所读到的,就有《书札的集藏》《我的集藏癖》《名人书札一束》《几通小说家的书札》《人物和集藏·书札》《人物和集藏·补遗二、三》《我与文史掌故·集札》诸篇。郑先生强调:

---

① 郑逸梅:《集藏·书札》,《人物和集藏》,哈尔滨:黑龙江人民出版社,1989年,第285页。
② 同上。
③ 《郑逸梅收藏名人手札百通》,上海:学林出版社,1989年。

> 小小尺牍,可以即小见大,举凡政治经济,以及社会的种种现实情况,直接和间接,不难看到,那么积累起来,便是可真可贵的史料,甚至官书上有所忌讳不登载的,却在尺牍中找到一鳞半爪,作追探史实的线索。即谈一事一物,似乎无关宏旨,但当时的习俗风尚,物价市面,也可作今昔的对照。且尺牍仅限于彼此二人的交往,不板起面孔说话,有的很风趣,给人以生动新鲜的感觉。还有私人的秘密,当时是不容第三者知道的。况其中有写得很好的书法,颜柳风骨,苏黄精神,很自然的在疏疏朗朗八行笺中表现出来,也有洋洋洒洒叙事说理很充沛透彻的,或寥寥数句,意境超逸,仿佛倪云林画简笔的山水,兀是令人神往,在艺术方面自有它一定的价值。①

这段话充分说明郑先生对收藏书札有着清醒而又较为全面的认识,也应该作为我们研读这部《友朋书札》的一把钥匙。

《友朋书札》所收并非郑先生在改革开放后重新蒐集的历代名家书札,而是他精心保存的各界友好写给他的长短书札,写信人总共一百六十余位之多,每位一至数通不等(但为了展示郑先生书札收藏的多样性,书末附录董其昌、查士标以降,至陈三立、张元济等十四位明清民初文史大家的墨宝)。这些写信人中,有文学家、史学家、翻译家、教育家、出版家、画家、书法家、篆刻家、书画鉴定家、收藏家、版本目录学家、古文字家、训诂学家、报人、电影编剧、建筑学家、集邮家、象棋名手、电影明星……文学家中,又可分为古典文学研究家、旧派文学家、新文学家等;画家中,又可分为国画家、油画家、漫画家等。而写信人的出生年龄从19世纪60年代起,一直

---

① 郑逸梅:《集藏·书札》,《人物和集藏》,第284—285页。

到20世纪40年代止。凡此种种,足见郑先生在文坛艺苑写作时间之长,名声之大,交游之广,所谓"谈笑有鸿儒,往来无白丁"是也。

研读这么一大批前贤名宿的书札手泽,当然可以从各个角度进入,欣赏写信人各具风格的精美书法是一途,领略写信人或文或白的文字表达是一途,体会写信人与收信人互通音问的文人情谊又是一途,思考写信人与收信人切磋探讨的文史学问也是一途。总之,切入口很多,而且,无论从哪个角度进入,都会有所启发,有所获得。不过,我选择另一个角度,即从中国近现代文学史研究的视角,特别是对这些书札不经意地流露出来的写信人和收信人当时的写作和日常生活状况、写信人和收信人当时如何相濡以沫等方面作些考察。

郑先生是文学圈中人,不难想见,《友朋书札》的写信人中,最多的也是文学圈中人,据我粗略统计,约占了三分之一。其中有旧派文学翘楚李涵秋、包天笑、程瞻庐、许啸天、徐枕亚、程小青、范烟桥、平襟亚、周瘦鹃、张恨水等,有新文学代表人物叶圣陶、俞平伯、赵景深、孙大雨、施蛰存、钱君匋、柯灵、唐弢、端木蕻良等。还有介于新、旧文学之间的重要作家,如陈蝶衣、秦瘦鸥、周鍊霞等。比较而言,在相当长的一段时间里,我们对新文学家各方面的了解不能算少,然而,对旧派文学家各方面的了解,实在是少之又少,这当然是现当代文学史研究的一个重大缺陷。他们当年大都在中国文坛上活跃一时,1949年以后尚健在者,或相继淡出文坛,或先后远走海外。《友朋书札》正好提供了大量郑先生与他们在不同历史时期书信往还的实证和线索,填补了旧派文学乃至整个现当代文学史研究的若干空白,窃以为这是《友朋书札》众多文史价值中最值得注意的。

不妨举几个例。《友朋书札》中有一通张恨水向郑先生约稿短札,使用的是"立报馆用笺",未署写信时间。张恨水自1935年9月起主编新创刊的上海《立报》副刊《花果山》,与谢六逸主编的该报另一副刊《言林》形成旧派文学和新文学竞争之势。而此函中正有"《花果山》颇需要戏剧界消息,如蒙惠稿,当尽先发表也"等语,据此可知张恨水此函应写于1935至1936年间。这一时期张恨水书札存世甚少,此函很难得。除此之外,李涵秋收到郑先生投稿《小说时报》后的回复,徐碧波书札中所说的郑先生为其《流水集》作序,金松岑、许啸天、马公愚等书札中提及的1940年代后期郑先生编《永安月刊》事,均于研究郑先生前期文字生涯不无裨益。

周瘦鹃致郑先生书札更必须一说。这是一通钢笔函,不长,照录如下:

逸梅兄:
　　久不见,长相思,危疑震撼中辄复系念海上诸故人不已。兹决于日内来沪一行,藉倾积愫,请代约　慕琴、澹安、碧波、明霞四兄于廿七日上午九时半同赴　禹钟兄处晤谈,如有可能,即于午刻同出聚餐。吾兄以为如何?余容面罄。
　　此颂
时祺
　　　　　　　　　　　　　　　　　　　　弟周国贤上言
不必赐复　　　　　　　　　　　　　　　　九月廿二日灯下

对这封信,郑先生后来在相关文字中数次提及,还专门写了一篇《最后的一次宴会》。他在文中这样回忆:

他(指周瘦鹃)晚年筑紫罗兰庵于苏州,被四凶迫害,即在他家园中投井而死,他在临死之前,曾偷偷地投寄一信给我,这信我保存着,作为永久之纪念……我接到这信,就分别通知了丁慕琹、陆澹安、徐碧波、吴明霞及沈禹钟,届时均践约来到江湾路虹口公园相近的沈家,相互握手,未免悲欢交集。他说:"郁闷了多时,今天才得舒了一口气。这儿几位老友,多么热忱,多么恳挚,真够得上交情。在苏州的几位,平素是时相往还的,现在却漠然若不相识了。那范烟桥受屈逝世,往吊的,只有我一个人,人情淡薄得如此,能不令人兴叹。"实则不是这样一回事,原来在凶焰嚣张中,当地人谁敢有所活动,彼此交谈,是要遭麻烦的,瘦鹃涉想,未免太天真了。

我们几个人,除禹钟患气喘,杜门不出外,其余都赴四川北路海宁路口开福饭店,肴核杂呈,觥筹交错,吃得比什么都有味,谈得比什么都有劲。瘦鹃生平有四大快事,他认为这次是四快之外的一快。席散,瘦鹃还要去访严独鹤,我们送到他上车,岂料这次一别,也就是人天永隔了。①

这段充满感情的文字,我每次重读,都不胜唏嘘。周瘦鹃的大名自不必说,丁悚、陆澹安、徐碧波、吴明霞、沈禹钟和郑先生,还有周瘦鹃午宴后去拜访的严独鹤等位,都在各自的领域里学识渊博,成就斐然,当时大都已届古稀,本应吟诗作文,安度晚年,谁知"文革"骤起,均难逃不同程度横遭冲击的厄运。周瘦鹃此次冒险沪上之行,是这批文坛老友的最后一次相聚了。

---

① 郑逸梅:《最后的一次聚会》,《逸梅随笔》,哈尔滨:黑龙江人民出版社,1988年,第229—230页。

由于此函无写作年份，郑先生晚年回忆也稍有出入，应略作考订。1966年6月"文革"正式爆发，"横扫一切牛鬼蛇神"，8月周瘦鹃就被抄家。两年后的1968年8月12日，他在住宅花园含冤而逝。因此，周瘦鹃"九月廿二日灯下"所写的这通书札，不是写于1966年9月22日就是写于次年9月22日，两者必居其一。又因郑先生回忆中明确写到周瘦鹃见面时提及参加了范烟桥的吊唁仪式，范烟桥1967年3月28日受屈去世，那么此信无疑应写于范烟桥去世之后，也即写于1967年9月22日。这次令人感叹的聚会离周瘦鹃弃世还有十一个月。

真该感谢郑先生珍藏了周瘦鹃这通可能是最后写给文坛老友的遗札，让我们后人得以知道当年有过这么一次小小的聚会。在我看来，这次聚会不仅仅是叙旧，更不啻这几位处于"危疑震撼"状态下的老一辈文化人对"文革"的一次无声的抗议。而今，这次聚会的参加者已先后作古，他们笔耕一生的贡献也都得到了肯定，但这个时间、这次聚会却是不应该忘记的，《周瘦鹃年谱》①理应补上一笔，将来编订《郑逸梅年谱》也不应遗漏。

关于周瘦鹃，还有包天笑寄自香港的一函可以叙说。此函落款日期"二月廿一日"，无年份。但从信中包天笑向郑先生询问周瘦鹃死因，和包天笑卒于1973年11月两点，可推知此函当写于周瘦鹃殁后至1973年之间，而以1971年"九·一三"事件之后的1972年2月21日或1973年2月21日最有可能。包天笑信中有专门一段谈周瘦鹃：

> 紫罗兰在北京，当然是一位老太太了，而瘦鹃则已逝世，思

---

① 参见范伯群、周全：《年谱》，《周瘦鹃文集》第四卷，上海：文汇出版社，2011年。

之可哀。我前此屡询兄瘦鹃何病,未蒙答复,因此间谣传鹃以花园被毁,乃致自戕,兄或不知鹃以何病而逝,是否自戕,望示我为盼。

包天笑比周瘦鹃年长十九岁,但同为旧派文学重量级作家。1936年10月,中国"文艺界同人"发表《为团结御侮与言论自由宣言》,这是当时新旧两派和不同文学主张的作家首次联名发表对时局的看法,包天笑和周瘦鹃,与鲁迅、郭沫若、巴金、林语堂等共同署名。① 可见他俩的代表性已得到新旧文学界的公认。因此,自称"海隅一老"的包天笑对周瘦鹃之死深表关切,向郑先生"屡询"周之死因,也就理所当然。包天笑在这段开头提到的"紫罗兰",指周吟萍,英文名Violet(紫罗兰)。她年轻时与周瘦鹃热恋而未终成眷属,周瘦鹃从此念念不忘,笔名、斋名均命名紫罗兰庵,"往年所有的作品中,不论是散文、小说或诗词,几乎有一半儿都嵌着紫罗兰的影子",②连主编的杂志也命名《紫罗兰》,乃至触发旧派文学出现了一个引人注目的"紫罗兰现象"。③ 想必郑先生函告包天笑"紫罗兰在北京",遂引起他一番感慨。郑先生真是消息灵通,紫罗兰也即周吟萍,是我外公之妹,"文革"前确由沪移居北京。关于她的生平和晚年生活情形,家父撰有《我所知道的周吟萍》一文,介绍甚详。④

不仅旧派文学界,郑先生与新文学界也交往甚多。叶圣陶是

---

① 参见《文艺界同人为团结御侮与言论自由宣言》,《文学》,1936年10月第七卷第十号。
② 周瘦鹃:《一生低首紫罗兰》,《花木丛中》,南京:金陵书画社,1981年,第124页。
③ 参见陈建华:《民国文人的爱情、文学与商品美学——以周瘦鹃与"紫罗兰"文本建构为中心》,《现代中文学刊》,2014年4月第廿九期。
④ 参见陈新民:《我所知道的周吟萍》,《现代中文学刊》,2014年4月第廿九期。

郑先生小学时同学,虽文学追求之路不同,却一直保持同窗之谊,《友朋书札》收入的四通叶圣陶书札即为一个明证。这四通书札应均作于1970年代末1980年代初。第一通署"七月二日下午",信中谓"公撰南社之稿,近想已完成",查郑先生《南社丛谈》之"前言"于"建国三十周年国庆"杀青,联系起来分析,此信很可能写于1979年7月2日。信中写到他们两位的另一位小学同学、大画家吴湖帆,叶圣陶读郑先生"二篇叙湖帆","忽念湖帆不已",忆及所藏吴湖帆画作"频年迁徙,均已亡失",后从"市上买来山水一幅",却又被"其弟子名鉴家徐邦达"定为"伪品",真是一件既有趣又遗憾的文坛轶事。而最后一通署"六月六日上午",附有题签"艺林散叶"。郑先生代表作《艺林散叶》初集出版于1982年12月,由此也可推测此函写于1982年6月6日的可能性较大。

赵景深致郑先生二函也值得注意。赵景深长期主持北新书局编务,所藏新文学名家书札甚丰,他写于1949年2月21日的第一通毛笔书札,就谈及郑先生借阅刘半农、王统照书札事。此函又透露他正编集《达夫全集》,烦请郑先生向平襟亚录副其所藏达夫书札,这与赵景深晚年作《郁达夫回忆录》[①]所述是吻合的。而写于1976年12月14日的第二通钢笔函则提供了另一件鲜为人知的文坛轶事。赵景深是函邀请郑先生参加在他寓所举行的鲁迅《中国小说史略》注释讨论会,据信中所述,与会者还有正在沪的谢国桢和方诗铭、徐扶明、陈汝衡、魏绍昌诸家,可以想见,这是十年浩劫刚刚结束,海上古典小说研究界的一次难得的学术聚会。郑先生

---

① 参见赵景深:《郁达夫回忆录》,《回忆郁达夫》,长沙:湖南文艺出版社,1986年。赵景深是1949年1月成立的《达夫全集》编纂委员会成员,其他编纂委员还有郭沫若、郑振铎、刘大杰、李小峰和郁飞。书简拟编入《达夫全集》第三卷。

应该与会吧？原来他还为《鲁迅全集》注释出过这样的力，这是我们以前所根本不知道的。

赵景深此函中提到的陈汝衡，很巧，《友朋书札》也收有一通他致郑先生书札，颇有意思。此信落款"12.16"，信中提到郑先生即将完稿的《南社丛谈》，又提到他自己刚"在京参加文代会"，第四届全国文代会1979年10月召开，据此可以推断此信写于1979年12月16日。陈汝衡在此信中充分肯定郑先生"致力古文写作，功力殊深，文字雅洁"，并对"今人擅此者已寥若晨星，青年学子恐不能读矣"深表忧虑。而在信末，他再次态度鲜明地指出：在文代会上，"曾晤及不少文艺界人士，但绝大多数人写白话文和诗，商量国学者绝少。数十年间（五四以后）变化何剧！"陈汝衡对新文学界的这个批评，尖锐而中肯，三十六年后的今天读之，仍感振聋发聩，值得深长思之。

还有一通现代文学史家唐弢致郑先生书札，也十分有趣。唐弢1986年7月13日致郑先生函，专为《留东外史》一书有否嘲讽周作人而向他请教：

> 兹有一事奉询：郑西谛（振铎）在世时，有一次曾告我平江不肖生著《留东外史》中，有嘲讽周作人之处（指在日本生活），当时未予考查。近读向氏此书，实自辛亥革命后写起，其时周作人已回国（或即回国）；此外《艳史》、《新史》也并无痕迹，颇感惶惑。先生熟于掌故，以此上问，想必有以教我。

由此可进一步证实郑先生"熟于掌故"名声远播，连熟于新文坛掌故的唐弢也特地致函"上问"。不知郑先生是怎么回答的？周作人确实于1911年秋结束留日回国，他在故乡绍兴与鲁迅一起迎来辛亥革命爆发,①郑振铎所说很可能是误记或误传吧?

《友朋书札》还收录了高伯雨、陈蝶衣等报告当时香港文坛信息的海外来鸿,收录了大量改革开放之后,各界饱学之士问候郑先生起居、祝贺郑先生寿辰和与郑先生论学的各类书札,不少真挚的词句令人感动,许多生动的细节也颇堪玩味。限于篇幅,我就不再展开讨论了。《友朋书札》内容如此丰富多彩,我其实只是尝鼎一脔而已。

郑先生曾援引明张岱"人无癖不可与交,以其无深情也"句为自己的集札癖解嘲,②但从《友朋书札》分明可以窥见郑先生珍重故人书札的厚谊,也可窥见那些老一辈作家、学人和艺术家对郑先生的尺素深情。这么一大批书札,哪怕一封信只有寥寥数字,也是20世纪那些风云变幻的年代里郑先生及其友人生活、写作和交往的真实记录,而他们之间借以展现的为人为学之道更是充满这些长短书札的字里行间。郑先生已经远去了,《郑逸梅友朋书札手迹》是他留下的一笔别致而又宝贵的文化遗产,有志向学的后来者理应什袭珍藏,认真研读,一定会有更多的新的发现。

乙未新正于海上梅川书舍

(原载 2015 年 9 月中华书局初版《郑逸梅友朋书札手迹》)

---

① 周作人在《辛亥革命(二)——孙德卿》中说:"辛亥秋天,我回到绍兴,一直躲在家里,虽是遇着革命这样大件事,也没有出去看过。"《知堂回想录》上册,香港:三育图书文具公司,1970 年,第 252 页。

② 郑逸梅:《集藏·书札》,《人物和集藏》,第 283—284 页。

陈定山的《春申旧闻》

承吴兴文兄不弃,嘱为海豚出版社版也是内地首版的"《春申旧闻》系列"写几句话,此事非同一般。兴文兄是老友,我结识台湾文人就自兴文兄始。多年好友吩咐,不可不认真从事。为此,我把"《春申旧闻》系列"重读了一遍,仍然兴味盎然,爱不释手。

"《春申旧闻》系列"的版本较为复杂。《春申旧闻》初版于1954年11月,由台北晨光月刊社印行,封面署"定公著"。之后又有《春申旧闻续集》,1955年10月仍由晨光月刊社印行。1967年9月,《春申旧闻》和《春申旧闻续集》合成一册,改由台北世界文物供应社(后改名世界文物出版社)出版,1978年6月再版。1976年1月,世界文物出版社又出版了《春申续闻》。海豚出版社此次推出"《春申旧闻》系列",把《春申旧闻》《春申旧闻续集》和《春申续闻》三种悉数收入,是为这套著名的海上文史掌故丛书在大陆首次完整的检阅。

"定公"者,陈定山(1897—1987)是也。"《春申旧闻》系列"三种均出自陈定山之手。陈定山是杭州人,"天虚我生"陈栩蝶仙之长子,女画家陈小翠之兄。原名琪,又名蘧,字小蝶,号公曦,别署蜷野,四十岁后改名定山,晚年署定公、定山人、永和老人等。陈定山自小聪慧,十岁起学诗文、书画、昆曲、皮黄,多才多艺。后入圣约翰大学,未几因兴趣不合而退学,遂步父后尘登上文坛,成为《小说月报》《女子世界》《申报·自由谈》等报刊的作者,代表作小说《怪指环》《嫣红劫》等。又擅山水花卉,法书也自成一体,廿六岁时就自订画例,一度与吴湖帆、徐邦达等大家齐名,还撰写了《清代无画论》等画论多种。与此同时,他又协助父亲创办上海家庭工业社,任副经理长达二十余年,所生产的无敌牌牙粉等家庭日用品行销全国。抗战爆发,他出任上海市商会执行委员兼抗敌后援会副主任,上海沦陷后被日本宪兵逮捕,经友人营救出狱。后致力于美术活动,创办上海美术界重要活动场所——中国画苑。陈定山1948年赴台,在中兴大学、淡江文理学院等校执教之余,重操旧业,笔耕不辍,撰写美术史论、掌故文字、诗词和历史小说等,数量可观。[①] 因此,如果要给陈定山盖棺论定,称他现代书画家、美术史论家、文学家和实业家,应该是实至名归。

陈定山晚年著述中,"《春申旧闻》系列"无疑影响最大。陈定山长期在上海生活,经历颇丰,交友颇广,见闻颇多,政界、商场、文坛、艺苑,乃至三教九流,均有所接触,文笔又甚为了得,因而,他是撰写近现代上海旧闻轶事的理想人选。他自己也对撰写"春申旧闻"乐而不疲,"旧闻"之后有"续集","续集"之后又有"续闻",一部接一部。当然,陈定山写"春申旧闻"也常向同好请益,博采众长。世界书局主持人刘雅农之子刘冰就曾这样回忆道:

> 他(指陈定山——笔者注)虽然在上海住过很久,但终不如我父亲,是在老城厢里土生土长的老上海。每次吃早点,都要父亲讲一些上海掌故给他听,经年累月下来,不知道说了多

[①] 笔者藏有陈定山编著《黄山》《西湖》两书(台北正中书局1957年10月初版),均清新可诵,也可见其当时著述范围之广。

少上海故事,闲事逸闻。他回去后居然把这些事都记下来,写了一本《春申旧闻》出版,销售甚好。后来只能继续请我父亲吃早点,又出版了《春申旧闻续集》。①

"《春申旧闻》系列"以《十里洋场》开篇,描摹海上"十里洋场"自开埠至1940年代的光怪陆离,形形色色。何谓"十里洋场"?陈定山给出的说法是:

> 上海以地理关系,蔚为全世界四大都市之一。但其初辟,所谓十里洋场者,仅以抛球场为中心点,南至洋泾浜,北至苏州河,东至黄浦滩,西至泥城桥。弹丸欧脱,所谓十里者,乃周匝十里,非直径十里也。②

后来,"十里洋场"就成了大上海的代名词。在"《春申旧闻》系列"中,陈定山先是以半文半白后干脆以白话状写"十里洋场",有话则长,无话则短,惟妙惟肖,如数家珍。"十里洋场"上的达官巨贾、文人墨客和坤伶影星,在陈定山笔下无不栩栩如生;"十里洋场"上的商铺钱庄、亭台楼阁和庙宇花市,在陈定山笔下也是娓娓道来。从郑曼陀月份牌到美丽牌香烟,从黄包车到"小小豆腐干",从"言茂源"柜台酒到"麦瑞"西餐,陈定山的笔触甚至深入到海上日常生活的微细层面,正如一篇关于《春申旧闻》的英文评论所说:

---

① 刘冰:《阔少爷——陈小蝶》,《老沪台艺坛人物旧忆》,上海:上海文艺出版社,2012年,第114页。
② 陈定山:《十里洋场》,《春申旧闻》,台北:世界文物出版社,1978年,第1页。

陈先生的故事大部是以旧上海为背景,那就是它在转入二十世纪与二十世纪的时候。这就是机敏的青年人牵驭他们自己马车的上海,当时舞厅很少听到,绅士们传统地去妓院觅寻舒适,那时生活很安定,花上三四元即可买到一幅现代名家的字画。旧日子已去很久,但是陈先生迫(逼)真的描写似乎重新获得了以往的情调,有时读者们会感到这些仅不过是昨日之事。①

有趣的是,与鸳鸯蝴蝶派有较深渊源的陈定山(《春申旧闻》中《上海小报之笔战》《状元女婿与鸳鸯蝴蝶派》《当年曾唱"雪儿"歌》诸篇可以为证),他的"《春申旧闻》系列"对新文学作家也有所关注。他在《唐瑛与陆小曼》篇中写了交往匪浅的徐志摩,在《赌国诗人》篇中写了同样熟悉的邵洵美,均以细节生动取胜。后者不啻一篇别致的邵洵美小传。文中不时将邵洵美与徐志摩加以比较,而且对邵洵美自诩"赌国诗人"的由来作了颇为详细的铺陈,正可作为邵洵美创作的"赌博小说"系列的佐证。陈定山断言:"洵美的文章是唯美的,《新月》《时代》均为当时最好刊物,不过洵美的唯美,对于躯壳的修饰美,超于灵魂的圣洁美,所以他比志摩更偏向于浪漫主义。"②这已是有深度的文学评论了,颇具启发。

有必要指出的是,"《春申旧闻》系列"就文章性质而言,属于掌故写作,也即关于近现代上海的掌故。那么,何谓掌故?《史记·龟策列传》云:"孝文、孝景因袭掌故,未遑讲试。"③这是指汉孝文

---

① 朱联馥译:《代序:旧上海的故事》,《春申旧闻(续集)》,台北:世界文物出版社,1978年,第3页。
② 陈定山:《赌国诗人》,《春申旧闻》,第189页。
③ 司马迁:《龟策列传》,《史记》卷一百二十八,北京:中华书局,1973年,第3224页。

和孝景两帝,举凡前朝之旧制、旧例、旧事等,均在"因袭"之列。后人就把掌故引申理解为关于历史事件、人物轶闻、典章制度等的故实或传说。"故实",或指曾经发生过的史实,"传说",那就可能是故事了。换言之,掌故不能等同于信史,但掌故的确有其不可替代的迷人之处,不但因为掌故注重描述,富于文采,而且往往会提供正史所没有的信息或线索,往往有可能对正史作出必要的补充或修正,尽管大都凭记忆和传闻所写的掌故本身也需要文字或档案记载的核校。

程秉钊认为掌故之学创于清代龚定庵:"近数年来,士大夫诵史鉴,考掌故,慷慨论天下事,其风气实定公开之。"[1]姑且不论其说能否成立,近代以来掌故写作越来越发达,却是不争的事实。据我有限的见闻,单是1930年代以降,有名的掌故杂志,就有《逸经》《谈风》《大风》等,《古今》也庶几近之。《国闻周报》这样有影响的综合性刊物,也辟有掌故专栏,长期连载"凌霄一士随笔"。掌故作家,更是人才辈出,徐凌霄、徐一士、瞿兑之、郑逸梅、陆丹林等等,都是其中的佼佼者。海上小报擅写掌故者,更是比比皆是。而掌故之写作,则以晚清宫闱秘闻、北洋群雄纷争为其荦荦大端,以一个城市为主要对象撰写掌故似不多见,[2]所以,陈定山的"《春申旧闻》系列"以如此之大的篇幅追述"春申旧闻",也就十分难得了。

陈定山"《春申旧闻》系列"当时就在台湾文坛产生了很大的影响。1949年以后,一批大陆文人到了台湾,具有浓厚怀旧性质的掌

---

[1] 转引自王元化:《说掌故》,《人物·书话·纪事》,北京:人民文学出版社,2006年,第210页。
[2] 上海书店出版社1990年代出版过一套"民国史料笔记丛刊",其中写旧上海的只有《老上海三十年见闻录》(陈无我著)、《上海鳞爪》(郁慕侠著)、《上海轶事大观》(陈伯熙著)等三四种。

故写作就在台湾逐渐活跃起来,高拜石的《古春风楼琐记》、唐鲁孙的"中国吃系列"等等,都是其中的代表。"《春申旧闻》系列"既以专写近现代上海十里洋场而独树一帜,群起而仿效者就有《上海闲话》(刘雅农著)、《上海滩忆旧录》(卢大方著)等多种,①形成了一股不大不小的台湾"海上怀旧热"。台湾新文学作家对"《春申旧闻》系列"也有所借鉴,李昂的名作《杀夫》就从《春申旧闻续集》之《詹周氏杀夫》篇中汲取了灵感。②

王元化先生在《说掌故》中表示:"我在读清人掌故中,了解了不少清代的政治、法律、文化、风土人情……这些事在掌故中是通过生动具体的描述呈现出来的,而一旦反映在正史中,就变成了抽象的概括了。"他还建议:"今天倘有人将清代的掌故加以搜集整理,并进一步研究梳理,一定可以发掘出不少有意义的东西。"③我以为,对陈定山的"《春申旧闻》系列"也应作如是观。这三部掌故集对研究近现代上海政治史、文化史、文学史、戏剧史、美术史、社会史、商业史、民俗史、建筑史、交通史、日常生活史乃至风化史等,都具有不可或缺的参考价值。有鉴于此,我对兴文兄和海豚出版社重印"《春申旧闻》系列"给予充分肯定。至于书中有些由于作者误记和坊间传讹等原因而与史实出入的地方,当然也应该注意及之。

乙未小暑急就于海上梅川书舍
(原载 2015 年 7 月北京海豚出版社初版《春申旧闻》)

---

① 刘雅农著《上海闲话》,1961 年 4 月台北世界书局初版;卢大方著《上海滩忆旧录》,1980 年 1 月台北世界书局初版。
② 参见李昂:《写在书前》,《杀夫——鹿城故事》,台北:联经出版公司,1988 年。
③ 王元化:《说掌故》,《人物·书话·纪事》,北京:人民文学出版社,2006 年,第 210 页。

附　记

关于"掌故",近期有不少新的探讨文字,如《"掌故"漫话》(沈厚鋆作,2016年6月《掌故》第一集)、《关于掌故》《再说掌故》(安迪作,2016年8月9日、16日《深圳商报·文化广场》)和《掌故学的新可能》(刘铮作,2016年8月19日上海《文汇报·笔会》)等,均可参考。

序跋及其他

从《中国现代小说史》的一个注释说起

参加"夏志清先生纪念研讨会",与夏师母、夏先生的友人、学生和同行相聚,共同探讨夏先生多方面的学术贡献,我深感荣幸。

夏先生的《中国现代小说史》,是第一部用英文撰写的研究中国现代文学史的学术专著,在英文世界开启了中国现代文学这一新的研究领域;也是20世纪研究中国现代文学史众多著述中极具个性和创见的著作,在1980年代以降中国大陆"重写文学史"的过程中产生过重大的影响,也引起过不小的争议。对《小说史》的学术价值和历史地位,对"小说史"的"洞见"和"不见",海内外已有众多论述,限于时间,我只谈一个具体问题。

《小说史》第十九章也即"结论"部分在讨论1949年以后大陆的中国现代文学史书写时,有四个注释,其中第三个注释中有这样一段话:

> 今日共产中国所出版的现代中国文学史中,最具雄心的,当推王瑶的《中国新文学史稿》(1951—1953)和刘绶松的《中国新文学史初稿》(1956)。前者虽较早出版,但两相比较之下,刘著偏重于不太出名的共产作家,把好多重要作家给省略了。王瑶虽然不赞同沈从文、周作人、林语堂及师陀诸作家,

但在他这部书中还讨论到他们的著作。①

这段话说明夏志清先生在撰写《小说史》时认真读过王瑶先生和刘绶松先生的这两部文学史著作。不仅如此,《小说史》1961 年出版前已经在大陆问世的另两部文学史著作,即丁易先生 1955 年 7 月出版的《中国现代文学史略》和张毕来先生同年 11 月出版的《新文学史纲》第一卷,夏先生也都认真读过,并在《小说史》正文中加以引用或在注释中作出回应。因此,在我看来,他写这部《小说史》,有一个目的,就是对以往的中国现代文学史著作,包括王、刘、张、丁四位先生的在内,有所梳理、有所批评,并力求有所超越。夏先生颇具雄心。

《小说史》这个注释中的一句话值得注意:"王瑶虽然不赞同沈从文、周作人、林语堂及师陀诸作家,但在他这部书中还讨论到他们的著作。"主持《小说史》中译的刘绍铭先生 1978 年为《小说史》中译本所写的引言《经典之作》中曾把王瑶、丁易、刘绶松三位文学史著作中对许地山的评价和《小说史》对许地山的评价作过有趣的对比。受此启发,我也尝试回到当时的历史语境,把《小说史》和王、丁、刘等文学史著作以及《小说史》问世之后出版的唐弢先生的《中国现代文学史》中对沈从文的评价略作对比。

王瑶先生在《中国新文学史稿》上册第二编"左联十年"第八章"多样的小说"第三节"城市生活的面影"中讨论了沈从文(我依据的是 1953 年 11 月上海新文艺出版社第三次重印本),肯定和否定兼而有之:

---

① 夏志清:《中国现代小说史》,香港:香港中文大学出版社,2015 年,第 468 页。

沈从文的小说产量极多,长短篇有三十余种。他最早是写军队生活的,但写的也多是以趣味为中心的日常琐屑,并未深刻地写出了兵士生活的情形。接着就写以湘西地方色彩为背景的原始味的民间生活和苗族生活的作品……作者着重在故事的传奇性来完成一种文章风格,于是那故事便加入了许多悬想的野蛮性,而且也脱离了它的社会性质。他采用的多是当作一种浪漫情调的奇异故事,写法也是幻想的。后来这种题材写穷了,就根据想象组织童话及旧传说了,以文字的技巧来传达一个奇异哀艳而毫无社会意义的故事。……他的文字自成一种风格,句子简练,"的"字用得极少,有新鲜活泼之致。……但作品中不注意写出人物,只用散文漫叙故事,有时很拖沓。①

丁易先生 1955 年 7 月由作家出版社出版的《中国现代文学史略》,第八章"革命文学作家、进步作家以及没落的资产阶级文学流派"第三节"没落的资产阶级文学流派"之第三部分"新月派及其他"中也讨论了沈从文,虽然对沈从文的艺术技巧有一些肯定,但又上纲上线,进一步否定了沈从文:

在(沈从文)大量的作品中,作者所写的范围相当广泛:有士兵,有农民,有地主,有绅士,有少数民族生活……不过广泛虽然广泛,但这些人物在作者的笔下,都不是活生生的人,而是作者的观念的化身。……

---

① 王瑶:《中国新文学史稿》上册,上海:新文艺出版社,1953 年 11 月第 3 次重印,第 236—237 页。

> 作者制造了这样的一个观念的世界,一个适合于地主阶级的观念世界,当然,这世界只是地主阶级的幻想而已,现实中是不会有的。但是,在这里也就十分露骨地表现出作者的浓厚的地主阶级意识。……
>
> 至于在写作技巧方面,作者是特别注意的,他苦心孤诣的在故事的叙述上安排着一些浓厚的但却是低级的趣味,用一种最适合于体现这趣味的轻飘飘的文体表达出来。在字句的一些细微地方他也不肯放松,新奇灵活的句子,跳动简涩的文词,也很博得一些读者的赞赏,作者便用这些炼字、造句和传奇式的趣味叙述,造成一个表面看来似乎很精莹的外壳,将他的地主阶级的观念世界表现出来,企图通过这些小技巧来麻痹读者,所以当时有人称他为"文学的魔术师","挂着艺术招牌的骗子",这虽然说得尖锐一些,但却倒也没有怎样冤屈他。①

而在第四章中谈到抗战后期和战后的文学运动和文学理论之争时,丁易先生更这样写道:

> 一些反动文人如沈从文、徐訏之流,写了许多色情堕落的作品,企图麻醉青年,阻挠进步。②

刘绶松先生1956年4月由作家出版社出版的《中国新文学史稿》中,沈从文的名字已然消失,他的作品不再进入作者的研究视

---

① 丁易:《中国现代文学史略》,北京:作家出版社,1955年,第289—290页。
② 丁易:《中国现代文学史略》,第173页。

野。但在下卷第五编"第三次国内革命战争时期的文学"中,则引用了邵荃麟批判"反动文艺"的一段话,其中有一句"朱光潜、梁实秋、沈从文之流的'为艺术而艺术'论",或可见作者对沈从文的基本态度。

唐弢先生主编的《中国现代文学史》1964年写出内部讨论稿,但迟至1979—1980年才在大陆正式出版,共三卷。在1979年11月人民文学出版社出版的第二卷中,第十一章"第二次国内革命战争时期的文学创作(二)"之第五节"其他作家作品"中,也讨论了沈从文,把沈从文与王统照、鲁彦、李劼人、李健吾等相提并论,对沈从文的评价与王、丁等位相比也有了一些改变:

> 他的代表作中篇《边城》,描写一个撑渡船老人的孙女和当地掌水码头的团总的两个儿子之间的爱情故事,借助这一缠绵曲折的情节来描绘湘西地区的生活"宁静"和"民性淳朴"。……整个作品充满一种牧歌情调。这部中篇具有浓厚的地方色彩,关于当地人民的传统生活风习也能写得优美动人,艺术上别具一格……但就沈从文创作的基本倾向而言,总是有意无意地回避尖锐的社会矛盾,即或接触到了,也加以冲淡调和。作家对于生活和笔下的人物采取旁观的、猎奇的态度;对于黑暗腐朽的旧社会,缺少愤怒,从而影响了作品的思想艺术力量。①

有意思的是,除了刘绶松先生对沈从文只字不提,王瑶、丁易和唐弢三位先生的文学史著作对沈从文的评述,字数竟然差不多,

---

① 唐弢主编:《中国现代文学史(二)》,北京:人民文学出版社,1979年,第280页。

王瑶是七百多字,丁易是九百多字,唐弢也是九百多字,似乎是不约而同。以如此吝啬的篇幅讨论沈从文,乃至完全无视沈从文的存在,以今天的眼光视之,当然有点不可思议。我无意于苛求前辈,但这却是一个不容忽视的史实。

有必要补充的是,唐弢先生在五年之后,也即 1984 年 3 月又出版了他主编的《中国现代文学史简编》①,书中对《中国现代文学史》关于沈从文的部分作了明显的修正,删去了批评沈从文的那些话,并且在第八章第四节"鲁彦、沈从文及其他作家的创作"中对沈从文作了较为具体的分析,提出沈从文是"文体作家"的看法,讨论沈从文的篇幅也增加到了两千三百余字,这当然是一个不小的进步。

然而,相比之下,夏先生的《小说史》在第二编"成长的十年"中以第八章整整一章的篇幅详细而深入地讨论沈从文,在第三编"抗战期间及胜利以后"中的第十四章"资深作家"中继续讨论沈从文,单就篇幅而言,就占了总共二十三页,约两万余字之多。与王、丁、唐(包括后来的修正版)比较,差距之大,足以证明《小说史》独到的艺术眼光、广阔的文学史视野和前瞻性,也完全符合作者所主张的"优美作品之发现和评审",给后来的研究者以诸多启示。夏先生对沈从文的总体看法,下面一段论述也许可以概括:

> 沈从文在中国文学上的重要性,当然不单止建筑在他的批评文字和讽刺作品上,也不是因为他提倡纯朴的英雄式生活

---

① 唐弢主编:《中国现代文学史简编》,北京:人民文学出版社,1984 年。唐弢在《编写后记》中明确指出:"这部简史是在 1979 年到 1980 年出版的三卷本《中国现代文学史》基础上压缩修订的。"

的缘故。他对现代中国文学和生活方式的批评,固然非常中肯,非常有见地;他对人类精神价值的确定,固然切中时害——但造成他今天这个重要地位的,却是他丰富的想像力和对艺术的挚诚。我们若把他早期的小说,拿来和它们后来的改正本(沈从文是现代中国作家中唯一有改写习惯的一个),或者其他三十年代的成熟小说,互相比较一下,那么,令我们感到惊异的,不单是他艺术方面的成长,而且还有忠于艺术的精神。在他成熟的时期,他对几种不同文体的运用,可说已到随心所欲的境界。计有玲珑剔透牧歌式的文体,里面的山水人物,呼之欲出;这是沈从文最拿手的文体,而《边城》是最完美的代表作。此外还有受了佛家故事影响的叙述体,笔调简洁生动。最后值得一提的是他模仿西方句法成功后的文体(他早期也模仿过,但不成功,这点我们在前面提过了)。他对这种文体的处理,花了很大的心机。①

至于《小说史》对沈从文小说艺术成就具体而精湛的分析,以及《小说史》用更多篇幅详细论述王、丁、刘、唐等位文学史著作中根本未曾涉及的张爱玲和钱锺书,想必在座诸位都已十分熟悉,不必我再费辞了。

当然,《小说史》也留下了一些遗憾。《小说史》在讨论1930年代"两萧"即萧军萧红的创作时,对萧红只有短短的一句话:"萧红的长篇《生死场》写东北农村,极具真实感,艺术成就比萧军的《八月的乡村》高",②虽然评价不低,毕竟太过简略。《小说史》出版

---

① 夏志清:《中国现代小说史》,第157页。
② 同上书,第209页。

后,夏先生在 1974、1975 年间"生平第一次有系统地读了萧红的作品,真认为我书里未把《生死场》、《呼兰河传》加以评论,实是最不可宽恕的疏忽"。① 这是他《小说史》中译本序中的原话。他后来又数次提到此事,并且断言:"我相信萧红的书,将成为此后世世代代都有人阅读的经典之作。"② 2001 年夏,我与夏先生在纽约第二次见面,他也当面向我表达过《小说史》未及讨论萧红的遗憾。夏志清先生对《小说史》中萧红基本缺席的自我反思,对萧红文学史地位的高度肯定,进一步说明他忠实于"优美作品之发现和评审",展示了这位文学史家的阔大胸怀,也提醒我们《中国现代小说史》其实是包容的,开放的。

(原载 2015 年 12 月台北"中央研究院"《中国文哲研究通讯》第 25 卷第 4 期)

---

① 夏志清:《作者中译本序》,《中国现代小说史》,序文第五篇,第 xxxiv 页。
② 夏志清:《中文小说与华人的英文小说》,香港:《明报月刊》,2000 年 1 月号。

《练习曲》及其"陈序"

读陈世骧著、张晖编《中国文学的抒情传统：陈世骧古典文学论集》，书之"辑四 人物透视"收入史诚之1971年所作《桃李成蹊南山皓：悼陈世骧教授》一文，文中回忆陈世骧富有人情味，在美国文坛学界交游广阔时说："意大利有位诗翁，地位和年岁与魏翁（指当时年逾八十的美国'桂冠'诗人魏乐克——笔者注）相若，和世骧也是'忘年交'，但我一时记不起那位诗翁之名。"①这引起了我的兴趣，这位"意大利诗翁"是谁呢？

"踏破铁鞋无处觅，得来全不费功夫。"日前承网友热情帮助，购得一册小巧的中文旧诗集《练习曲》，线装，系作者Leonardo Olschki（1885—1961，中文名奥斯基）在美自费印制分赠友好，印制年月不详，由此书"陈序"落款"陈世骧谨识于加州 一九五九年三月"推断，当印于1959年春。

西方古典音乐中有一常见曲式：Etudes（练习曲），肖邦的二十七首Etudes即钢琴音乐宝库中的精品。李斯特、德彪西的钢琴练习曲也很有名。奥斯基为自己诗集起名"练习曲"，显然是谦逊地借用，言下之意，他写这些中文诗，只是学习、练习而已。《练习曲》

---

① 陈世骧：《中国文学的抒情传统：陈世骧古典文学论集》，张晖编，北京：三联书店，2015年，第379页。

卷首题词"给我的中国朋友们",第一首仅十二个字:"请朋友 无讥笑 口虽吃 心实觉",都证明了这一点。综观整部诗集三十八首诗,有三言、四言、六言、七言和八言,但最多还是五言,形式如此多样,颇为有趣。

令我意外惊喜的是,《练习曲》之序竟出自陈世骧之手。陈世骧中文作品甚少,《中国文学的抒情传统》所收论文,用中文写的仅《中国诗之分析与鉴赏示例》《中国"诗"之原始观念试论》《姿与Gesture——中西文艺批评研究点滴》《时间和律度在中国诗中之示意作用》《关于〈文赋〉疑年的四封讨论信》五篇,而用英文写的有十三篇之多。因此,这篇"陈序"虽非正式论文,仍属难能可贵,既可补陈世骧中文作品之阙,而文中对奥斯基生平和学贯东西的学术成就的介绍颇为详细,又证实了奥斯基就是那位"意大利诗翁":

> 奥斯基先生本籍意国。生地威隆纳,为文艺复兴一代名都,古多义士情侠,莎翁恒咏其骏烈。先生居威尼斯及翡冷翠,复游学德法诸国,于欧西史哲,博洽贯通,尤精拉丁语系之文学。受聘德国海都伯及罗马大学,教授二十余年。著作发明,见于英德法西意五国文字,巨篇伟帙,言百万计。以一九三九年至美各地讲学,旋迁加州柏克莱城,就本州大学研究讲席,因卜居而家焉。其治学既以综融汇理为旨,所得互阐者,乃不局欧陆,亦渐向亚东。一九三八年有论文,即题《但丁与东方》。斯后述作,有关宗教、哲义、诗学、美术,常使欧亚互彰;名物、训诂,以至药典、工艺史之考据,亦求相映辉发。尤于马可波罗东游历程,研几钩沉,排比征信,实半生精力所萃,垂数十万言。去岁以意文行世,今年加州大学将出英文版,洵江河不废之作也,而先生始达七十三岁之高龄矣。予以一九

四五年来加州执教,与先生见如旧识。

原来陈世骧与奥斯基不但是"忘年交",而且有长期共事之雅。值得注意的是,陈世骧不但回顾了奥斯基学习中文和写诗的过程及其诗作的基本特色,还透露奥斯基尝试写中文诗,得到了张充和、李祁两位女史指导。张充和近年在内地文化界已经大名鼎鼎,不必我再辞费,李祁是徐志摩学生,曾在《晨报副刊》和《新月》发表过诗文,《徐志摩全集》中还收入了徐志摩给她的信。她后来留学英国牛津,曾执教美、加多所大学。"陈序"中说:

> (奥斯基)愈花甲始习华文,稍谙即学以为诗。岁积成册,逊称曰《练习曲》。盖稍模古型,而字俱今读。惟立心诚而情境新旷,所感真而言皆己出,故率意流露,亦成章奏。先生曾从张充和李祁两位女士研读,诗中字句,间有为之理顺,亦多二女士之功。惟大都从其原。且有似生拗而自天真,今付梓前,虽经改而又复其旧者。

陈世骧这段话明确告诉我们,奥斯基的中文诗曾经张充和、李祁润色,但他同时强调《练习曲》付梓时又有"虽经改而又复其旧者",因为奥斯基诗中不乏"似生拗而自天真"之作。巧的是,张充和对奥斯基的中文旧诗写作也留下了一段生动的回忆,对陈世骧序中的说法是一个有趣的补充。她1962年1月11日致弟弟张宗和的信中有这么一段:

> 我今年也开始记日记,不知可能长久,为了纪念一个老朋友奥斯基先生。我初到美国来第二天即在赵元任家见到他们夫妇。那时他已六十了。以后我们生活非常困苦,找不到工

> 作,他总是帮忙,至少是对我们有认识,不比另外人见到你穷时是一个样子。不久他开始向我学中文,学了四年,别无成就,只是印了一本薄薄的诗集。有四言五言,有骚体,比老苏的强多了,另有一种风味,像佛经体,当然是洋味。但也有纯中国味的。改诗时却也吵了不少架,但并不伤朋友感情。①

张充和所说的"一本薄薄的诗集",无疑就是这部《练习曲》。我们今天已不知道奥斯基和张充和她们当年如何改诗,《练习曲》中到底哪些首"虽经改而又复其旧者"。然而,诸如《科学》"我虽知声学,钟声使我愁;我虽知光学,月光使我柔"、《大风雨》"云进如胜军,吞天猎人鸟。电风惊楼树,小花微动摇"、《纽约》"城响如雷浪,长街似峡沟。急风推流下,如垢向遥洲",以及《航空站》"鸟何为枝上飞去;蝇何为粪上飞去;人何为地上飞去"等诗句,尽管浅显,确实意象别致,另有一种情趣甚至哲理。陈世骧援引西域鸠摩罗什法师诗,指出其"引事援典,句法意象,半乖华夏之风,自无宋唐之格,而传载乐诵焉,亦酬异方学人苦志矣。虫书鸟篆,思路夐殊,就合苍篇,犹成讽咏者,扞格中尤时见新意也"。奥斯基之中文诗或与其有几分相似,而且"《练习曲》津津自道,不改其乐","世君子读其文当更知其人"。由此也可知,陈世骧虽然一直大力阐扬"中国文学的抒情传统",但对西人用中文作诗的另类表达,仍予以欣赏和肯定。

还有一点不能不提。《练习曲》封面签条,由以书法著称的张充和毛笔行书题:"练习曲 充和题",扉页仍由张充和毛笔楷书题:"麦斯基作 练习曲 充和题"。给一本诗集题写两个书名,在张充和

---

① 张充和、张宗和:《一曲微茫:充和宗和谈艺录》,张以泯、王道编,桂林:广西师范大学出版社,2016年,第170—171页。

为时不短的书法题签史上一定鲜有,也许独此一次,从中也可看出张充和与奥斯基的交谊。当然,这两条题签《古色古香:张充和题字选集》①均失收。

"陈序"结尾时,陈世骧又谓"《练习曲》之校订杀青,复幸得柳博士存仁兄慨然惠介,柳兄亦奥君之天涯知己也"。可见《练习曲》之问世,当时刚获伦敦大学哲学博士学位不久的柳存仁也有功矣。一册薄薄仅五十余页的中文旧诗集,凝聚着陈世骧、张充和、李祁和柳存仁等 1950、1960 年代海外华人学者与意大利奥斯基的文字交,殊为难得。如果不是《练习曲》的偶然发现,这段中西文学交流史实恐怕要湮没不彰了。类似情形还有没有呢?期待有心人继续发掘打捞。

(原载 2016 年 6 月 19 日上海《东方早报·上海书评》,收入本书时有增补)

附　记

关于奥斯基多方面的学术成就,徐文堪《略谈奥斯基及其马可·波罗研究》(刊 2016 年 7 月 10 日《东方早报·上海书评》)有进一步的评述,可资参考。

---

① 张充和:《古色古香:张充和题字选集》,孙康宜编,桂林:广西师范大学出版社,2013 年。

《掸尘录:现代文坛史料考释》序

按照我的读书习惯,对陈建军兄的新著《掸尘录:现代文坛史料考释》,也是从此书《后记》开始读起的。《后记》首段,开宗明义,建军兄告诉我们:

> 到目前为止,我所搜集的新史料,特别是闻一多、朱自清、周作人、郁达夫、朱光潜、废名、沈从文、俞平伯、钱锺书、丰子恺、李健吾、陈西滢、凌叔华、袁昌英、穆时英、方令孺、沈启无等作家的集外佚作,数量已经相当可观了。①

这是一个十分醒目的作家名单,那么多中国现代文学史上重要作家的集外文,竟然都被建军兄发掘出来,实在令我惊喜,也大大增加了我阅读《掸尘录》的兴味。

我历来主张,要研究一位值得认真研究的作家,建立较为完备的该作家的文献保障体系,不仅是应该的,而且是必须的,而编订该作家的著译年表和作品全集正是其中关键的一环。否则,连该作家一生到底写了多少作品都不清楚,都未掌握,那研究者的讨论

---

① 陈建军:《跋》,《掸尘录——现代文坛史料考释》,太原:北岳文艺出版社,2015年,第332页。

和评判还会全面、客观和公正吗？我所谓的该作家的作品,不仅包括他已发表已收集的作品,也包括他已发表但收集时已删弃或修改的作品,还包括他已发表却未及收集的作品,更包括他虽已写出而未交付发表的作品,正如中国现代文学史料学奠基人阿英所早就指出的:

> 一个作家的作品,往往有虽已发表而不惬意,或因其他关系,在辑集时删弃的,这样的例子是很多,如果我们详加考察的话。可是,无论那作品被删弃的理由何在,对于读者,终竟是极宝贵的。富有历史癖或专门的文学研究者,尤其重视,因为,这是增加了他们对于作家研究的材料。①

当然,作家研究文献保障体系的建立是一个过程,一个漫长而曲折的过程,不可能一蹴而就。《鲁迅全集》的编订,如果从1935年《集外集》的出版算起,到2005年最新一版的《鲁迅全集》问世,正好历经整整七十年时间,还尚且不敢说我们已经把鲁迅的集外文字都搜录殆尽了,鲁迅1929年致郁达夫的三通佚简不是前年才出土吗,②何况是其他作家？所以,建军兄在《〈穆时英全集〉补遗》中提醒我们:"'不全''难全'似乎是所有已版中国现代作家全集的宿命。"③我对这一观点深以为然。

也正是从这个意义讲,建军兄这本《掸尘录》的出版正当其时,功莫大焉。据建军兄回忆,我与他十年前就有书信往还,2009年9

---

① 阮无名(阿英):《〈孤山的梅花〉全文》,《中国新文坛秘录》,上海:南强书局,1933年,第149页。
② 参见本书《新见鲁迅致郁达夫佚简考》一文。
③ 陈建军:《〈穆时英全集〉补遗》,《掸尘录——现代文坛史料考释》,第149页。

月,我们在北京大学"现代作家全集(文集)整理、编纂学术研讨会"上首次见面。而我对他的印象,最初只知道他是废名研究专家,编纂有《废名年谱》、编订了《废名诗集》等书。建军兄的废名研究侧重于史料发掘和整理一路,本书所收《废名致胡适写信时间考辨》等五篇关于废名的文字就是明证。其中《〈废名集〉:一个可供讨论的"范例"》尤见功力。王风兄编订的《废名集》确实是近年来现代作家全集编纂工作一个令人特别欣喜的重要成果,或可称之为现代作家全集编纂一个颇具启发的"范例"。而建军兄这篇书评也可圈可点。此文集中讨论《废名集》中数以万计的"注",充分肯定书中的题注、异文注、勘误注和"重要或偏僻"的内容注的学术价值,并对书中少量漏收、失注和注文欠妥、失校之处也实事求是地一一指陈。如果不是对废名作品的文本和版本烂熟于心,是不可能写出这篇同样足具启发的深度书评的。

  但是,直到我们在上海和杭州的《丰子恺全集》编辑工作会议上多次相聚,我才进一步得知他对现代作家集外文的搜集和考订与我有同好。他近年来一直致力于查阅海内外各种"图书目录、期刊目录、报纸目录等工具书(包括纸质版和电子版)",①锐意穷搜,锲而不舍,按图索骥,收获累累,不能不令我刮目相看。

  《掸尘录》中所收篇章,除那组废名阐释和二篇鲁迅考订文字外,绝大部分都是发掘现代作家集外文的精心之作。在我看来,其中对徐志摩、闻一多、朱自清、凌叔华、穆时英等作家集外文的发掘尤为重要,因为这些发掘足以纠正以前研究界对这些作家的或贬低或拔高的曲解,足以改写或部分改写对这些作家文学史地位的评价,意义不可谓不大。

---

① 陈建军:《跋》,《掸尘录——现代文坛史料考释》,第332页。

由于徐志摩在中国现代诗坛举足轻重的地位,迄今已出版好几种徐志摩全集,重印台港版和新编兼而有之,但徐志摩集外文的发掘仍有相当的空间。徐志摩1916年求学沪江大学期间刊于该校《天籁》杂志上一系列文字的发现就是近年徐志摩研究的可喜收获,建军兄参与了发掘,并使这项工作最后得以完成。他在1920年8月《政治学报》第一卷第二期上发现的《社会主义之沿革及其影响》等三篇徐志摩集外文,更是系统研究徐志摩前期思想所不可或缺。不少论者一直以为徐志摩浅薄,如果不存偏见,读了《社会主义之沿革及其影响》所揭橥的"今日之学者,当悉心社会科学"的主张,以及文中对社会主义学说史的梳理,恐怕对徐志摩要重新认识了。此外,对于徐志摩致刘海粟的信札,建军兄仔细爬梳1943年《文友》杂志刊本,既发现了通行之徐志摩书信集所遗漏者,又校勘出与通行之徐志摩书信集所收的多处异文,从而得出"徐志摩书信尚需重新整理"的结论,值得徐志摩研究者重视。

陆小曼是徐志摩夫人。也许因为她与徐志摩结合后一度关系紧张,人们一直对她印象不好,评价不高。但陆小曼多才多艺,不但擅长丹青,也写小说、散文、新诗乃至剧本(与徐志摩合作),还译过外国文学。陆小曼虽然作品不多,却是位有自己风格的女作家,后人已编有《陆小曼文存》。建军兄并不以此为满足,在旧报刊中爬梳剔抉,终于发掘出《自述的几句话》《请看小兰芬的三天好戏》《马艳云》《灰色的生活》等多篇陆小曼集外文,澄清了陆小曼"捧角"的真相,还陆小曼喜爱京昆、支持青年女演员自立自强的本来面目,不仅为陆小曼正了名,也大有助于徐志摩研究的拓展,很难得。

有必要强调的是,建军兄对现代作家集外文的发掘,并不仅仅停留在确认集外文之后略作介绍就草草结束这一层面,这其实也是不少集外文发现者常有的疏漏。他善于把发掘工作与对该作家整个创作生涯的考察相结合,或者举一反三,引申至相关的研究领域,深入探讨。譬如,他不仅在1926年11月16日上海《政治家》半月刊第一卷第十三号上发现了闻一多集外诗《往常》,不仅详细分析闻一多为何写下这首思念长女闻立瑛的《往常》,而且更进一步把《往常》与另一首论者已经熟悉的《我要回来》勾联,指出闻一多这首诗并非如论者一直以为的系"爱国诗"或"爱情诗",而是"完全可以认定《我要回来》也是一首悼念立瑛的诗"。①《往常》《我要回来》和另一首《忘掉她》正好组成一组,为我们研读闻一多中期的新诗创作提供了一个新视角。又如,建军兄分析《闻一多全集》美术卷失收闻一多所作《苏俄评论》(张君劢著)封面画的原因时,笔锋一转,又考证2005年版《鲁迅全集》对《苏俄评论》的两条注释"即不符合历史事实,也曲解了鲁迅的原意",②确是神来之笔。

建军兄说:"经验告诉我,搜集现代作家的佚作,不能放过那些刊名中含有'政治''经济''军事''天文'等字眼的非文学类民国期刊",③这确实是经验之谈,也确实道出了发掘作家集外文的一条重要门径。他在《政治学报》上发现徐志摩的《社会主义沿革及其影响》,在《政治家》上发现闻一多的《往常》,在《全球通讯社福州分社两年纪念特刊》上发现郁达夫的《福州的文化》,在《新动向》上发现朱自清的《论导师制》等等,都证实了这一点。特别应该提到的是,穆时英与他人合编的《世界展望》。据建军兄查证,创刊于

---

① 陈建军:《新发现闻一多佚诗〈往常〉》,《掸尘录——现代文坛史料考释》,第190页。
② 陈建军:《意外之获:闻一多佚文、佚画》,《掸尘录——现代文坛史料考释》,第199页。
③ 陈建军:《新发现闻一多佚诗〈往常〉》,《掸尘录——现代文坛史料考释》,第187页。

1938年3月的《世界展望》半月刊,虽只出版了短短四期,但穆时英在这份政治性杂志上共发表了两篇《扉语》、两篇《社中偶得》和一篇译文《中国苏维埃的蜕变》。《扉语》和《社中偶得》的主旋律是激情洋溢,抗日救亡,"法西斯日本必然会粉碎在我们的脚下","而新中国却正在炮火中诞生成长"。不料一年七个月之后,穆时英的态度来了个一百八十度的大转弯,他从香港返回孤岛上海,投身汪伪集团,不久就死于国民党军统枪口之下。建军兄认为穆时英此举"不可思议",其实,若联系署名"康裔"者1972年10月在香港《掌故》月刊发表的《邻笛山阳——悼念一位三十年代新感觉派作家穆时英先生》分析,并非难以理解。穆时英的"转变"或事出有因,他当初极力号召抗日应该是真,后来表面投敌是假,内里负有国民党中统地下抗日工作的秘密使命才是真,而新发现的《世界展望》上诸篇穆时英文字也正好成为他一直坚持抗战的又一个佐证。

发掘作家集外文,还有一个问题应该引起注意。成名作家(包括学者、作家双重身份的饱学之士),往往会在各种场合演讲,演讲记录往往会在报端揭载,报端揭载的演讲记录稿往往未经作家本人审定,未经作家本人审定的演讲稿又往往因口音、方言、表达等种种原因而与作家的本意相去甚远。这类演讲稿,是否可视作集外文?是否可编入该作家的文集或全集?一直存在争议。我的看法是必须慎重,除非能够证实演讲稿已经作家本人审定,否则,不宜匆忙收入文集或全集,最多只能编入"附录",聊备一格。一些研究者高兴地宣称找到了某作家的集外文,其实只是未经该作家审定或无法证明该作家已经审定的演讲记录稿而已。建军兄在这个问题上与我看法一致,对演讲稿慎之又慎。《掸尘录》中没有收入作家的演讲稿,绝非偶然。唯一一篇涉及演讲的是《梅光迪与"南高第一届暑期学校"》,文中只如实介绍梅光迪1920年夏在南京高等师范学校第一届暑期学校演讲"文学概论"的三种"文字上多有不同"的记录稿,不轻易作出孰优孰劣的判断,我是完全赞同的。

还必须指出的是,建军兄深知学术乃天下公器,深知建立作家文献保障体系是项需要一代甚至几代研究者共同努力的系统工程,因此,他在自己潜心发掘现代作家集外文的同时,也热情向同行提供线索。去年,经他提供线索,北京赵国忠、眉睫兄在1946年8月25日上海《诚报》上发现了张爱玲的短文《寄读者》。而今,又是他提供线索,我在苏青主编的1946年6月15—17日上海《今报》"女人圈"副刊上发现了张爱玲用"世民"笔名连载的散文《不变的腿》。这次发掘使已知的张爱玲发表过作品的上海小报继《力报》《海报》《小报》《光化日报》《诚报》《小日报》和《海光》之后,新增了《今报》,从而把张爱玲与小报关系的研究又推进了一步。作为张爱玲研究者,我对建军兄深致感谢。

近年来,不少有志于中国现代文学史料研究的学者对发掘作家集外文表现了极大的兴趣。据我有限的见闻,北京解志熙兄出版了《文学史的"诗与真":中国现代文学文献校读论集》,发掘和解读沈从文、师陀、于赓虞等作家集外文卓有建树,河南刘涛兄也出版了《现代作家佚文考信录》一书。建军兄这本《掸尘录:现代文坛史料考释》是具有鲜明个性特色的新成果。我以为,他不仅仅发掘了那么多重要的作家集外文,方法论上的启示意义也不容忽视。他为现代文学研究文献保障体系的建立和完善做出了自己的贡献,他也为改写作家个人创作史和重写现代文学史提供了足资参考的新史料。

建军兄很客气,要我为他这部新著写几句话。这正中我下怀,因为我可借此先睹《掸尘录》为快,并写下自己的阅读感受与建军兄交流切磋。建军兄年富力强,我完全有理由祝愿他在发掘现代作家集外文、考释现代文坛史料的长途上不断有新的收获。

乙未初夏于海上梅川书舍

（原载2015年9月太原北岳文艺出版社初版《掸尘录——现代文坛史料考释》）

《故纸求真》序

2009年8月7日,上海《文汇读书周报·书人茶话》发表了我的"签名本小考"系列新作《韩北屏:〈诗志〉》,文末引用诗人纪弦(即路易士)晚年所著回忆录中所说的《新诗》《诗志》和《小雅》是"三十年代诗坛"的"三大诗刊"时,加了一个注释:《小雅》"1936年6月创刊于南京,吴奔星等编"。事实上《小雅》创刊于北平而非南京,我"北冠南戴",以讹传讹了。不久,就在《博览群书》10月号上读到署名吴心海的《〈小雅〉创刊地及〈诗志〉刊名题写者》一文,对此提出了批评。这是我与吴心海兄的首次文字交,我感谢他的指正。

后来与心海兄熟了,他告诉我其实我们早在1991年就已认识了。那年11月19日,我陪同台湾研究中国现代文学史料的专家秦贤次兄特地从上海到南京拜访心海兄家尊奔星先生,他也在座。我的记忆却有些模糊了,但不由我不信,因为有当时的合影为准。吴奔星先生是我尊敬的文坛前辈,写新诗,研究现代文学史,成就斐然。1980年代,我曾写信向他请益,得到过他题赠的《鲁迅诗话》《胡适诗话》等书。因此,就心海兄而言,他是名副其实的家学渊源;就我而言,就是与奔星先生和他两代人都有缘。

不过,心海兄在这本《故纸求真》的《后记》中回顾自己的治学经历时强调,他当年学的是新闻学而不是文学,虽然他一直对文学保持着爱好。确实,在外人看来,也许会认为他踏入中国现代文学史研究领域是半路出家,误打误撞。但是在我看来,他这一转型转得实在好,不仅使我多了一位同道,更使现代文学史料研究增添了一位生力军。

心海兄的现代文学研究之路是从整理奔星先生遗著起步的,这是题中应有之义。从2005年至今,他先后在海峡两岸编订出版了《别:纪念诗人学者吴奔星》《暮霭与春焰——吴奔星现代诗钞》《从"土改"到"反右"——吴奔星一九五〇年代日记》《待漏轩文存》四书,①还编纂了《吴奔星著述年表1913—2004》,不仅为研究吴奔星,也为研究现代文学史提供了大量第一手史料。但是他并不以此为满足,而是继续把注意力转向中国现代文学史研究的众多空白地带,撰写了一系列令人耳目一新的考辩文字,这部《故纸求真》就是一个有力的明证。

《故纸求真》共分"发现""颠覆""求实"三辑,每辑收文四至六篇不等。按照我的理解,所谓"发现",就是把文学史上久被遗忘的作家、作品发掘出来;所谓"颠覆",就是重新探讨文学史上已有"定评"的一些作品和论争;所谓"求实",则是对一些似是而非的"新发现"提出质疑。一言以蔽之,都是通过对原始史料的爬梳和分析,还文学史上的一些作家、作品和事件以历史的本来面目,也就是"求真"。我想这正是心海兄所追求的。

"发现篇"中讨论的胡金人、李春潮、周小舟、沈圣时四位作家,虽然他们的人生经历各各不同,亲近文学的时间有长有短,但以前

---

① 《别:纪念诗人学者吴奔星》,2005年4月南京师范大学出版社初版;《暮霭与春焰——吴奔星现代诗钞》,2012年12月北京昆仑出版社初版;《从"土改"到"反右"——吴奔星一九五〇年代日记》,2014年4月台湾独立作家出版社初版;《待漏轩文存》,2014年8月上海辞书出版社初版。

在文学史上均名不见经传,以后在文学史上是否真的能够留名也有待进一步评估,但心海兄持续不断地追踪,终于从历史尘埃中打捞出大大小小的碎片,把他们四人的文字生涯作了较为详细的梳理,颇为难得。当然,胡金人本来专攻绘画,周小舟在短暂的翻译活动之后即投身职业革命家行列,以至他们的文字生涯湮没不彰。李春潮和沈圣时,一写诗一主要写散文,均有一定的成就,但他们的离世也均令人唏嘘。沈圣时是死于贫病,李春潮则在"胡风事件"中罹难。犹记1980年代中期,我协助唐弢先生编选《申报·自由谈》文选,最初的设想是杂文、散文等各种体裁的佳作都选,后来限于篇幅,只能放弃散文,只选最具代表性的杂文。而这一放弃,也就意味着在《申报·自由谈》上以散文崭露头角的沈圣时晚了二十多年与读者见面。这个缺憾,而今终于由心海兄的不懈努力,把沈圣时其人其文其事查考出来而得到了弥补。除了这篇详实的《英年早逝的现代作家沈圣时》,心海兄还编选了沈圣时的散文集《落花生船》。今后若有人撰写1930年代散文史,沈圣时这个名字至少应该提上一笔了。

近十多年来,张爱玲研究已成"显学",每年以张爱玲为题撰写的硕博士论文,已不知凡几。然而,"张学"研究仍有不少盲区。令人欣喜的是,心海兄在这方面也做出了自己的努力。除了前面说到的他把张爱玲《忘不了的画》中提到的胡金人从当前"张爱玲作品热中一个重要的附属品的状态中释放出来,复原其作为沦陷区有相当影响的画家兼作家的历史地位",[①]他还对收入散文集《流言》的《诗与胡说》作了新的解读。《诗与胡说》其实是张爱玲的一

---

① 吴心海:《胡金人其人其事——从胡兰成和张爱玲笔下走出的画家兼作家三二事》,《故纸求真》,上海:上海科学技术文献出版社,2015年,第7页。

篇文学评论,较为集中地表达了张爱玲的新诗观。她在提及、引用和批评了诗人路易士的五首新诗后对新诗做出了带有她强烈个人色彩的被心海兄称为"结案陈词"的评价:

> 在整本的书里(指路易士著《火灾的城》——笔者注)找到以上的几句,我已经觉得非常之满足,因为中国的新诗,经过胡适,经过刘半农、徐志摩,就连后来的朱湘,走的都像是绝路,用唐朝人的方式来说我们的心事,仿佛好的都已经给人说完了,用自己的话呢,不知怎么总说得不像话,真是急人的事。①

由此可见,张爱玲对路易士这一代现代派诗人的作品是激赏的。但是,对她肯定的路易士《傍晚的家》《窗下吟》《二月之窗》三首诗的最初出处和"二月之雪又霏霏了……"四句出自哪首诗,以及这四首诗收录何书等等,海内外"张学"界一直都不清楚,台湾学者已经注意到了这个问题,却也未能给出答案。心海兄心细如发,在《张爱玲激赏路易士诗作及初载刊物》一文中,经过反复比对钩沉,终于圆满解决了这个长期困扰"张学"界的难题。不仅如此,对她仅仅提及的不那么欣赏的路易士另一首《散步的鱼》,心海兄也完全验明了"真身"。此诗初刊 1944 年 3 月 28 日《中华日报》副刊,共四节,第一节"拿手杖的鱼/吃板烟的鱼"两句又为 1944 年 4 月《杂志》第十三卷第一期"每月文摘"栏所摘载,该期《杂志》同时发表了张爱玲的散文《论写作》《爱》和《走! 走到楼上去》。因此,

---

① 张爱玲:《诗与胡说》,《流言》,上海:张爱玲发行,五洲书报社总经售,1944 年,第 144—145 页。

她正是从该期《杂志》上读到了《散步的鱼》第一节,才在《诗与胡说》中加以评论。在我看来,心海兄此文是在对张爱玲的《诗与胡说》进行详细"注释",这种"注释"对张爱玲这样重要的作家是完全必要的,无疑对深入理解张爱玲和路易士均大有帮助,应该引起"张学"研究者的重视。

"颠覆篇"中诸文也都是力作,且举《"徐何创作之争"中胡适的失察》一文为例。1934 年上海文坛上那场不大不小的"徐何创作之争"事件,而今即便是文学史家,恐怕也很少有人关注了。心海兄之所以为此写了这篇考证长文,我想应该是读了胡适 1934 年 3 月 13 日致其家尊的一封信引发的。胡适在信中提醒还是文学青年的吴奔星"若没有新的证据,最好不要参加""徐何创作之争",还进一步断言"何家槐君我是认得的,他不是偷人家的东西的人"。① 那么,"徐何创作之争"的来龙去脉到底怎样,胡适的判断能否成立?这就成了一个严重问题。心海兄此文正是以此为切入点认真查考,征引何家槐此前致胡适的五封信和他 1934 年 3 月 22 日、23 日发表的承认曾改写、扩写徐转蓬小说的《我的自白》等史料,得出了胡适在"徐何创作之争"事件上未能贯彻自己一贯倡导的"有一分证据说一分话"的原则,以至判断失误的结论,这是令人信服的。

"徐何创作之争"确在当时议论纷纷。由于何家槐 1933 年后已是左联成员,使这一事件更具复杂性,正如心海兄所指出的,涉及了"政治上的考量""文学上的派性之争、意气之争"等等。但无论如何,有一个基本事实无法否认,即何家槐确实以不同的方式

---

① 胡适:《致吴奔星先生》,《胡适遗稿及秘藏书信》,合肥:黄山书社,1995 年。转引自《故纸求真》,第 84 页。

"窃"了徐转蓬之"文"。这是何家槐文字生涯中的一个教训。当时鲁迅也曾就此事两次表态,第一次是1934年4月12日致姚克信中所说的"徐何创作问题之争,其中似尚有曲折,不如表面上之简单,而上海文坛之不干不净,却已于此可见",①态度还较谨慎;到了同年5月1日致娄如瑛信中第二次表态,就斩钉截铁了:"何家槐窃文,其人可耻,于全个文坛无关系。"②

我又想到,当年参加注释鲁迅后期书信时,鲁迅致姚克这通信就设有"徐何创作问题之争"词条,我查了已保存多年的"供讨论、修改用"的《鲁迅书信注释初稿》(1978年8月上海师大中文系鲁迅书信注释组油印本),是这样注释的:

  指何家槐将徐转蓬的小说用自己的名字发表一事。一九三四年二、三月间的《申报·自由谈》曾发表相关的文章多篇。

同时,鲁迅致娄如瑛信中的"何家槐窃文"句,初稿中也设了词条:"参见340412信注(2)。"这个"注(2)"即"徐何创作问题之争"词条的注释,换言之,这一"参见"也就更坐实了"徐何创作问题之争"的关键是"何家槐窃文"。但现在正式出版的《鲁迅全集》第十三卷中对"徐何创作问题之争"词条的注释是这样的:

  1934年初,林希隽根据韩侍桁提供的材料,用"清道夫"的化名在《文化列车》第九期(2月1日)发表《"海派"后起之秀

---

① 鲁迅:《致姚克340412》,《鲁迅全集》第十三卷,北京:人民文学出版社,2005年,第75页。
② 鲁迅:《致娄如瑛340501》,《鲁迅全集》第十三卷,第89页。

何家槐小说别人做的》一文,揭发何家槐以自己的名义发表徐转蓬的小说多篇;接着,《申报·自由谈》、《文化列车》等连续刊载当事人的"自白"及杨邨人、韩侍桁、宇文宙(任白戈)等人的评论文章多篇,形成一场争论。①

两相对照,不难发现,虽然初稿的注释太过简略,表述上也有点绕,却提供了基本的事实。正式出版的注释尽管看上去具体而又全面,好像是客观介绍,但基本的事实却被完全抽离了。正式出版的注释点了林希隽和"第三种人"韩侍桁、杨邨人等的名,唯独对最关键的何家槐本人在《我的自白》中变相承认"窃文"隐而不提,还是有明显的倾向性。而且,鲁迅致娄如瑛信中的"参见"条也不见了。如此这般,到底何家槐是否"窃文",也即"偷人家的东西"?也许因为他后来的身份、成绩和"文革"中的惨死而为尊者讳了,这就不能不令人引以为憾。我之所以旧事重提,是要进一步说明心海兄此文发覆纠偏的学术价值,他澄清了一桩八十年前的文坛公案。

"求实篇"中的四篇文字,则是两篇一组,一证1946年"唐圭璋拒批《沁园春·雪》遭中央大学解聘"之说之伪,一证1930年代末延安柳青与重庆柳青实各有其人,署名"柳青"之文必须严加甄别,均引证周详,辨析精到,可圈可点。这组与人论战驳难的"求实"文字,也有力地证明发掘新史料务求实事求是,万万不可率尔操觚,厚诬前人。总之,心海兄《故纸求真》中的每一篇都体现了他在现代文学史料研究上的扎实功力,都带给我莫大的阅读兴趣。

中国现代文学研究领域有个有趣的现象,不少作家学者的后

---

① 鲁迅《致姚克340412》第2个注释,《鲁迅全集》第13卷,第76页。

人都在研究自己的父母,仅我所知道的,就有郑尔康研究郑振铎,舒乙研究老舍,章洁思研究靳以,张晓风研究胡风,傅敏研究傅雷,王圣思研究辛笛等等,各具特色,各有千秋。更有不断拓展研究范围的,如孔海珠,不仅研究父亲孔另境,还研究左联,研究鲁迅葬仪,研究于伶生平和创作,成果累累。我以为,心海兄无疑应该属于后一类,他已进入作家后代研究中国现代文学史料的佼佼者之列。

《故纸求真》是心海兄在内地出版的第一本书,这是一个良好的开端。幸好他不是"学院"中人,不必受"学院"清规戒律的束缚,不必为申请项目、评升职称之类事烦恼,他只要一心一意扑在他真正感兴趣的研究课题上就行了。我相信心海兄一定会继续如他自己所说的"上网、泡图书馆、混读书论坛、写书信、打电话、发邮件",去搜索更多更广更难得的资料,还原更多的最接近历史的现代文学史"真相",给我们带来新的惊喜。

2015 年 1 月 18 日于海上梅川书舍

(原载 2015 年 3 月上海科学技术文献出版社初版《故纸求真》)

《浙江现代文坛点将录》序

少时读《水浒》,就记住了书中的一百零八将,即三十六天罡星和七十二地煞星,觉得很好玩。及长从事中国现代文学史研究,也曾异想天开,如果现代文坛也有一百零八将之点将录,一定十分有趣。而近年来,在学术界,在藏书界,点将录之文体确实已经大行其道,颇受关注。只是没想到现代文坛之点将录,竟让郑绩不动声色地着了先鞭,其成果,就是这部令人耳目一新的《浙江现代文坛点将录》。

五四以后,浙江作家争先恐后,占据了中国新文学的半壁江山。自周氏兄弟以降,大家、名家简直举不胜举,岂止一百零八将可以囊括?所以,那些作家可以入选一百零八将,入选后又如何分配座次?就颇费思量了。从《浙江现代文坛点将录》全书来看,自然不能说个个安排妥帖,但做到大致不错,已属大不易。好在作者是学有专攻的中国现代文学博士,不但读者耳熟能详的茅盾、郁达夫、徐志摩、戴望舒、丰子恺等一一就位,鲜为人所知的濮舜卿、徐雉、傅东华、沈宝基、莫洛等位也都占了一席之地,不能不令人欣喜。举凡小说、散文、诗歌、戏剧、评论、翻译和文学编辑等众多领域,均有代表性作家入选,又足以证明浙江现代文学的多姿多彩,兴旺发达,也体现了作者考虑的周全。面对入选诸家,作者或介绍生平,或评骘作品,或发表感想,有话则长,无话则短,均以生动活泼之笔触出之,且有不少篇章是填补空白之作,也应该大大称道。

但是,囿于"一百零八将"的原有格局,此书也有不得不削足适履的苦衷。如只能有三位女将,于是只好委屈蒋光慈夫人吴似鸿"变性"成了地平星铁臂膊蔡福。而另一位1940年代颇有影响的女作家施济美未能入选,有点出人意料。同样可惜的是,陈楚淮、石华父(陈麟瑞)、董乐山、徐淦等作家,也未能入选。至于主要以编导电影著名的史东山,入选此书似有点勉强。当然,这只是我吹毛求疵的一孔之见。

不知作者自己是否意识到,《浙江现代文坛点将录》的启示是多方面的。我们即可把此书视为浙江现代作家别致的小传,又可把此书视为另类的浙江现代文学史著作。有论者对区域文学史写作不以为然,斥之为"逻辑荒谬"。在我看来,文学史的写作本不必定于一尊,限于一格,更不能只有教科书这一类型,只要作者掌握新史料,真正有兴趣,又坚持自己的独立见解,区域文学史的写作也大可尝试,不必横加指责。千篇一律、千人一面的官式区域文学史写作固然应该批评,但像《浙江现代文坛点将录》这样不带新八股色彩的别具一格的区域文学史著述,是难得的,值得一读的,我以为。

2014年6月23日急就于海上梅川书舍

(原载2014年8月北京海豚出版社初版《浙江现代文坛点将录》)

《走向革命的浪漫主义》序

翻开一部中国现代文学史，创造社的大名如雷贯耳。成立于1921年的创造社是继文学研究会之后中国现代文学史上最具代表性的新文学社团之一。但是，"文革"前"十七年"中，对创造社的研究，除了当事人的一些回忆和相关史料有所发掘外，研究专著大概只有一本探讨创造社代表作家郭沫若的《论郭沫若的诗》，①其他几乎乏善可陈。直到改革开放以后，中国现代文学研究界才开始把创造社作为一个文学社团或文学流派加以认真研究，创造社研究才逐步走上正轨。尤其是《创造社资料》②的问世，为创造社研究打下了较为扎实的基础。

之所以把创造社视作中国现代文学史上一个极为重要而又独特的新文学社团，原因当然是多方面的。它的成立就与众不同，它诞生在国外（日本），这在新文学社团中绝无仅有。它的大部分成员，尤其是第一代和后期成员，除了极个别的，都有留学日本的背景。它的运作也有点与众不同，早期有郭沫若、郁达夫、成仿吾等元老主持，中期有周全平、叶灵凤、严良才等被称为"小伙计"的年青一代参与；后期则以冯乃超、李初梨、彭康等为代表。它从一开

---

① 《论郭沫若的诗》，楼栖著，上海：上海文艺出版社，1959年。1961年第二版。
② 《创造社资料》，饶鸿竞、陈颂声、李伟江等编，福州：福建人民出版社，1985年。

始就具有明确的社团意识,也即"同人"意识,强调"我国新文艺为一二偶像所垄断",因而"创造社同人奋然兴起打破社会因袭",①而后期创造社在"革命文学"论争中的激进姿态,乃至把鲁迅判定为"二重性的反革命的人物",②在整个新文学进程中颇为少见。与此同时,后期创造社与1930年代左翼文学运动的接轨又是最为紧密的。

更重要的是,创造社作家的创作令人刮目相看,他们创造了中国现代文学史上的许多第一或准第一,像郭沫若的《女神》、郁达夫的《沉沦》、张资平的《冲积期的化石》等,创造社作家的创作又涵盖了新文学的几乎所有门类,包括小说、新诗、散文、剧本、评论和翻译等等,创造社出版的刊物和丛书也是多种多样,创造社出版部更有发行股票的创举。而实际上创造社成员人数并不多,远不及比它成立更早的文学研究会。正因为影响广而深,编纂《中国新文学大系》时,小说共有三集,创造社作家一集(郑伯奇编),文学研究会作家一集(茅盾编),其他社团流派作家一集(鲁迅编),可见创造社与文学研究会平起平坐,其地位之举足轻重了。

这些年来,创造社研究渐趋活跃。不仅各种形式的"创造社论"已出版了好几部,研究创造社的"青年文化",研究创造社的社团流派意识,研究创造社受日本文学的影响,研究创造社丰富多采的诗歌创作,研究创造社与浪漫主义的关系,研究创造社与泰东图书局合作到自办出版部的出版策略,研究创造社的期刊、文学批评和文学翻译,等等,都不乏颇具启发的学术成果。对如何评估创造

---

① 未署名(郁达夫):《纯文学季刊〈创造〉出版预告》,《时事新报》,1921年9月29日,转引自《郁达夫全集》第十卷,杭州:浙江大学出版社,2007年,第20页。
② 杜荃(郭沫若):《文艺战上的封建余孽——批评鲁迅的〈我的态度气量和年纪〉》,《创造月刊》,1928年8月第二卷第一期。

社小说,也提出了"抒情小说"、"身边小说"、后期"革命小说"等各种不同观点。但是,相比较而言,对最能体现创造社文学创作特色和倾向的小说创作的研究,还远不够充分和深入。这主要体现在,一、对公认的创造社代表作家如郁达夫的小说创作关注较多,而应作为一个完整的文学社团视之的创造社其他许多作家的小说创作被有意无意地忽视;二、对创造社前期的小说创作关注较多,而对其后期的小说创作缺乏应有的重视。

因此,朱宏伟博士《走向革命的浪漫主义——创造社小说研究》的出现,就令人欣喜了。宏伟这部著作选择郁达夫、郭沫若、张资平、叶灵凤、严良才、华汉、蒋光慈等七位创造社作家的小说创作进行考察,创造社前、中、后期的小说创作都不同程度地有所涉猎,尤其是他首次把华汉、蒋光慈两位作家的小说纳入研究视野,以往的文学史家一般都不会把他们视为创造社作家加以研究,而他们确实是加入了创造社的。更应指出的是,宏伟以 1920 年代初至 1930 年代初整个新文学进程为背景,围绕"浪漫"与"革命"这两个贯穿创造社历程的关键词展开论述,试图通过对创造社的"新人"小说、恋爱小说、性爱小说、婚姻小说、革命叙事中的女性和恋爱小说等的剖析,重新探讨创造社小说的成败得失。

在宏伟看来,创造社小说创作的基调是"走向革命的浪漫主义",具体地说,性、婚姻、革命三者的纠缠,成就了创造社小说,而这种变化发展又呈现了多种样貌、多种变异和多种态势。郁达夫对表现同性恋的持续兴趣,张资平的"三角恋爱"模式与张竞生"新爱情观"的关联,叶灵凤从坚持恋爱立场走向现代都市文学,以及蒋光慈以"革命加恋爱"模式转入"革命文学",宏伟都紧贴文本,作了较为细致的阐释,从而对 1920 年代至 1930 年代初中国新文学逐步走向革命的深层原因,从创造社的角度给出了自己的解读。

如果说,宏伟这部著作的论述有助于打开创造社研究的新的空间,我以为这个评价是恰当的。

宏伟攻读硕士学位师从浙江大学陈坚先生,专攻郁达夫。毕业后一度担任公务员,但他未能忘情于文学研究,仍想潜心钻研学问,遂考入华东师范大学继续攻读博士学位,研究对象也从郁达夫扩大至创造社小说。宏伟有学术自觉,所走的正是这样一条由点到面,由个别到整体,不断地生发学术增长点之路。这部《走向革命的浪漫主义——创造社小说研究》也正是在他的博士学位论文基础上修改充实而成。当然,创造社研究,创造社小说研究,都不可能到此为止,仍有待进一步拓展。就从创造社小说研究来说,不仅已经讨论过的郁达夫他们还可从新的角度切入,作出更为深入的释读,陶晶孙、倪贻德、周全平、叶鼎洛、龚冰庐等在小说创作上各有成就的作家,也都有重加梳理重新研究的必要。这样做了,对创造社小说创作的整体把握一定也会再辟新境,我期待宏伟在这些方面能够作出新的努力。

丙申二月廿四日于海上梅川书舍

(原载 2016 年 5 月上海人民出版社初版《走向革命的浪漫主义——创造社小说研究》)

关于"中国现代文学史参考资料"的往事

已经记不清最初是怎么踏入上海书店（上海图书公司前身）大门的，只记得1970年代末上海书店内部书刊门市部书真多，又很神秘。当时买"内部供应"的旧书是要有级别的，我这样刚刚在大学中文系执教的年轻人能够进去，买几本可买之书，已经心满意足了，不敢再多存奢望。当然，偶尔也会有"艳遇"。记得有一次我与已故的倪墨炎先生前后脚进入内部书刊门市部，他掏出一本书要换，因为买重了。偷眼一看，原来是沈从文代表作《边城》的初版本，书品也不错，而我正好没有。机不可失，我马上对营业员说：能否卖给我？当即顺利成交。归途中打开一看，竟然还是沈从文的题签本，着实高兴了好几天。

一回生，二回熟。上海书店去多了，与店里负责影印出版的俞子林、刘华庭诸位先生慢慢熟悉起来。当时上海书店已在实施一项"化一成万，功德无量"的"中国现代文学史参考资料"影印工作，规模甚大。我差不多一周去一两次，一去就是一下午，与华庭先生边喝茶边翻书边讨论，参与了一些选题的确定，提出了一些自以为可行的建议。

有次华庭先生说拟影印邵洵美的《诗二十五首》，我大声叫好，他就把从上海书店书库中找出的原本给我看。我发现此书扉页上还有邵洵美一段很有意思的亲笔题词，就建议把这段题词一并影印,可惜后来未果。前几年我整理旧书找出过这段题词的影印件,现在又不知放到什么地方去了。

"中国现代文学史参考资料"受学界欢迎的程度超出了最初的预期,虽然也有争议。出齐一百种以后,华庭先生又打算以现代文学社团流派为单元进一步影印新文学作品。于是,文学研究会作品由还健在的该会元老许杰先生主编,创造社作品由倪墨炎先生主编,京派作品由姜德明先生主编,海派小说由魏绍昌先生主编,都市小说由贾植芳先生主编,均为一时之选。最后,"新月派文学作品选辑"的编选工作落到了我头上。许、贾、魏、倪、姜诸位都是我的前辈,我年纪最轻,资历最浅,未免受宠若惊,战战兢兢。好在现在回头重读我写的新月派选辑《影印说明》,时隔二十多年,还基本站得住脚:

> 所谓"新月派",是中国现代文学史上与文学研究会、创造社鼎足而立的著名新文学社团。1923年以聚餐会形式组建于北京,后逐渐形成新月诗派,1927年以后新月派的文学活动进入全盛时期。其代表人物有胡适、徐志摩、闻一多、梁实秋等人。这些作家大都留学欧美,受西方浪漫主义和唯美主义文艺思潮的影响,提倡新格律诗,讲究文章的语言和形式之美,在小说、散文、话剧和文学批评等方面也都成绩卓著,在现代文学史上产生了深远的影响。
>
> 新月派的许多图书早已绝版,在旧书市场上更鲜为人见,为提供现代文学研究工作者参考,本专辑选了新月派各个时期各种体裁的作品10种,均按原样影印,以保存原书的风貌。

有必要说明的是,新月派选辑中陈梦家、曹葆华、方玮德、储安平等位的诗文集,都是改革开放以后首次面世。后来,因许杰先生年事已高,华庭先生又嘱我协助他编选"文学研究会作品选辑"。我原来就是许先生的助教,自当从命,该辑的《影印说明》也是我起草的。光阴荏苒,而今这几位我敬重的前辈主编,除了姜德明先生,都已作古了。

与上海图书公司的因缘当然远远不止这些,但这些往事却是我最难以忘怀的。在上图公司,我获得了许多研究中国现代文学的重要资料;在上图公司,我又有幸参加"中国现代文学史参考资料"的编选。如果说我的中国现代文学研究还有些成绩的话,在上图公司所受到的学术训练无论如何不应该忽略,我要向上图公司深深致谢。

(原载 2014 年 9 月 23 日上海《新民晚报·夜光杯》)

为"张学"添砖加瓦

张爱玲研究在中国现代文学研究界成为"显学",是晚近二十余年的事。在此之前,张爱玲是何许样人,恐怕专门从事中国现代文学史研究的,也所知寥寥。张爱玲1952年夏去国以后,她的名字就随之无声无息地消失了。好在此后内地出版的一本书中还论及她的文学创作,那就是魏绍昌主编,1962年10月上海文艺出版社"内部发行"的《鸳鸯蝴蝶派研究资料》。收录在此书中的范烟桥长文《民国旧派小说史略》在评述1940年代的上海通俗文学时,以突出的篇幅介绍了张爱玲其人其文,认为她的作品有其"独特的风格,富于传奇性的题材和浓丽的笔调",在当时"引起读者的惊异"。尽管只是"内部发行",尽管把张爱玲归入"鸳鸯蝴蝶派"值得商榷,但这是内地近三十年间唯一一次提到张爱玲,实在难能可贵。

拜改革开放之赐,1981年秋以后,张爱玲的名字终于在内地文学界得以重提。1985年8月,上海书店率先公开印行张爱玲中短篇小说集《传奇》增订本的影印本;1987年3月,该社又公开印行张爱玲散文集《流言》影印本。两书均列入上海书店推出的"中国现代文学史参考资料"。前者影印时,护封封底的"复印说明"云:"《中国现代文学史参考资料》辑集我国现代文学史上各社团、流派、著名作家的流传较为稀少的著作,以及作家传记、作品评论、文学论争集等，依原样复印，供研究者参考。本书是张爱玲的短篇小说集，收有1943—1945年间创作的小说十六篇。据山河图书公司1946年11月增订本初版影印。"这是张爱玲作品在暌隔三十多年后首次重新与内地读者见面，意义非同一般，再加上《遥寄张爱玲》（柯灵作）等文的发表，中国现代文学史著述上一个重大的空白，由此开始逐渐得到了弥补。

读到《传奇》增订本影印本后，我于1985年底写了《〈传奇〉版本杂谈》。次年2月，这篇小文刊于上海书店《古旧书讯》第四十期。1986年秋，我在查阅周作人集外文的过程中，又偶然地在上海《亦报》上发现了已不为人知的张爱玲用"梁京"笔名发表的中篇小说《小艾》，为此撰写了《张爱玲创作中篇小说〈小艾〉的背景》，刊于金庸创办的香港《明报月刊》1987年元月号。由这一前一后两篇文章开启，我闯入了张爱玲研究领域，而这两篇文章同时也预示着我以后张爱玲研究的主要路向：张爱玲作品版本的考证和张爱玲集外文的发掘。

岁月不居，光阴似箭，整整三十年过去了。2015年是张爱玲逝世二十周年，也是我从事张爱玲研究三十周年。温故而知新，我有足够的理由为此编一部书，《张爱玲丛考》就这样诞生了。此书共分七个部分：一、张爱玲集外文、笔名发掘和考证。二、张爱玲部分作品版本考证和文本分析。三、张爱玲若干生平经历和文学活动考证。四、张爱玲书信、绘画作品等考证。五、我编选的数种张爱玲作品集序跋。六、张爱玲研究史考证和为他人研究张爱玲著作所作序文。七、我编选的张爱玲研究资料及我的张爱玲研究论集序跋。我历年所作关于张爱玲的各类长短文字，包括最近的新作，除了个别篇什，自以为有点意思的，均已汇集在《张爱玲丛考》中，并且重加校订，有的还作了必要的增补。

当然,有必要说明的是,我之所以会从那时至今一直致力于张爱玲研究,除了张爱玲作品本身的独特性、丰富性、前瞻性和复杂性,除了张爱玲在中国现代文学史上重要而又独特的地位,港台和海外张爱玲研究的兴旺发达,对我也是一个不小的刺激。既然张爱玲的文学创作起步于上海,既然张爱玲最初的文学追求辉煌于上海,作为一个生于上海长于上海的中国现代文学史研究者,我从事张爱玲研究,不让港台和海外学者专美于前,也就责无旁贷。

我一直主张,对一位作家的研究,必须建立在包括其作品、相关回忆录和研究资料在内的文献保障体系不断完善的基础之上。不妨以我这些年发掘(包括参与发掘)的张爱玲集外文为例。我一共发掘了张爱玲中学时代习作《不幸的她》《牛》《霸王别姬》《〈若馨〉评》《烟水愁城录》《无轨列车》《在黑暗中》(以上三篇为书评)、《论卡通画之前途》《牧羊者素描》《心愿》(以上两篇为英文习作);前期和中期的文学创作《被窝》《关于〈倾城之恋〉的老实话》《罗兰观感》《说〈毛毛雨〉》《炎樱衣谱》《天地人》《不变的腿》《〈太太万岁〉题记》《郁金香》《小艾》《〈亦报〉的好文章》《海明威》《〈老人与海〉序》《对现代中文的一点小意见》。这么多张爱玲集外文出土,难道不会对客观、全面而又公正地评价张爱玲的文学成就有所裨益?我以为答案应该是肯定的。

"张学"而今已蔚为大观矣,内地每年研究张爱玲的硕、博士学位论文数量就相当可观。但张爱玲研究文献保障体系的建设至今仍有许多欠缺,如若干生平的查考,如创作手稿的释读,如集外文的继续发掘,如英文作品的搜寻,如书信的整理,如作品研究史的爬梳,等等,均有待海内外"张学"研究者共同关注和推动。我以往的研究只不过为张爱玲研究文献保障体系添了几块砖,加了几片瓦,正如我在《〈张爱玲丛考〉前记》中所说的:"《张爱玲丛考》既是对天才作家张爱玲的纪念,也是对我自己张爱玲研究历程的回顾,更是对今后进一步深入研究张爱玲的展望。"我自当继续努力。

(原载 2016 年 1 月 12 日北京《光明日报》第 11 版)

现代文学之旅:从新市到莫干山

甲午5月28日,随书画家谢春彦先生、漫画家潘顺祺兄、摄影家王伟兄等作浙江德清之行。本拟放松心情,领略一下浙西北秀丽风光,不料却仍与我从事的中国现代文学研究发生了关联。

是日中午抵达新市(古称仙潭)古镇,午餐后即迫不及待地前往古镇西河口参观,因为听说由于不过度开发,西河口明清古街保存甚好。空中已飘洒着雨丝,西河口特别安谧。踏上有回廊挡雨的干净的石板小路,左顾小桥流水,右盼文房四宝诸店,果觉名不虚传,颇令我有时光倒流之感。

来到"钱宅"石库门前,墙上的勒石说明引起了我的注意:

> 清嘉庆年,吴越国王钱镠二十六世孙钱锦成自江西溧阳迁新市李家园,后在西河口建宅,系清代建筑与民国建筑。晚清沈太君(茅盾姑妈)嫁钱库周(三十一代)。"国"字辈是钱王三十三代后裔,解放前五代不分家,江苏第一灶(九眼)钱玲珠(国字辈)嫁沈薰南(茅盾小叔)。

说明的文字不怎么流畅,但意思是明白的。沈家与钱家前后两次联姻,关系不可谓不密切。茅盾还有这样的亲戚,有点出乎我的意料,不知茅盾研究界是否了解这段史实。

当走到古街与陈家潭相交处望仙桥畔的一幢两层旧屋时,我又吃了一惊。这幢楼房在西河口普普通通,不像"钱宅"那么身份显赫,但看似貌不惊人,却是当年茅盾原著、夏衍改编的电影《林家铺子》的拍摄处,难怪旧屋门前悬挂横匾,上刻篆书"林家铺子"四字以为纪念。由于茅盾姑妈住在西河口,茅盾小时应该从故家乌镇到西河口住过或玩过吧?西河口给茅盾的印象一定深刻,以至1960年代拍摄《林家铺子》时,茅盾没有推荐乌镇而是推荐了西河口作为摄制组的取景处。中篇小说《林家铺子》是茅盾的代表作之一,而夏衍改编的《林家铺子》又是"文革"前屈指可数的根据现代文学名著改编成功的电影之一,此行得知了当年拍摄《林家铺子》的一些情况,自然又是意外的收获。

谢公这时专心致志于写生,不到一个小时工夫,一幀水墨淋漓的西河口雨中小景即现眼前,众人无不拍手叫好。傍晚,一行人驱车上莫干山。途中大雨滂沱,不禁想起现代评论家李健吾的名篇《雨中登泰山》,而我们这次是雨中登莫干山。

莫干山大名鼎鼎,若追本溯源,自有《莫干山志》《莫干山风光》等书可以查索,不必我再饶舌。当晚莫干山顶雨雾缭绕,只见眼前的茂林修竹,不见远处的一点一滴,未免有点扫兴。但谢公逸兴其浓,文人雅集,写字作画,忙得不亦乐乎。我也凑热闹,写下几个歪字,引出他画我一个背影的速写,成为我有生以来与画家的第一次联手"创作"。

既然真实的游莫干山已被大雨"破坏",那么身在莫干山,再作莫干纸上游,也算别具一格。漏夜读《到莫干山看老别墅》(顾艳著,2003年1月湖北美术出版社初版),果然有些发现。莫干山的老别墅群闻名海内外,从蒋中正到毛润之,都在这里住过,有不少有趣的故事,沧海桑田,而今这些别墅都保存得很好,十分难得,这是莫干山最吸引人的地方。但是我对这些兴趣不大,我关心的是与现代文学直接或间接相关的人与事。

建成于1934年的蒋宅(后改名皇后饭店)在莫干山老别墅群中首屈一指,这不仅因为设计者是著名的斯洛伐克建筑师邬达克,更因为业主是鲁迅的挚友蒋抑卮。鲁蒋结识于日本,一见如故,蒋抑卮是鲁迅入仙台医学专门学校求学的资助人,也是周氏兄弟印行《域外小说集》的资助人,仅此两点,足以证明两人的密切关系,现存鲁迅最早的一封信就是写给蒋抑卮的。归国以后,蒋抑卮经商颇为成功,斥巨资在莫干山上建造了蒋宅。据说蒋抑卮曾邀请鲁迅上莫干山休养,1936年8月16日,病中的鲁迅致函茅盾谈及拟易地休养时,也说过:"莫干山近便,但我以为逼促一点,不如海岸之开旷。"如果鲁迅成行,该为莫干山增添多少文坛佳话。

不过,"孤竹君之二子"郁达夫和郭沫若先后到过莫干山。1917年夏,正在日本留学的郁达夫归国探亲,为逃避母亲定下的婚姻,上莫干山散心,8月14日作《游莫干山口占》:

> 田庄来作客,本意为逃名。山静溪声急,风斜鸟步轻。路从岩背转,人在树梢行。坐卧幽篁里,恬然动远情。

诗前又有作者自记:"早膳后独行竹里,缘溪直进,竟忘路之远近,因口占一律而返。"达夫在莫干山上差点迷了路,他当时才廿二岁。诗虽纪实,但清新可诵,"远情"当指远在日本的大哥郁曼陀吧?达夫五天前刚与二哥郁养吾在富春江畔联句。前人咏赞莫干山的诗所在多有,但新文学家写莫干山,达夫这首五律大概是第一首。

四十二年之后的1959年7月,郭沫若也上了莫干山。诗人不可无诗,于是也赋诗两首,其中之一曰:"久识东南有此山,千章修订翠琅玕。惊看擘画凭劳力,造就乐园在世间。"与达夫的"少作"相比,应该是高下立判了。

第二天清晨离开莫干山返沪前,在皇后饭店惊鸿一瞥,又得知郁达夫当年住过的"田庄"、郭沫若当年住过的"雄庄",至今仍在。我想下次如再到莫干山,一定要去造访。

(原载 2014 年 7 月 13 日上海《东方早报·上海书评》)

附录

"重写文学史"之我见
——答《深圳商报·文化广场》记者问

文学史教学不能一条腿走路

文化广场:你一直在研究现当代文学,华东师大的中国现代文学史课用的是什么教材?

陈子善:据我所知,华东师大中文系中国现当代文学课本科学生目前所使用的教材,现代文学史是钱理群、温儒敏、吴福辉等编写的《中国现代文学三十年》(以下简称《三十年》),当代文学史是洪子诚编写的《中国当代文学史》。我是1976年初留校任教的,1979年以后,我校本科生所使用的中国现代文学史教材是1979—1980年间出版的三卷本《中国现代文学史》,由唐弢主编,第一、二卷署名"唐弢主编"。第三卷署名"唐弢 严家炎主编",因为唐先生年纪大了,由严先生全面负责这一卷的统一修改,唐先生最后审定。后来可能在实际教学中发现三卷本篇幅太大,又于1984年出版了经过修改的一卷本《中国现代文学史简编》,简编本我们也使用过一段时间。《三十年》1987年由上海文艺出版社推出初版本时,"重写文学史"尚未提出,但"二十世纪中国文学"已经由黄子平、陈平原、钱理群三位提出了。1988年陈思和、王晓明两位正式提出"重写文学史"的讨论。如果我没有记错,进入 1990 年代后,我们就使用《三十年》作为本科生教材了。我们觉得《三十年》不但观点有不少可取之处,而且也比较适合教学。这部教材后来多次修订,有好几个版本。我们一直使用这部教材,直到现在。它的印数是惊人的,大概是目前国内大学本科中国现代文学史教学使用频率最高的一部教材。但是必须说明,教师在讲课时不可能按照教材照本宣科,会根据最新的研究成果和自己的研究心得随时进行调整补充。

文化广场:很想了解你们学校在中国现代文学史教学过程中如何使用这部教材?

陈子善:不仅是中国现代文学史,所有的文学史教学,都必须遵循文学作品第一位,文学史教材只能是第二位而且永远只能是第二位这个原则。我的老师钱谷融先生一直十分强调解读作品。他认为单读文学史教材是学不好文学史的。只读文学史教材就好比只有一条腿走路。由作品组成的文学史本身是鲜活的,丰富多采的,文学史教材只能提供线索和结论,对学生而言,一定要根据教材所提示的线索自己去阅读原著,而不是死记硬背某些结论。研究文学史,就是在认真研读作品的基础上,探讨作品的成败得失。如果你不去阅读原著,而只背诵文学史教材上的某些结论,那就是本末倒置。也许年轻人背功都很好,但学习文学史不是把教材背出来应付完考试就万事大吉了。譬如问学生闻一多的代表作是哪部?答:诗集《死水》。没错,对的。但到底《死水》这部诗集具体内容怎么样,艺术特色又是什么?他未必答得清楚。因此,首先要阅读作品。我们编选了一套《中国现代文学作品选》,钱谷融先生领衔主编,我也参与其事。这样,我校目前学习中国现代文学史有两门课:一门是文学史课(现在称"二十世纪中国文学进程"),一门是作品选课。我们不能仅仅是一条腿走路。

文化广场:文学史课和作品选课是同时上,还是分先后?

陈子善:有的大学是两门课并在一起上的,文学史课里面包含了作品选课。但是我们认为有必要把它分开来上,到目前为止,我们还是采取这样的方式。整个课程设置第一学年是作品选,第二学年是文学史。在学习作品选的基础上再来讨论文学史就比较顺畅,比较有意思。中国现代文学史上产生过哪些重要的作品,无论小说、诗歌、散文、戏剧,小说里面有长中短篇小说,诗歌里也有短诗、长诗之类,作品选里面都有所反映。当然,长篇作品只能存目。我们主要提供学生一个最低限度的现代文学阅读篇目。在这个基础上,如果能够引起他进一步的兴趣,他可以去阅读更多的作品。比如鲁迅,我们选了他的几篇小说、散文和杂文,学生读完之后如果对鲁迅产生了更大的兴趣,他可以找鲁迅选集甚至全集进一步阅读。我们选的只是代表性的作品。我们的作品选课一直坚持下来,跟文学史课形成紧密的互动。如果简单地只学习文学史教材,没有作品选课课程设置的保证,你布置学生阅读作品,他不一定能做到。

文化广场:文学史要重写,作品选是不是也得跟着调整?

陈子善:"重写文学史"对大学本科教学来讲,不仅文学史课要重新设计,作品选课也需要不断调整。有些作品以今天的眼光来看可能艺术水准较差,代表性不够,就需要调整。我们的作品选原来是上下两册,后来扩展成三册了。以前编作品选只选入内地作家(现代的)的作品,现在中国理所当然包括港澳台,因此港台作家的作品必须入选,不能视而不见。实际上我们的作品选不仅选入五四以后现代作家的作品,还选入了1949年以后当代作家的作品,一直到改革开放以后新时期的作品,可以说是整个20世纪的中国文学作品选。入选的港台文学作品的量虽然不是很大,但最具代表性的作家和作品都选了,如台湾的梁实秋、白先勇、郑愁予等,香港的刘以鬯、西西等。所以原来的上下两册越来越厚,现在变成三册了。

任何文学史都是个人的文学史

文化广场:这套教材是不是只适合高校教学用?

陈子善:《中国现代文学作品选》既是学习中国现代文学史的教材之一,同时也适用于广大文学爱好者。有一点必须厘清,作品选课和文学史课是学习和研究中国现代文学史的两个方面,缺一不可,是紧密相连,相辅相成的。我强调阅读作品的重要性和必要性,并不是要否定文学史教材。有论者认为文学史教材应该取消,自有其理由和启发性。但是如果文学史教材取消了,教师讲课怎么讲呢?总得讲解作品,讲解文学发展变化的脉络吧?学习中国古代文学有古代文学作品选和文学史教材,学习外国文学有外国文学作品选和文学史教材。这样学生才有可能学到一点文学。文学史教材都没有了,给学生讲什么呢?

文化广场:你们在教学过程中反复强调的重点是什么?

陈子善：我们反复强调阅读原著，分析文本，学生讨论，教师参与。我近年来已不给本科生上文学史课，但给本科生上专业选修课。选修课都有个专题，今年上半年我教授的专题是"台港暨海外华文文学研究"，讲我所知道的香港台湾文学的发展变化脉络。有一点需要强调的，任何一个教师讲授一门课，所说的其实都是他个人的见解。他可以综合别人的观点，介绍别人的观点，但也有教师不一定这样做，他只讲自己的看法。任何一部文学史其实也都是个人的文学史。现在我们学校讲授现代文学作品选，假定教材上选了二十篇作品，由于课时的关系，二十篇不可能每篇都讲，都分析得很细致，教师可能从中选择十篇重点分析，另外十篇作品就可能让学生自己阅读，阅读以后教师组织讨论，这就是我们所谓的教学相长。十篇作品可能两个同学谈一篇，讨论过程中每个同学都可以发表意见，大家平等地探讨，可能会见解不一样，可能会引起争论，擦出火花，教师再总结引导。我认为这样做对文学史上作品的理解可能更加全面，也可能更加深入一点。国外不也是这样吗？一部分是教师讲，一部分是学生讨论，随着学生研究的深入，到了硕士和博士阶段，他们讨论的空间越来越大，教师只起引导的作用，让学生的主动性充分发挥。其实教师不可能对每一个作家和每一部作品都有很深入的研究，学生参与讨论可能对教师也有所启发，大家一起讨论不是更好吗？

发掘作品不以写进文学史为目标

文化广场：你对文学史的研究是从发掘史料入手，又特别注重史料的发掘，一直致力于打捞和发掘工作，动机和目的是什么？

陈子善：这就涉及一个比较有意思的问题，即如何看待"重写文学史"。当年提出"重写文学史"，确实具有明确的针对性和重大的学术意义，对原来文学史研究的陈旧框架有一个很大的冲击。接下来要做的工作，就是如何"重写文学史"。在我看来，"重写文学史"至少包含两层意思，第一，是对已经在现代文学史上有定评的作品特别是一些"经典"，重新加以审视、研读和讨论。当年对《子夜》重新讨论就是一个例子。当然重新讨论有时也会走过头，你批评某一种倾向可能自己又形成另一种新的倾向，这是另外一个问题。我们对一部作品本来就应该从不同的视角来展开讨论，以前只允许一种视角，现在有两种三种四种，甚至更多的视角，总比一种好吧？虽然各有各的局限和问题，但这是正常的。

第二，是把以前在文学史上被忽略的、没有人关注甚至被遗忘的文学作品重新发掘出来，并且重新作出评价。现代文学史上许许多多有特色有价值的作品，由于十分复杂的历史原因，有的被遗忘，还有的被故意抹杀。举一个现成的例子。"胡风反革命集团"被定性以后，这个"集团"所有成员的所有作品一律被封存，不能阅览，还怎么讨论，怎么研究？文学史著作中要么不提他们，要么就是无的放矢地批判一通。既然"重写文学史"，就应该把他们的作品重新整理出版，重新拿出来讨论，到底是怎么回事？七月派作家、诗人的作品到底应该怎样看待？这就不仅仅是对已写入文学史的作品重新评价的问题了。还有，张爱玲从1952年去海外后到1980年代初被遗忘，文学界都不知道这个人了，所以她的作品在上海《收获》杂志上重新刊登以后，大家以为又一个"文学新秀"冒出来了。其实完全不是这么回事。

我把自己研究工作的重点放在第二方面。从郁达夫开始，周作人、梁实秋、林语堂、施蛰存、台静农、叶公超、叶灵凤、常风，一直到张爱玲,这些作家以前的文学史都不讲、少讲或加以批判的,我努力发掘整理他们的作品和相关资料,自以为为文学史拾了遗补了阙。当然,重新发掘作家作品,发掘出来不一定就如何如何重要,作品如何如何优秀,不一定的,也许有很大价值,也许有一点价值,不一定非要写进文学史。有些作家也许进不了文学史,但他的某些作品有重新研究的必要。古代文学研究领域不也这样吗? 有些作家进不了文学史,但他的一篇两篇散文,一首两首诗词大家记住了,但写文学史的时候未必一定会提到他。现代文学史同样的道理,我把它们发掘出来,可能会部分改写文学史,也可能只对某一阶段的文学现象和文学生态的研究有所帮助,都很好嘛! 只要我感兴趣的我都会做,但别人做了,已经做得很好了,我就不一定做了。其实不止是我一个人,很多研究者都在做这项工作。

现在我参与策划的"海豚书馆·红色系列"丛书,就已经推出了宋春舫、梅光迪、熊式一、刘廷芳、徐祖正、熊佛西、徐蔚南、向培良、陈子展、储安平、范烟桥、陈慎言、袁牧之、毕树棠、李影心、南星、沈圣时、姚克、纪果庵、朱英诞等人的作品,包括了小说、散文、剧本、评论等。这些作家,很多人以前都不知道啊。譬如黄裳,以前只知道他是大散文家,但他早年与黄宗江合作写过话剧剧本《南国梦》;譬如王莹和艾霞,以前只知道她们是电影明星,但她们实际上还从事新文学创作,写过一些好作品;再譬如周鍊霞,以前只知道她是画家,也写旧体诗词,如果文学史讲民国时期的旧体诗词可能就会提到她,因为她是女诗人,相对更难得一点。但她还用白话写过一些作品,小说也好,散文也好,都有特色,如果讲整部现代文学史可能她进不去,如果讲1940年代上海文学史,她可能就进去了。

写文学史没必要像幼儿园,排排坐吃果子

文化广场:有人说,文学史的写法可以百花齐放,你认为呢?

陈子善:文学史的写作不必单一,可以多种多样,也必须多种多样、百花齐放才好。抗战胜利以后,蓝海(田仲济)先生就写了一部《中国抗战文艺史》,这是现代文学史上第一部只写某个历史时期的文学史,也很好,前段时间还在台湾重印了。

后来又有人写《中国三十年代文学史》,这是按某个时段划分。还有按地域划分,如《浙江现代文学史》,有人认为不合适,我却认为也可尝试。更多的是按文体划分的,譬如《中国新诗史》《中国现代散文史》《中国现代戏剧史》。夏志清先生的《中国现代小说史》也是按文体划分的,他主要研究小说,不考虑新诗和散文。当然不能说中国现代散文和新诗一点成就都没有,只是他的个人兴趣不在这里。范伯群先生长期致力于中国现代通俗文学研究,就写了《中国现代通俗文学史》。所以,完全可以有体现作者个人学术兴趣的不同的文学史,如果研究者愿意尝试写部《中国"文革"文学史》,也完全可以。

因此,文学史的写作应该百花齐放,实际上不同类型的文学史写作也为一部比较大型的文学史写作提供基础。只有对各种文体、各个不同时期不同流派的作品把握得更加深入,更加全面,一部既体现学术个性又展示新文学、通俗文学和传统文学总体进程的中国现代文学史著作才有可能产生。

文化广场:看来,文学史写作可以不拘于一体。

陈子善：是啊，还有研究者写现代女性文学史呢，又一个文学史写作的新面向。女作家的文学创作当然跟男作家不太一样，甚至很不一样，以她们的创作脉络来写文学史也是一个不错的选择，还可以开门选修课——20世纪中国女性作家的写作，讨论丁玲、萧红、苏青、张爱玲等真正女性作家的写作，确实是有一个脉络，这又是一种文学史的写法。

总而言之，文学史的写法多种多样，丰富多彩，研究的对象可以不一样，写作的手法也可以不一样。现在大家对文学史著作意见很大，因为目前见到的基本上是按照一种模式来写的，形成了一个套路。不应该有这样一个套路。就文学创作来讲，散文中就有抒情、叙事、议论等各种形式，而且每个作家的写法都不一样，为什么文学史的写法就要千篇一律，形成一种套路呢？同样写小说，每个小说家的写法也都不一样。同样的道理，不同的研究者写文学史，为什么要有大致相同的套路呢？文学史应该有各种不同的写法、不同的表达，这样才能比较和竞争。当然也要具备某些条件。比如曹聚仁有一部《文坛五十年》，这其实是一部文学史，他以自己个人的经历为线索来写。他本来就是现代文学史的参与者，他用参与者的身份来写现代文学史，这就非常特别，跟后来的研究者的写法就不一样。不要以为文学史只有大学里的研究者可以写，不是学院里的研究者也可以写。司马长风写了《中国新文学史》，他本人本来不是研究中国现代文学史的，有另外的研究课题。就文学史研究来看，他是越界了，但他越得很好，虽然不足也是明显的。

我以为文学史著作不仅应该包括审美趣味，还应该包括史学趣味。受过史学训练的来写文学史也许写得很特别。而且，写文学史不是学院派的专利。没有人规定文学史著作一定要成为大学教材。如果有位文学爱好者有兴趣写本文学史，说不定会受到大家好评呢！所以视野要放开。我不主张把文学史取消，但要进一步完善，要百花齐放。你写得好，读者自会受到启发，写得不好，没有启发，就像现在不少教科书那样千篇一律，就没有意思了。说得严重点，有的文学史教科书就是抄来抄去，讲来讲去就讲那么几个作家，哪怕你就讲这几个作家也可以有不同的讲法，但是仍然按照现成的座次，现成的套路，那不行。当代文学史上，《收获》的主编程永新先生写过一部《一个人的文学史》，跟传统的文学史写法又很有些距离，他是就他处理过的那些小说文稿来写，这些文稿的作者在当代文学史上已有定评，他在处理过程中有很多有趣的发现，这也是文学史啊。此外，文学史不一定要全，为什么非要全呢？有的作家我不喜欢、不欣赏，我就可以不写。我对文学史上另外一些作家有体会、有感受，我就专门写他们，如果我觉得他们足以代表那个时代的文学的话。没必要像幼儿园一样，大家排排坐一起吃果子。

目前我还没有看到理想的文学史

文化广场：看来对理想文学史的评价也没有一定之规。

陈子善：理想的文学史不是我主观上认为应该有就会有，至少我目前还没有看到，也许今后会有一部相对比较理想的现代文学史。事实上，文学史不可能十全十美。哪怕世界文学名著，也不可能十全十美，有的大作家也被批评得体无完肤呢，纳博科夫不就批评托尔斯泰吗？要求一部文学史是理想的，大家都公认的，不太可能。几百年来的文学名著都会受到各种各样的批评，一部研究文学名著的文学史著作怎么可能十全十美呢？有不同意见是正常的,没有不同的意见才是不正常的。

事实陈述中必有价值判断

文化广场:文学史到底是一个门槛还是一个标准？究竟是事实陈述还是价值判断？

陈子善:两者兼有,只有事实陈述清楚了,价值判断才有可能公正。陈述中必有判断。有的研究者的价值判断写得很直接,有的就写得比较隐讳一点,表面上看像客观叙述,实际上怎么可能纯客观地叙述？不可能。他在文学史中提到这个作家,没提到那个作家,他的价值判断就出来了；他只提一个作家的某些方面,另外一些方面没有提到,他的价值判断也出来了,不可能没有价值判断。事实陈述和价值判断两者结合,结合得比较好,那可能会受欢迎,会受关注。研究者只要在陈述当中成一家之言,这部文学史著作就可以成立,关键就在于他的历史陈述和价值判断能不能结合得好,能不能成一家之言。其实选择就是一种判断。

既然文学创作是最有个性的,
文学史写作怎么不能个性化呢？

文化广场:陈思和强调编撰文学史应该强调个性化,应该有独到的文学见解,文学偏好,甚至有独特的理论话语,对文学史的发展有独特的描述。王彬彬却不以为然,他觉得大学教材给学生讲文学史应该以学界的共识为主。看来你是和陈思和站在一边？

陈子善：我也赞成文学史写作应该有个性化。在学术研究上，共识是很难达到的。比如大家公认鲁迅是伟大的作家，但是具体化以后，观点就不一定一致了，一定会众说纷纭。我认为讲授文学史，比较理想的讲法是，有共识的部分你可以讲，应该讲，没有共识有争论的你也可以讲，而且更应该讲，让学生知道对某个问题学术界是有争论的。不可能每个问题都达成共识，不同的看法应该存在，必然存在，某些不同的看法难以说服人，慢慢地就会被更具启发性的看法所取替。但是完全讲共识就可能有问题。大学教育不同于中小学教育，不是再讲一加一等于二这些常识。学术上有争论的问题更应该让学生明白，这样才能启发学生进一步思考。已经有共识的内容大家都知道，开个书目让学生自己去找，自己去看，让他回去自学就可以了。课堂上讲学术上的争论，讲各种不同的观点，这样就比较有意思。文学史写作也应该这样，也应该提倡具有个性化。当然，个性化的文学史不是故意标新立异，抛弃以往文学史讨论的真正重要的作家，这是不可能的。难道一部个性化的文学史可以鲁迅不写，沈从文不写，萧红不写，张爱玲不写，那你写什么？

文化广场：我上大学的时候，有的老师讲现代文学史，因为他不喜欢郭沫若，所以就不讲也不考，当时同学们还很高兴。

陈子善：我觉得郭沫若还是可以讲，应该讲的，重要的是怎么讲。这是现代文学史上一个十分重要的诗人，曾经产生过非常大的影响。但是，他后来的创作出现了严重问题。要把郭沫若的复杂性对学生在学理上作出分析，也可以让学生展开讨论，允许存在不同意见。

不要怕意见分歧,要让学生养成思考的习惯。文学研究一直有各种各样不同的意见,这才有趣嘛!不能只对大学生照本宣科,只讲现成的结论,要对大学生强调独立思考,学会面对不同意见。什么叫学术研究,什么叫学术讨论,有不同的意见才需要研究、讨论,大家意见统一,一本书就够了嘛!组织一批人写出来发下去,像读文件一样。但文学跟文件不同,文学是最具个性化的,既然文学创作是最具个性化的,文学史写作怎么不能个性化呢?

评判文学史应放回当时的历史语境

文化广场:你的教学研究生涯里,对你启发很大,有影响的文学史有哪几部?

陈子善:我受到启发的现代文学史著作有好几种,国内如王瑶的《中国新文学史稿》,这是1949年以后出版的第一部现代文学史;黄修己的《中国现代文学简史》,这是改革开放以后出版的第一部个人撰写的文学史;范伯群的《中国现代通俗文学史》,这是对单一的现代文学史研究的挑战。还要承认唐弢的《中国现代文学史》我也受到启发的,因为它是我读的第一本现代文学史,我当时对文学史上的很多作家作品都不知道,它的局限自然也很明显,但是必须承认它的历史价值。最近出版的李洁非的《文学史微观察》也很有意思。海外如曹聚仁的《文坛五十年》,司马长风的《中国新文学史》,苏雪林的《中国二三十年代作家》,等等。夏志清的《中国现代小说史》也受到很大启发。当然,受到启发,不等于完全认同。

文化广场:我采访李陀时,他对夏志清的《中国现代小说史》有不同看法，他觉得这本书是冷战时期的产物，很多东西在翻译时有删节，看到的书和事实上的是两个概念。

陈子善：我看到了他对夏志清《中国现代小说史》的批评。李陀先生是我尊敬的前辈，也是我的朋友，他提出了一个有意思的话题。谈冷战时期的中国现代文学史著作，国内也出版了两部，一部是1955年出版的丁易先生的《中国现代文学史略》，另一部是1956年出版的刘绶松先生的《中国新文学史初稿》（上下），都是作家出版社出版的，都做过大学教材，比夏志清的小说史出版时间稍早，但差不多属于同一时期。平心而论，还是夏志清的文学史高明得多。丁、刘两位的文学史，还不如王瑶先生的《中国新文学史稿》。他们两位本来具备较好的写作文学史的条件，丁易还是位作家，1940年代比较有名的作家，可惜同样出于意识形态的原因，这两部文学史的问题很大。所以，如果回到当时的历史语境，如果说夏志清的小说史存在问题，我们自己的文学史的不足不是更明显，也更严重吗？直到今天，还是夏志清的小说史有启发性，给我们的启发更大更持久些。完全可以批评夏志清的小说史，但我觉得我们对夏志清的小说史应该宽容一些，应该多看夏著的长处，对自己的反思和检讨应该多一些。

为课题和任务而写文学史是最大的难题

文化广场：重写文学史最大的难题在哪里？

陈子善："重写文学史"有它重大的历史意义。但现在来讲，我倒是赞成施蛰存先生的意见，他认为文学史不是"重写"，而是"另写"。文学史著作一直在"重写"也即"另写"的过程中,这是个常态。今天再提"重写文学史"似乎已经没有必要,大家早已经形成了共识。假定一个研究者以前写过文学史,他对自己的著作不满意,要重新梳理这段文学史,这就是重写。陈思和以前主编了《中国当代文学史教程》,现在修订了,这就是重写。但是别人写不能叫重写。有追求的研究者写文学史肯定要写出别人没有写出的看法。现在的问题在于,很多文学史著作不是从这个角度思考问题的,而是要完成一个课题或有关方面布置的任务,很多人现在是为写文学史而写文学史,这是最大的难题。

有的高校规定本校教师一定要写文学史,一定要使用本校教师编写的文学史教材,也就是要"重写文学史",这未必合适。一个文学史研究者如果真正有写文学史的冲动,又做了充分的准备,有深厚的积累,当然可以写文学史著作。现在的问题是文学史不是太多了,而是好的文学史太少了。你以为读者水平都那么低吗?真正好的文学史著作读者自然会欣赏,会认同,关键的问题是你能不能写出来?

(原载 2015 年 1 月 9 日《深圳商报·文化广场》,发表时有删节,收入本书时略有修订)